欣赏诗人们"共将诗酒趁年华"的才情
感受古时友朋会聚时诗酒相酬的洒脱

**[[中国诗词大汇]]** **品读醉美**

**酒文化诗词**

许 康·编著

中国言实出版社

图书在版编目（CIP）数据

品读醉美酒文化诗词 / 许康编著. —— 北京：中国言实出版社，2021.2

ISBN 978-7-5171-3666-8

Ⅰ.①品… Ⅱ.①许… Ⅲ.①古典诗歌—诗集—中国

Ⅳ.①I222.72

中国版本图书馆CIP数据核字（2020）第272073号

**责任编辑** 郭江妮
**责任校对** 代青霞

**出版发行** 中国言实出版社
地　　址：北京市朝阳区北苑路 180 号加利大厦 5 号楼 105 室
邮　　编：100101
编辑部：北京市海淀区花园路 6 号院 B 座 6 层
邮　　编：100088
电　　话：64924853（总编室）　64924716（发行部）
网　　址：www.zgyscbs.cn
E-mail：zgyscbs@263.net
**经　　销** 新华书店
**印　　刷** 北京市兴怀印刷厂
**版　　次** 2021 年 10 月第 1 版　　2021 年 10 月第 1 次印刷
**规　　格** 880 mm×1230 mm　　1/32　　9 印张
**字　　数** 225 千字
**定　　价** 42.80 元　　　　ISBN 978-7-5171-3666-8

品读醉美

酒

文化诗词

前

言

我国是一个有着悠久酿酒、饮酒历史的国度，也是一个喜爱赋诗、吟诗的国家。很久以前，诗与酒便结下了不解之缘。在历代文人的精神世界里，酒已是他们的精神寄托，是催生美文的酵母。饮酒活动被文人墨客们赋予了丰富的文化内涵。他们斗酒斗诗，诗增添了饮酒之乐趣，而酒则发扬了诗的精魂，酒文化也由此应运而生。

我国的酒文化起源于远古时期的农耕社会；我国最初的诗，大约也产生于这一时期。我国第一部诗歌总集《诗经》有云："为此春酒，以介眉寿、以御宾客，且以酌醴、君子有酒，酌言献之、我有旨酒，以燕乐嘉宾之心。"可见，酒是社交宴会中的"天使"。觥筹交错之际，举觞称贺之时，美酒堪称传递心意的佳媒。

东晋诗人陶渊明之前，酒中就已经沉淀了若干情感因子，但只是作为创作素材之一被吟咏入诗。荆轲刺秦王，酒酣辞行而歌《易水》；刘邦甫定天下，宴饮既醉而唱《大风》；曹操鏖兵赤壁，把酒横槊而赋《短歌行》……秦汉时期，酒只是用于激发人们的情绪而已。直至阮籍、嵇康所在的魏晋时期，也还是酒是酒，诗是诗，两者之间没有必然的联系。陶渊明是第一个有意识地将诗与酒"攀亲结缘"，并在诗中赋予酒以独特象征意义的诗人，对酒"忘忧物"的指称，便是他的发明。"故人赏我趣，挈壶相与至。班荆坐松下，数斟已复醉。父老杂乱言，觞酌失行次。不觉知有我，安知物为贵。悠悠迷所留，酒中有深味"！陶渊明的饮酒诗主要表现自己远离污浊官场、归隐田园的乐趣，称颂从酒中品到的"深味"。这个"深味"，就是"渐近自然"的人性自由。他的咏酒诗首开风气，为后人树立了"酒徒—隐士—诗人"三位一体的风范，对后世文人的饮酒生活和饮酒诗产生了极为深远的影响。

隋唐时期，史称"盛世之治"，既是中国酒文化的全盛时期，也是中国诗文学的全盛时期。唐代诗人以其开阔的胸襟，宏伟的气魄，借鉴、扬弃了前人的诗酒流韵，转而讴歌"盛唐气象"。既有心神的澄静，复具人性的高扬，活泼欢畅，饱满健举，创造出一种唐人特有的诗酒浪漫情怀，使酒文化在这座古代诗歌的巅峰上，流出醉人的馨香。李白是一位浪漫主义诗人，他一生曾多次隐居学道，野山深林之中，"倾壶事幽酌，顾影还独尽"，这时他往往乐于独斟自饮，飘然来去。杜甫是一位现实主义诗人，在"安史之乱"中颠沛流离，他的咏酒诗写实的成分居多，"山瓶乳酒下青云，气味浓香幸见分。鸣鞭走送怜渔父，洗盏开尝对马军"。杜甫有酒后，与邻翁、渔夫等父老朋友分享，一面下棋消遣，一面品尝美酒，其田园乐趣于此可见。

宋代的苏东坡的饮酒诗中，"破愁解闷"之外，还增添了无限野趣与友情。他曾说："天下之不能饮，无在予下者；天下之好饮，亦无在予上者。"又为后世文人开启了新一流酒风。苏东坡知酒且酿酒，著有《东坡酒经》专书，以及咏"竹叶青""洞庭春""松花酒"等诗作，都可以作为酿酒史料，留给我们一份珍贵的酒文化遗产。我国酒道之精髓为"既醉以酒，既饱以德"，正所谓"醉翁之意不在酒"。欧阳修的《醉翁亭记》指明酒文化的灵魂"在乎山水之间也"，"山水之乐，得之心而寓之酒也"。在诗人的笔下，对酒多有赞誉，酒为古人情感的载体，又在诗中得到淋漓尽致的表达。

友朋会聚时诗酒相酬，一人独饮时飞觞邀月，陶渊明"酒中有深味"，李白"举杯邀明月"，苏东坡"酒酣胸胆尚开张"，而怀素"狂来轻世界，醉里得真知"。那"一曲新词酒一杯"的感觉让诗人们抒发了"共将诗酒趁年华"的才情，杜甫诗云："宽心应是酒，遣兴莫过诗。"酒朋诗侣成为我国文人的精神寄托。酒助兴，酝酿了无数优秀的诗篇，同时也丰富了我国的酒文化。

编　者

# 目 录

# 酒 箴①

### 【两汉】扬雄

子犹瓶矣。观瓶之居，居井之眉②。处高临深，动而近危。酒醪③不入口，臧④水满怀。不得左右，牵于缧徽⑤。一旦叀礙⑥，为罋所轠⑦。身提黄泉，骨肉为泥。自用如此，不如鸱夷⑧。

鸱夷滑稽⑨，腹大如壶。尽日盛酒，人复借酤。常为国器，讬于属车。出入两宫，经营公家。由是言之，酒何过乎？

## 【注 释】

①箴：一种规诫性的文字，大多有讽谏之意。
②眉：边缘，和水边为湄的"湄"，原是同字。
③醪：一种有渣滓的醇酒。
④臧：同"藏"。
⑤缧徽：原意为捆囚犯的绳索，这里指系瓶的绳子。
⑥叀礙：绳子被挂住。叀，悬。
⑦罋：井壁上的砖。轠：碰击。
⑧鸱夷：装酒的皮袋。
⑨滑稽：古代一种圆形的、能转动注酒的酒器。此处借喻圆滑。

## 作者名片

扬雄（公元前53—公元18），字子云，蜀郡成都（今四川成都郫县友爱镇）人，西汉官吏、学者。少好学，口吃，博览群书，长于辞赋。年四十余，始游京师，以文见召，奏《甘泉》《河东》等赋。成帝时任给事黄门郎。王莽时任大夫，校书天禄阁。扬雄是继司马相如之后西汉最著名的辞赋家。

## 译 文

你好像陶制的罐子。看你所处的位置，就像被悬挂在井口边。处于高处面临深水，动一下便有危险。你肚里所装的不是酒而是凉水。你不能左右晃动，并被拴上绳子悬挂在高的地方。一旦绳子被挂住，被井壁上的砖碰碎，便会被抛到浑浊的泉水中，粉身碎骨。你的用处只仅限于此，还不如装酒的皮袋。

装酒的皮袋尽管圆滑，肚子却大得像壶。尽管整天往里边装酒，人们仍会借它来买酒。它还被视为贵重之物，经常被放入皇帝出行时随从的车上。它甚至还出现在皇帝和太后的宫中，在官府里奔走谋求。从这一点来说，酒本身又有什么过错呢？

## 〔赏析〕

《酒箴》短小精悍，是典型的状物小赋，却寄寓深远。在后世的小赋中起了示范的作用。全篇只在开头用"子犹瓶矣"一句，点明作者的意图是在借器喻人，其余全部描述两种盛器的命运遭逢，语近旨远，十分隽永。

全文分两个部分，前面写打水陶罐，后面写盛酒皮囊，看似调侃之作，实际是借物抒怀：那朴实无华的水瓶，常遭危害，那浑浑噩噩的酒袋，却自得其乐。作者通过对这两种器具的迥异遭遇，抨击了当时社会的不合理现象。幽默、讽刺、愤世嫉俗都在这一篇极富有幽默情趣的文章中表现出来了。使人读来既饶有兴味，又颇有心得，反讽的语言表达的是人世间的某种真谛。

# 饮酒·其五

**【魏晋】** 陶渊明

结庐①在人境②，而无车马喧③。

问君④何能尔？心远地自偏。

采菊东篱下，悠然见南山⑤。

山气日夕佳，飞鸟相与⑥还。

此中有真意⑦，欲辨已忘言。

## 【注 释】

①结庐：建造住宅，这里指居住的意思。结，建造、构筑。庐，简陋的房屋。

②人境：喧嚣扰攘的尘世。

③车马喧：指世俗交往的喧扰。

④君：指作者自己。

⑤南山：泛指山峰，一说指庐山。

⑥相与：相交，结伴。

⑦真意：从大自然里领会到的人生真谛。

## 作者名片

陶渊明（约365—427），字元亮，晚年更名为陶潜，别号五柳先生，私谥靖节，世称靖节先生，浔阳柴桑（今江西九江）人。东晋末到刘宋初杰出的诗人、辞赋家、散文家，被誉为"田园诗派之鼻祖"，是江西首位文学巨匠。他是中国第一位田园诗人，被称为"古今隐逸诗人之宗"，有《陶渊明集》。

## 译文

将房屋建造在人来人往的地方，却不会受到世俗交往的喧扰。问我为什么能这样，只要心志高远，自然就会觉得所处的地方僻静了。在东篱之下采摘菊花，悠然间，那远处的南山映入眼帘。傍晚时分南山景致甚佳，雾气于峰间缭绕，飞鸟结伴而还。这里面蕴含着人生的真正意义，想要分辨清楚，却不知怎样表达。

## 〔赏析〕

这首诗的意境可分为两层，前四句为一层，写诗人摆脱世俗烦恼后的感受。后六句为一层，写南山的美好晚景和诗人从中获得的无限乐趣，表现了诗人热爱田园生活的真情和高洁人格。"结庐在人境，而无车马喧。"诗起首作者言自己虽然居住在人世间，但并无世俗的交往来扰。"问君何能尔？心远地自偏"中的"心远"是远离官场，更进一步说，是远离尘俗，超凡脱俗。"采菊东篱下，悠然见南山。山气日夕佳，飞鸟相与还。"此四句叙写诗人归隐之后精神世界和自然景物浑然契合的那种悠然自得的神态。"此中有真意，欲辨已忘言。"诗末两句，诗人言自己从大自然的美景中领悟到了人生的意趣，表露了自然恬淡的心情。

# 饮酒·其七

【魏晋】陶渊明

秋菊有佳色，裛①露掇②其英。
泛③此忘忧物，远我遗世情④。

一觞虽独尽，杯尽壶自倾⑤。

日入群动⑥息，归鸟趋林鸣。

啸傲⑦东轩下，聊复得此生。

## 【注 释】

①裛（yì）：通"浥"，沾湿。

②掇（duō）：采摘。

③泛：浮。意即以菊花泡于酒中。

④遗世情：遗弃世俗的情怀，即隐居。

⑤壶自倾：谓由酒壶中再往杯中注酒。

⑥群动：各类活动的生物。

⑦啸傲：谓言动自在，无拘无束。

## 译 文

秋天的菊花颜色美好，采摘下沾着露水的菊花。把菊花泡在酒中，使我遗弃世俗的心情更为遥远了。一挥而尽杯中酒，再执酒壶注杯中。日落之后各类生物都已歇息，归鸟向林欢快鸣。纵情欢歌东窗下，姑且逍遥度此生。

## 赏析

这首诗主要写赏菊与饮酒，诗人完全沉醉其中，忘却了尘世，摆脱了忧愁，逍遥闲适，自得其乐。

此诗首句"秋菊有佳色"，是对菊的倾心赞美。"有佳色"三字极朴素，"佳"字还暗点出众芳凋零，唯菊有傲霜之色。"泛此忘忧物，远我遗世情。"如果心中无忧，就不会想到"忘忧"，这里透出了作者胸中的郁愤之情。"遗世"，即遗弃、超脱俗世，主要是指不去做官。后面六句具体叙写饮酒的乐趣和感想，描绘出一个宁静美好的境界，是对"遗世情"的形象写照。

# 饮酒·其八

**【魏晋】** 陶渊明

青松在东园，众草没其姿①。
凝霜殄异类，卓然见高枝②。
连林③人不觉，独树众乃奇④。
提壶抚寒柯⑤，远望时复为。
吾生梦幻间，何事绁⑥尘羁。

## 【注 释】

①没其姿：掩没了青松的英姿。其：一本作奇。
②殄（tiǎn）：灭尽。异类：指众草。卓然：特立的样子。
③连林：松树连成林。
④众乃奇：众人认为奇特。奇：一本作知。
⑤寒柯：指松树枝。
⑥绁：系马的缰绳，引申为牵制。

## 译 文

　　青翠的松树生长在东园里，荒草埋没了它的身姿。等到寒霜凝结的时候，其他植物都枯萎了，这才显现出它卓尔不群的高枝。在一片树林中人可能还不觉得，单独一棵树的时候人们才称奇。我提着酒壶抚弄寒冬中的树干，有时候又极目远眺。我生活的世界就是梦幻一样，又何必被俗世的尘器羁绊住脚步呢。

## 〔赏析〕

　　"青松在东园，众草没其姿。"青松之姿，挺秀而美，生在东园，却为众草所掩没。可见众草之深，其势莽莽。青松之孤独，也不言而喻。"凝霜殄异类，卓然见高枝。"岁寒，严霜降临，众草凋零。于是，青松挺拔之英姿，常青之秀色，乃卓然出现于世。当春夏和暖之时节，那众草也是青青之色。而草势甚深，所以能一时掩没青松。可惜，众草究竟经受不起严霜之摧残，终究是凋零了。"连林人不觉，独树众乃奇"。倘若青松多了，蔚然连成松林，那么，它的与众不同，便难以给人以强烈印象。只是由于一株青松卓然独立于天地之间，人们这才为之诧异了。以上六句，构成全诗之大半幅，纯然出之以比兴。

最后四句，直接描写自己。"提壶挂寒柯，远望时复为。"寒柯，承上文"凝霜"而来。陶渊明心里爱这东园青松，便将酒壶挂在松枝之上，饮酒时流连于松树之下。即使不到园中，亦时常从远处来瞻望青松之姿。"吾生梦幻间，何事绁尘羁。"结笔两句，来得有点突兀，似与上文无甚关系，实则深有关系。生命如此有限，当弥足珍惜，不必把自己束缚在尘网中，失掉独立自由之人格。这种坚贞高洁的人格，正有如青松。这才是真正的主体品格。

# 止 酒①

【魏晋】陶渊明

居止次②城邑，逍遥自闲止。

坐止高荫下，步止荜门③里。

好味止园葵，大懽止稚子④。

平生不止酒，止酒情无喜。

暮止不安寝，晨止不能起。

日日欲止之，营卫止不理⑤。

徒知止不乐，未知止利己。

始觉止为善，今朝真止矣。

从此一止去，将止扶桑涘⑥。

清颜止宿容⑦，奚止千万祀⑧。

## 【注 释】

①止酒：停止饮酒，即戒酒。止：已，停止的意思。

②居止次：家住在。居止：居住。次：居处之处。

③荜（bì）门：犹柴门。荜，同"筚"，用荆条或竹子编成的篱笆或其他遮拦物。

④大懽（huān）：最大的欢快、乐趣。懽，同"欢"。止稚子：莫过于和幼儿在一起。

⑤营卫：气血经脉与御病机能。止：止酒。不理：不调理，不调顺。

⑥将止：将到。扶桑涘（sì）：指神仙所居之处。扶桑：古人认为是日出之处。涘：水边。

⑦宿容：平素的模样。

⑧奚止：何止。祀（sì）：年。

## 译 文

我家住在城市附近，逍遥自得十分悠闲。闲坐在高树浓荫之下，散步也只在柴门里边。好味道不过是园中的葵菜，最大的快乐也只有稚子承欢。平生不肯停止饮酒，停止饮酒将会心里闷烦。晚上停饮就不得安睡，早上停饮就起床迟延。天天都想停止饮酒，停止了气血经脉将会虚屝。只知道停止饮酒就不快乐，不知道停止了好处多端。开始觉得停止饮酒是件好事，今天才真正与酒绝缘。从此一直这样停止下去，将停止在扶桑树生长的水边。清朗的脸容停止在年轻的模样，何止一千年一万年。

## 〔赏析〕

陶渊明可以辞官，可以守穷，但不可一日无酒，饮酒是他一生中最大的嗜好。所以对于他来说，停止饮酒将是十分痛苦的事情。但陶渊明却以幽默诙谐的语言，说明自己对于酒的依恋和将要戒酒的打算。诗中每句用一"止"字，读来风趣盎然，具有民歌的情调。

# 诸人共游周家墓柏下

【魏晋】陶渊明

今日天气佳，清吹与鸣弹①。

感彼柏下人②，安得不为欢。

清歌散新声③，绿酒开芳颜④。

未知明日事⑤，余襟良以殚⑥。

【注 释】

①清吹：指管乐器。鸣弹：指弦乐器。

②感：感悟，有感于。柏下人：指葬在柏树下的墓中人。

③清歌：清亮的歌声。散：发出。

④绿酒：新酒。刚酿出来的酒呈绿色，故称。开：启。芳颜：美好的容颜，指笑逐颜开。

⑤明日事：指将来之事，包括生死之忧。

⑥襟：心怀。良：甚。殚（dān）：竭尽。

【译 文】

今日天气多美好，管乐清吹鸣琴弹。

感慨柏下长眠者，人生怎能不为欢？

清歌一曲发新声，新酒使人开笑颜。

未知明日生死事，快意当前且尽欢。

【赏析】

这首诗就内容看，当是陶渊明归田以后的作品。篇幅简短，内容平凡，但却博得很多人的赞赏，当有其不平凡的所在。说平凡，如"今日天气佳，清吹与鸣弹""清歌散新声，绿酒开芳颜"，写在某一天气候很好的日子里，和一些朋友结伴出游，就地开颜欢饮，或唱"清歌"，或吹管乐和弹奏弦乐以助兴。这都是很普通的活动，诗所用的语言也很平实。说不平凡，因为所游是在人家墓地的柏树下，要"为欢"偏又选择这种容易引人伤感的地方。在引人伤感的地方能够"为欢"的人，不是极端麻木不仁的庸夫俗子，应该就是胸怀极端了悟超脱，能看破俗谛，消除对于死亡的畏惧的高人。陶渊明并不麻木，他明显地"感彼柏下人"死后长埋地下所显示的人生短促与空虚；并且又从当日时事的变化，从自身的生活或生命的维持看，都有"未知明日事"之感。在这种情况下，还能"为欢"；还能做到"余襟良已殚"，即能做到胸中郁积尽消，欢情畅竭，当然有其高出于人的不平凡的了悟与超脱。

## 杂诗十二首·其一

**【魏晋】** 陶渊明

人生无根蒂①，飘如陌②上尘。

分散逐风转，此已非常身③。

落地④为兄弟，何必骨肉亲！

得欢当作乐，斗酒聚比邻。

盛年不重来，一日难再晨。

及时⑤当勉励，岁月不待人。

【注 释】

①蒂（dì）：瓜当、果鼻、花与枝茎相连处都叫蒂。
②陌：东西的路，这里泛指路。
③此：指此身。非常身：不是经久不变的身，即不再是盛年壮年之身。
④落地：刚生下来。
⑤及时：趁盛年之时。

译 文

　　人生在世就如无根之木、无蒂之花，又好似大路上随风飘转的尘土。生命随风飘转，人生历尽了艰难，人们都已不再是最初的样子了。来到这个世界上的都应该成为兄弟，又何必在乎骨肉之亲呢？遇到高兴的事就应当作乐，有酒就要邀请近邻一起畅饮。美好的青春岁月一旦过去便不会再重来，一天之中永远看不到第二次日出。应当趁年富力强之时勉励自己努力奋斗，光阴流逝，并不等待人。

［赏析］

　　这首诗起笔即对命运之不可把握发出慨叹，读来使人感到迷惘、沉痛。继而稍稍振起，诗人执着地在生活中寻找友爱，寻找着欢乐，给人一线希望。终篇慷慨激越，使人为之感奋。全诗用语朴实无华，取譬来自生活，质如璞玉，然而内蕴却极丰富，波澜跌宕，发人深省。

# 杂诗十二首·其二

【魏晋】 陶渊明

白日沦①西河，素月出东岭。

遥遥万里晖，荡荡空中景。②

风来入房户，夜中枕席冷。

气变悟时易，不眠知夕永。③

欲言无予和④，挥杯劝孤影。

日月掷人去，有志不获骋。

念此怀悲凄，终晓⑤不能静。

【注 释】

①沦：落下。

②万里晖：指月光。荡荡：广阔的样子。景：同"影"，指月轮。

③时易：季节变化。夕永：夜长。

④无予和：没有人和我答话。和，去声。

⑤终晓：直到天亮。

【译 文】

　　太阳渐渐沉落在西河，白月从东岭升起。月亮遥遥万里，放射着清辉，广阔的夜空被照耀得十分明亮。风吹入房门，在夜间枕席生凉。气候变化了，因此领悟到季节也变了，睡不着觉，才了解到夜是如此之长。我想要倾吐心中的愁思，却无人与我答话，只能举杯对着只身孤影饮酒。时光飞快流逝，我空有壮志却不能得到伸展。想起这件事满怀悲凄，心里通宵不能平静。

[赏析]

　　"白日沦西河，素月出东岭。遥遥万里辉，荡荡空中景。"起笔四句，展开一幅无限扩大光明之境界。日落月出，昼去夜来，正是光阴流逝。西阿东岭，万里空中，极写四方上下。往古来今谓之宙，四方上下谓之宇。此一幅境界，即为一宇宙。而荡荡辉景，光明澄澈，此幅廓大光明之境界，实为渊明襟怀之体现。

　　"风来入房户，夜中枕席冷。气变悟时易，不眠知夕永。"上四句，乃是从昼去夜来之一特定时分，来暗示"日月掷人去"之意；此四句，则是从夏去秋来之一特定时节，暗示此意，深化此意。因气候之变易，遂领悟到季节之改移。以不能够成眠，才体认到黑夜之漫长。种种敏锐感觉，皆暗示着诗人的一种深深悲怀。

　　"欲言无予和，挥杯劝孤影。"欲将悲怀倾诉出来，可是无人与我交谈。只有挥杯劝影，自劝进酒而已。借酒浇愁，孤独寂寞，皆意在言外。"日月掷人去，有志不获骋。"此二句，直抒悲怀，为全诗之核心。光阴流逝不舍昼夜，并不为人停息片刻，渐渐感到生命有限，有志却得不到施展。"念此怀悲凄，终晓不能静。"念及有志而不获骋，不禁满怀苍凉悲慨，心情彻夜不能平静。上言中夜枕席冷，又言不眠知夜永，此言终晓不能静，志士悲怀，深沉激烈，一篇之中，三致意焉。一结苍凉无尽。

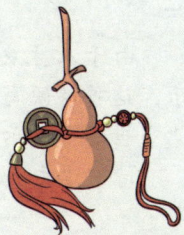

# 杂诗十二首·其四

【魏晋】陶渊明

丈夫志四海，我愿不知老。
亲戚共一处，子孙还相保①。
觞弦肆朝日②，樽中酒不燥。
缓带尽欢娱③，起晚眠常早。
孰若当世时，冰炭④满怀抱。
百年归丘垄⑤，用此空名道！

【注　释】

①相保：相互爱护，相互依靠。
②觞弦：代指饮酒与奏乐歌唱。
　肆：陈列，谓摆在面前。朝日：
　当作"朝夕"，指终日。
③缓带：放松束带，谓无拘无束。
④冰炭：比喻贪和求名两种相互矛
　盾的思想。
⑤丘垄：指坟墓。道：同"导"，
　引导。

## 译文

　　大丈夫有志在四方，我愿不知老之将至。和睦亲戚相共处，子孙相互爱护，相互依靠。面前饮酒、奏乐终日陈列，杯中美酒从不干。无拘无束尽情娱乐欢，常常早睡晚起床。哪像当今世上人，满怀名利若冰炭。身亡同样归坟墓，用此空名导向前！

## 〔赏析〕

　　由于人生失意，"有志不获骋"，诗人也只得退而求自乐，这首诗便写隐居安处的自得之乐，同时对那些贪利求名的"当世士"表示鄙视。
　　诗中"丈夫志四海，我愿不知老。亲戚共一处，子孙还相保。觞弦肆朝日，樽中酒不燥"几句所表现出来的美好生活正和《诗经》"妻子好合，如鼓琴瑟。兄弟既翕，和乐且湛。宜尔室家，乐尔妻孥"的理想人生态度与和谐家庭生活如出一辙。而"缓带尽欢娱，起晚眠常早"的安逸闲适与那些"汲汲于富贵"的"当世士"的战战兢兢形成了鲜明的对比，表达诗人对眼前闲居之乐的满足。

# 归园田居·其五

### 【魏晋】陶渊明

怅恨独策还①，崎岖历榛曲。

山涧清且浅，可以濯吾足②。

漉我新熟酒③，只鸡招近局④。

日入室中暗，荆薪代明烛。

欢来苦夕短，已复至天旭⑤。

## 【注　释】

①怅恨：失意的样子。策：指策杖、扶杖。还：指耕作完毕回家。
②濯：洗。濯足：指去尘世的污垢。
③漉：滤、渗。新熟酒：新酿的酒。
④近局：近邻，邻居。
⑤天旭：天明。

## 译　文

　　我满怀失望地拄杖回家，崎岖的山路上草木丛生。山涧小溪清澈见底，可以用来洗去尘世的污垢。滤好家中新酿的美酒，杀一只鸡来款待邻里。日落西山室内昏暗不明，点燃荆柴来把明烛替代。欢乐时总是怨恨夜间太短，不觉中又看到旭日来临。

## 〔赏析〕

　　全诗可分作两层。前四句为第一层，集中地描绘了还家路上的情景。"怅恨独策还，崎岖历榛曲"，从表面看，他辛苦劳作一天，且孤独无伴，只身奔家，难免怅然生恨。就深层含义说，此诗意在抒写欣然自得之情，那么，此"怅恨"二字，实具反衬下文欢快欣然的作用。"崎岖历榛曲"渲染出当时社会动荡不安所致道路的荒凉和艰难，透露出时代特定背景的影像。"山涧清且浅，可以濯吾足"两句一扫"怅恨"之意，那么的轻松自如，正是坦然自适心态的自然流露，托出归隐之志坚持不改之意。

　　最后六句为第二层，全力叙述归家之后的一些活动。"漉我新熟酒，只鸡招近局。"此二句描画出了隐逸诗人之宗的陶渊明，归居田园之后的淳朴农家生活。从中亦可见作者与近邻农户相处友善、往来密切的景况。"日入室中暗，荆薪代明烛"，此句看似寒酸却将诗人的潇洒自如、自得其乐表现出来了。"欢来苦夕短，已复至天旭。"欢快之情涌满心头，在"欢"字下着一"来"字，自然传神。此情此景，引得诗人竟怨起"夕"时短暂，兴致难尽。那就索性不理时间的早晚，尽情畅饮。"已复至天旭"，直至旭日渐升天已放亮，方肯作罢，以寄其高远之志，抒其胸中超然之情。

# 归园田居·其六

### 【魏晋】 陶渊明

种苗在东皋①，苗生满阡陌。

虽有荷锄倦，浊酒聊自适。

日暮巾柴车②，路暗光已夕。

归人望烟火，稚子候檐隙。

问君亦何为？百年会有役③。

但愿桑麻④成，蚕月⑤得纺绩。

素心⑥正如此，开径望三益⑦。

## 【注 释】

①东皋（gāo）：水边向阳高地。也泛指田园、原野。
②巾柴车：意谓驾着车子。柴车，简陋无饰的车子。
③百年：一生。役：劳作。
④桑麻：泛指农作物或农事。
⑤蚕月：忙于蚕事的月份，纺绩也是蚕事的内容。
⑥素心：本心，素愿。
⑦三益：谓直、谅、多闻。此即指志趣相投的友人。

## 译 文

在东边高地上种植禾苗，禾苗生长茂盛遍布田野。
虽然劳作辛苦有些疲倦，但家酿浊酒还满可解乏。
傍晚时分驾着车子回来，山路也渐渐地变得幽暗。
望着前村已是袅袅炊烟，孩子们在家门等我回家。
要问我这样做是为什么？人的一生总要从事劳作。
我只希望桑麻农事兴旺，蚕事之月纺绩事务顺遂。
我不求闻达心愿就这样，望结交志趣相投的朋友。

## 〔赏析〕

　　"种苗在东皋，苗生满阡陌"两句叙事，显得很随意，是说在东皋种苗，长势如何。但就在随意的话语中，显出了一种满意的心情，他说这话好像是在欣赏自己的劳动成果。"虽有荷锄倦，浊酒聊自适。"陶诗中"荷锄归""浊酒"云云是常见的语句。看来他对"荷锄"并不感到是多大的重负，而是差不多习惯了。"日暮巾柴车，路暗光已夕。"《归去来兮辞》有"或巾柴车"的句子。这两句写得很自然，"日出而作，日入而息"，农家的生活本来就是如此自然。"归人望烟火，稚子候檐隙。"《归去来兮辞》有"稚子候门"的话。等着他的就是那么一个温暖的"归宿"，此时他的倦意会在无形中消释了。这四句写暮归，真是生动如画，画面浮动着一层安恬的、醉人的气氛。这就是陶渊明"田居"的一天，这一天过得如此充实、惬意。"问君亦何为？百年会有役。"这是设问，自问自答，如同陶诗"问君何能尔？心远地自偏"的句式。这与陶诗"人生归有道，衣食固其端。孰是都不营，而以求自安"意思相似，表示了对劳动的重视。"但愿桑麻成，蚕月得纺绩。"桑麻兴旺，蚕事顺遂，这是他的生活理想，正如陶诗所写："耕织称其用，过此奚所须？"下面写道："素心正如此，开径望三益。""素心"也就是上面所说的心愿。后面这一段通过设问，揭示陶渊明劳动的体验、田居的用心，很符合陶渊明的实际。

# 庚戌岁①九月中于西田获早稻

**【魏晋】** 陶渊明

人生归有道，衣食固其端。

孰是都不营②，而以求自安？

开春理常业，岁功聊可观③。

晨出肆微勤④，日入负禾还⑤。

山中饶霜露⑥，风气亦先寒。

田家岂不苦？弗获辞此难。

四体诚乃疲，庶无异患干⑦。

盥濯息檐下，斗酒散襟颜。

遥遥沮溺⑧心，千载乃相关。

但愿长如此，躬耕非所叹。

## 【注 释】

①庚（gēng）戌（xū）岁：指晋安帝义熙六年（410）。

②孰（shú）：何。是：此，指衣食。营：经营。

③岁功：一年农事的收获。聊：勉强。聊可观：勉强可观。

④肆（sì）：操作。肆微勤：微施勤劳。

⑤日入：日落。禾：指稻子。一作"耒（lěi）"，耒耜，即农具。

⑥饶：多。霜露：霜和露水，两词连用常不实指，而比喻艰难困苦的条件。

⑦庶（shù）：庶几、大体上。异患：想不到的祸患。干：犯。

⑧沮（jǔ）溺（nì）：即长沮、桀溺，孔子遇到的"耦而耕"的隐者。借指避世隐士。

## 【译 文】

人生归依有常理，衣食本自居首端。

谁能弃此不经营，便可求得自心安？

初春开始做农务，一年收成尚可观。
清晨下地去干活，日落背稻把家还。
居住山中多霜露，季节未到已先寒。
农民劳作岂不苦？无法推脱此艰难。
身体确实很疲倦，幸无灾祸来纠缠。
洗涤歇息房檐下，饮酒开心带笑颜。
长沮桀溺隐耕志，千年与我息相关。
但愿能得长如此，躬耕田亩自心甘。

**[赏析]**

　　此诗开篇直接展开议论，明确表现诗人的观点：人生就应该把谋求衣食放在根本上，要想求得自身的安定，首先就要参加劳动，惨淡经营，才得以生存。"人生归有道，衣食固其端。"起笔两句，把传统文化之大义——道，与衣食并举，意义极不寻常。衣食的来源，本是农业生产。"孰是都不营，而以求自安？"在诗人看来，若为了获得衣食所资之俸禄，而失去独立自由之人格，他就宁肯弃官归田躬耕自资。全诗首四句之深刻意蕴在于此。

　　"开春理常业，岁功聊可观。"言语似乎很平淡，但体味起来，其中蕴含着真实、淳厚的欣慰之情。"晨出肆微勤，日入禾还。""微勤"是谦辞，其实是十分勤苦。"日入"，借用了《击壤歌》"吾日出而作，日入而息"之语意，加深了诗意蕴藏的深度。"山中饶霜露，风气亦先寒"写出眼前收稻之时节，便委婉道出稼穑之艰难。以上四句，下笔若不经意，其实是写出了春种秋收、农民一年的辛苦。

　　"田家岂不苦？弗获辞此难。"稼穑愈是艰难辛苦，愈见诗人躬耕意志之深沉坚定。诗人对于稼穑感到义不容辞。这不仅是因为深

感"人生归有道，衣食固其端"，而且也是由于深知"四体诚乃疲，庶无异患干"。魏晋以降，时代黑暗，士人生命没有保障。曹操杀孔融，司马懿杀何晏，司马昭杀嵇康，以及陆机、陆云之惨遭杀害，皆是实例。当时的当政者刘裕，比起曹操、司马懿更加残忍。

"盥濯息檐下，斗酒散襟颜"，诗人是在为自由的生活、为劳动的成果而开心。"遥遥沮溺心，千载乃相关"是说诗人不仅是一位农民，还是一位为传统文化所造就的士人。他像一位农民那样站在自家屋檐下把酒开怀，可是他的心却飞越千载，尚友古人。结笔说："但愿长如此，躬耕非所叹。"诗人的意志，真可谓坚如金石。诗人的心志，经过深沉的省思，终归于圆融宁静。

# 乞 食

【魏晋】陶渊明

饥来驱我去，不知竟何之。

行行至斯里，叩门拙言辞。

主人解余意，遗赠岂虚来①。

谈谐终日夕，觞至辄倾杯②。

情欣新知欢，言咏遂赋诗。

感子漂母惠③，愧我非韩才。

衔戢知何谢④，冥报以相贻⑤。

## 【注 释】

①遗（wèi）：赠送。岂虚来：哪能让你（指诗人）白跑一趟。
②觞（shāng）至辄（zhé）倾杯：每次进酒总是一饮而尽。觞：进酒劝饮。辄：就，总是。
③感：感激。子：对人的尊称。漂母惠：像漂母那样的恩惠。漂母，在水边洗衣服的妇女。
④衔戢（jí）：谓敛藏于心，表示衷心感激。衔，马勒于口，勒不会掉落，意为永远不忘。戢，收藏。
⑤冥报：谓死后在幽冥中报答，这是古人表示日后重报的说法，非关迷信与否。冥：幽暗，死者神魂所居。贻：赠送。

## 译 文

饥饿驱我出门去，不知究竟去哪里。
前行来到此村落，敲门却难致词语。
主人理解我心意，慷慨相赠来不虚。
畅谈终日话投机，斟酒即饮不客气。
新交好友心欢畅，即席赋诗表情意。
感你恩深似漂母，无韩信才我心愧。
牢记胸中如何谢，死后报答君恩惠。

## 〔赏析〕

《乞食》一诗，是陶渊明躬耕生涯之侧面写照，至为真实，亦至为感人。这首诗不仅比较真实地反映了陶渊明晚年贫困生活的一个侧面，而且也真实地反映出陶渊明朴拙直率的个性。

"饥来驱我去，不知竟何之"二句直写出为饥饿所逼迫，不得不去乞食的痛苦情形和惶遽心态，诗人自己也不知该往何处去才是。"行行至斯里，叩门拙言辞。"此人当然应是一可求之人。尽管如此，敲开门后，自己还是口讷辞拙，不知所云。"主人解余意，遗赠岂虚来。"主人见渊明此时的饥色和窖样，他全明白了，立刻拿出粮食相赠，诗人果然不虚此行。诗情至此，由痛苦惶遽转变，提升为欣慰感激之情。"谈谐终日夕，觞至辄倾杯。"主人不仅急人之难，而且善体人情。他殷勤挽留诗人坐下相谈，两人谈得投机，不觉到了黄昏，饭已经做好了，便摆出了酒菜。诗人已经无拘无束了，端起酒杯便开怀畅饮。"情欣新知欢，言咏遂赋诗。"诗人为有这位新交而真心欢喜，谈得高兴，于是赋诗相赠。下面四句，正面表达感激之情，是全诗的主要意旨。"感子漂母惠，愧我非韩才。"诗人借用典故，对主人说，感激您深似漂母的恩惠，惭愧的是我无韩信之才能，难以报答于您。"衔戢知何谢，冥报以相贻。"您的恩惠我永远珍藏在心里，今生不知如何能够答谢，只有死后我在冥冥之中，再来报答于您。

## 己酉岁九月九日

**【魏晋】** 陶渊明

靡靡秋已夕①，凄凄风露交。
蔓草②不复荣，园木空自凋。
清气澄余滓③，杳然天界高。
哀蝉无留响，丛雁④鸣云霄。
万化⑤相寻绎，人生岂不劳？
从古皆有没⑥，念之中心焦。
何以称⑦我情？浊酒且自陶。
千载非所知，聊以永⑧今朝。

## 【注 释】

①靡靡（mǐ）：零落的样子。已夕：已晚。
②蔓草：蔓生的草。蔓：细长不能直立的茎，木本曰藤，草木曰蔓。
③余滓（zǐ）：残余的渣滓，指尘埃。
④丛雁：犹群雁。丛：聚集。
⑤万化：万物，指宇宙自然。
⑥没：指死亡。
⑦称（chèn）：适合。
⑧永：延长。

## 译 文

　　衰颓零落秋已晚，寒露凄风相缭绕。蔓生的野草渐渐枯萎，园中林木也已凋零。清凉的秋风澄净了空气中本已不多的尘埃，天宇茫茫愈显高远。悲切的蝉鸣已然尽绝，成行的大雁鸣叫声响彻云霄。万物更替常变化，人生在世亦复如此，岂能不劳累呢？万物变迁，自古皆有灭亡，想念起来心中有如焦焚。有什么可以使我称心呢？没有啊！所以，姑且饮酒自我陶醉吧！千年的变化不是我所能了解的，还是来歌咏今朝吧。

## 〔赏析〕

　　本诗前八句通过对于九月九日重阳节暮秋的景物描写，来抒发作者感时悲逝之情。本诗章法平简，前八句写景，后八句抒情。然而由于诗人语言运用的高超，前后之间丝毫没有隔离之感，而是浑然一体，一样自然洒脱。陶渊明写秋，可谓一绝。

　　"靡靡秋已夕，凄凄风露交"两句是概括描写，点明秋天将尽，风霜时下，定下凄清寒凉的基调。"蔓草不复荣，园木空自凋"二句是凄凄风露交的结果之一，是前二句的续写，也是对自身生命价值的悲悼。"清气澄余滓，杳然天界高。"抬眼望去，只见清凉的秋风澄净了空气中本已不多的尘埃，天界显得多么高远，正所谓天高气爽啊！这两句包含了天色和心理感觉两个方面，这"杳然天界高"中就显出了目接秋空时那种新鲜感、那种精神的超旷感。"哀蝉无留响，丛雁鸣云霄"二句是写动，述时光消逝得快；又借蝉雁哀鸣，写作者的哀感。通过这三个层次的描写，空间的变化、感觉的变化，历历分明。

后面八句中"万化相寻绎，人生岂不劳"？这是指上面所写的那些变化。于是自然联想到人生，人生没有不忧劳的。万事万物都在生生灭灭，人也如此，人的生命总有终结的一天，死生的大哀曾纠缠过每一个有理智的人。

"从古皆有没，念之中心焦。"写到这里可以说作者的心情是极不平静，但他又是个通达的人，不会像阮籍那样作穷途之哭的，他是有控制自己情绪的精神支柱，委运任化，顺乎自然。

"何以称我情？浊酒且自陶。千载非所知，聊以永今朝。"有什么可以使我称心呢？没有啊！所以，姑且饮此浊酒吧，饮酒之中可暂得快乐千年的变化不是我所能了解的，还是来歌咏今朝吧。最后二句意谓恢复到千载之前的纯真社会已然不可料想，那么，只有欢度今朝、自我完善了。这样他就可以做到"纵浪大化中，不喜亦不惧"。这里他似乎是在"借酒浇愁"，但却并不怎么勉强。重阳节的习俗就是喝酒，这个应节的举动正好做了他消解万古愁的冲剂。

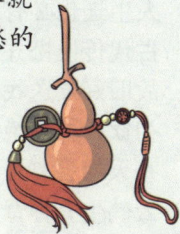

# 连雨独饮

【魏晋】陶渊明

运生会归尽<sup>①</sup>，终古谓之然。
世间有松乔<sup>②</sup>，于今定何间？
故老赠余酒，乃言饮得仙<sup>③</sup>。
试酌百情远，重觞忽忘天。
天岂去此哉？任真无所先<sup>④</sup>。
云鹤有奇翼，八表须臾还<sup>⑤</sup>。
自我抱兹独，僶俛<sup>⑥</sup>四十年？
形骸久已化，心在复何言？

## 【注 释】

①运生：运化中的生命。会：当。归尽：指死亡。
②松乔：神话传说中仙人赤松子与王子乔的并称。
③乃：竟，表示不相信。饮得仙：谓饮下此酒可成神仙。
④任真：听其自然。率真任情，不加修饰。无所先：没有比这更重要的了。
⑤八表：八方之外，泛指极远的地方。
⑥僶俛（mǐn miǎn）：努力，勤奋。

## 译 文

人生迁化必有终结，宇宙至理自古而然。
古代传说松乔二仙，如今他们知向谁边？
故旧好友送我美酒，竟说饮下可成神仙。
初饮一杯断绝杂念，继而再饮忘却苍天。
苍天何尝离开此处？听任自然无物优先。
云鹤生有神奇翅膀，遨游八荒片刻即还。
自我抱定任真信念，勤勉至今已四十年。
身体虽然不断变化，此心未变有何可言？

[赏析]

这是一首饮酒诗，也是一首哲理诗。诗题为"连雨独饮"，点出了诗人饮酒的环境，连日阴雨的天气，诗人独自闲居饮酒，不无孤寂之感、沉思之想。开篇便提出了一个严肃的论题："运生会归尽，终古谓之然。"这句话虽然劈空而至，却是诗人40岁以来经常缠扰心头、流露笔端的话题。在"运生会归尽"的前提下，诗人进一步思索了应该采取的人生态度。道教宣扬服食成仙说，企图人为地延长人生的年限。但是动荡的社会、黑暗的政治，也使一些身处险境、朝不保夕的文人看透了神仙之说的虚妄。所以接下两句诗就是针对着道教神仙之说提出了反诘："世间有松乔，于今定何间？"

开篇四句诗不过是谈人生必有一死，神仙不可相信，由此转向了饮酒："故老赠余酒，乃言饮得仙。试酌百情远，重觞忽忘天。"陶渊明从否定神仙存在转向描述饮酒，却自有新意。"乃言饮得仙"中的"乃"字，顺承前面"松乔"两句，又形成语意的转折。那位见多识广的老者，竟然说饮酒能够成仙。于是诗人先"试酌"一杯，果然觉得各种各样牵累人生的情欲，纷纷远离自己而去了；再乘兴连饮几杯，忽然觉得天地万物都不存在了。

然而，"天岂去此哉？任真无所先"。一个"天"字锁接前句，又以问句做转折。继而以"任真无所先"作答。这句诗的潜在意思是，人与万物都是受气于天地而生的，只是人有"百情"。如果人能忘情忘我，也就达到了与物为一、与自然运化为一体的境界，而不会感到与天地远隔，或幻想着超越自然运化的规律去求神仙了。

"云鹤有奇翼，八表须臾还。"这两句仍用仙人王子乔的典故。云鹤有神奇的羽翼，可以高飞远去，又能很快飞回来。但是陶渊明并不相信有神仙，也不做乘鹤远游的诗意幻想，而自有独异的地方："自我抱兹独，僶俛四十年。"我独自抱定了任真的信念，勉力而为，已经四十年了。这表达了诗人独任自然的人生态度，也表现了诗人孤高耿介的个性人格。

结尾两句总挽全篇："形骸久已化，心在复何言？"所谓"化"，指自然物质的变化，出自《庄子·至乐篇》所言："吾与子观化而化及我。"全诗正是从观察"运生会归尽"而推演到了观察自我形骸的变化。"心在"指诗人四十多年来始终抱守的纯真之心。

## 移居·其二

【魏晋】陶渊明

春秋多佳日，登高赋新诗。
过门更相呼，有酒斟酌①之。
农务各自归，闲暇辄相思②。
相思则披衣，言笑无厌时③。
此理将不胜，无为忽去兹④。
衣食当须纪⑤，力耕不吾欺。

【注释】

①斟：盛酒于勺。酌：盛酒于觞。斟酌：倒酒而饮，劝人饮酒的意思。
②农务：农活。辄（zhé）：就。相思：互相怀念。
③披衣：披上衣服，指去找人谈心。厌：满足。
④此理：指与邻里过从畅谈欢饮之乐。理：意蕴。将：岂。将不胜：岂不美。兹：这些，指上句"此理"。
⑤纪：经营。

### 译文

春秋两季有很多好日子，我经常同友人一起登高吟诵新诗篇。经过门前互相招呼，聚在一起，有美酒，大家同饮共欢。要干农活便各自归去，闲暇时则又互相思念。思念的时候，大家就披衣相访，谈谈笑笑永不厌烦。这种饮酒言笑的生活的确很美好，抛弃它实在无道理可言。穿的吃的需要自己亲自去经营，躬耕的生活永不会将我欺骗。

〔赏析〕

全诗以自在之笔写自得之乐，将日常生活中邻里过从的琐碎情事串成一片行云流水。首二句"春秋多佳日，登高赋新诗"以"春秋"二字发端，概括全篇，说明诗中所叙并非"发真趣于偶尔"（谢榛《四溟诗话》），而是一年四季生活中常有的乐趣。每遇风和日丽的春天或天高云淡的秋日，登高赋诗，一快胸襟，历来为文人引为风雅盛事。对陶渊明来说，在柴桑火灾之后，新迁南村，有此登临胜地，更觉欣慰自得。移居南村除有登高赋诗之乐以外，更有与邻人过从招饮之乐："过门更相呼，有酒斟酌之。"这两句与前事并不连属，但若作斟酒品诗理解，四句之间又似可承接。过门辄呼，无须士大夫之间拜会邀请的虚礼，态度村野，更觉来往的随便。大呼小叫，毫不顾忌言谈举止的风度，语气粗朴，反见情意的直率。

当然，人们也不是终日饮酒游乐，平时各自忙于农务，有闲时聚在一起才觉得兴味无穷："农务各自归，闲暇辄相思。相思辄披衣，言笑无厌时。"有酒便互相招饮，有事则各自归去，在这个小小的南村，人与人的关系非常实在，非常真诚。"各自归"本来指农忙时各自在家耕作，但又与上句饮酒之事字面相连，句意相属，给人以酒后散去、自忙农务的印象。这就像前四句一样，利用句子之间若有若无的连贯，从时间的先后承续以及诗意的内在联系两方面，轻巧自如地将日常生活中常见的琐事融成了整体。这句既顶住上句招饮之事，又引出下句相思之情。忙时归去，闲时相思，相思复又聚首，似与过门相呼意义重复，造成一个回环，"相思则披衣"又有意用民歌常见的顶针格，强调了这一重复，使笔意由于音节的复沓而更加流畅自如。此际诗情已达高潮，再引出"此理将不胜，无为忽去兹"的感叹，便极其自然了。这两句扣住移居的题目，写出在此久居的愿望，也是对上文所述过从之乐的总结。不言"此乐"，而说"此理"，是因为乐中有理，由任情适意的乐趣中悟出了任自然的生活哲理比一切都崇高。

# 和郭主簿①·其一

**【魏晋】陶渊明**

蔼蔼堂前林，中夏贮清阴。

凯风因时来，回飙②开我襟。

息交③游闲业，卧起弄书琴。

园蔬有余滋，旧谷犹储今。

营己④良有极，过足非所钦。

舂⑤秫作美酒，酒熟吾自斟。

弱子戏我侧，学语未成音。

此事真复乐，聊⑥用忘华簪。

遥遥望白云⑦，怀古一何深！

## 【注　释】

①郭主簿：名字及生平事迹不详。主簿，州县主管薄书一类的官，应当是诗人的朋友。

②回飙（biāo）：回旋的风。

③息交：停止官场中的交往。游：优游。闲业：指书琴等六艺，与仕途"正业"相对而言。

④营己：经营自己的生活。良：很。极：极限。

⑤舂：捣掉谷类的壳皮。秫（shú）：即高粱，多用以酿酒。

⑥聊：暂且。华簪：华贵的发簪。这里比喻华冠，指做官。

⑦白云：代指古时圣人。

## 译　文

堂前林木郁葱葱，仲夏积蓄清凉荫。

季候南风阵阵来，旋风吹开我衣襟。

离开官场操闲业，终日读书与弹琴。

园中蔬菜用不尽，往年陈谷存至今。

经营生活总有限，超过需求非所钦。
我自春秫酿美酒，酒熟自斟还自饮。
幼子玩耍在身边，咿哑学语未正音。
生活淳真又欢乐，功名富贵似浮云。
遥望白云去悠悠，深深怀念古圣人。

## [赏析]

此诗通过对仲夏时节诗人闲适生活的描述，表达了诗人安贫乐道、恬淡自甘的心境。

此诗最大的特点是平淡冲和，意境浑成，令人感到纯真亲切、富有浓郁的生活气息。通篇展现的都是人们习见熟知的日常生活，虽如叙家常，然皆从胸中流出，毫无矫揉造作的痕迹，因而使人倍感亲切。无论写景、叙事、抒情，都无不紧扣一个"乐"字。你看，堂前夏木荫荫，南风（凯风）清凉习习，这是乡村景物之乐；既无公衙之役，又无车马之喧，杜门谢客，读书弹琴，起卧自由，这是精神生活之乐；园地蔬菜有余，往年存粮犹储，维持生活之需其实有限，够吃即可，过分的富足并非诗人所钦羡，这是物质满足之乐；有黏稻舂捣酿酒，诗人尽可自斟自酌，比起官场玉液琼浆的虚伪应酬，更见淳朴实惠，这是嗜好满足之乐；与妻室儿女团聚，尤其有小儿子不时偎倚嬉戏身边，那牙牙学语的神态，真是天真可爱，这是天伦之乐。有此数乐，即可忘却那些仕宦富贵及其乌烟瘴气，这又是隐逸恬淡之乐。总之，景是乐景，事皆乐事，则情趣之乐不言而喻，这就构成了情景交融、物我浑成的意境。诗人襟怀坦率，无隐避，无虚浮，无夸张，纯以淳朴的真情动人。

# 和郭主簿①·其二

### 【魏晋】陶渊明

和泽周三春①，清凉素秋节。

露凝无游氛②，天高肃景澈。

陵岑耸逸峰③，遥瞻皆奇绝。

芳菊开林耀，青松冠岩列④。

怀此贞秀姿，卓为霜下杰⑤。

衔觞念幽人，千载抚尔诀⑥。

检素不获展⑦，厌厌竟良月。

## 【注 释】

①和泽：雨水和顺。周：遍。三春：春季三个月。
②露凝：露水凝结为霜。游氛：飘游的云气。
③陵：大土山。岑（cén）：小而高的山。逸峰：姿态超迈的奇峰。
④冠岩列：在山岩的高处排列成行。
⑤卓：直立。此处有独立不群意。霜下杰：谓松菊坚贞，不畏霜寒。
⑥抚尔诀：坚守你们的节操。
⑦检素：检点素志；指回顾本心。展：施展。

## 译 文

雨水调顺整春季，秋来清凉风萧瑟。

露珠凝聚无云气，天高肃爽景清澈。

秀逸山峰高耸立，远眺益觉皆奇绝。

芳菊开处林增辉，岩上青松排成列。

松菊坚贞秀美姿，霜中挺立真豪杰。

含杯思念贤隐士，千百年来守高节。

顾我素志未施展，闷闷空负秋十月。

## [赏析]

　　《和郭主簿》第二首主要写秋色。写秋色而能独辟蹊径，一反前人肃杀凄凉的悲秋传统，却赞赏它的清澈秀雅、灿烂奇绝，乃是此诗具有开创性的一大特征。首句不写秋景，却写春雨之多，说今春调和的雨水（和泽）不断，遍及了整个春季三月。这一方面是《诗经》中"兴"的手法的继承，另一方面又把多雨的春和肃爽的秋作一对比，令人觉得下文描绘的清秀奇绝的秋色，大有胜过春光之意。往下即具体写秋景的清凉素雅：露水凝结为一片洁白的霜华，天空中没有一丝阴霾的雾气（游氛），因而愈觉天高气爽，格外清新澄澈。远望起伏的山陵高岗，群峰飞逸高耸，无不挺秀奇绝；近看林中满地盛开的菊花，灿烂耀眼，幽香四溢；山岩之上苍翠的青松，排列成行，巍然挺立。凛冽的秋气使百卉纷谢凋零，然而菊花却迎霜怒放，独呈异彩；肃杀的秋风使万木摇落变衰，唯有苍松却经寒弥茂，青翠长在。难怪诗人要情不自禁地怀想这松菊坚贞秀美的英姿，赞叹其卓尔不群的风貌，誉之为霜下之杰了。

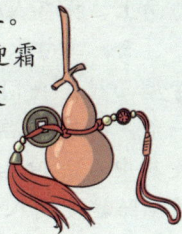

## 腊　日①

【魏晋】陶渊明

风雪送余运②，无妨时已和③。
梅柳夹门植，一条有佳花④。
我唱尔言得⑤，酒中适何多！
未能明多少，章山⑥有奇歌。

【注　释】

①腊日：古代年终时大祭万物的节日。
②余运：一年内剩下的时运，即岁暮。
③时已和：时节已渐和暖。
④佳花：指梅花。
⑤唱：指咏诗。尔：你，指上句的佳花。言得：称赏之意。
⑥章山：江西南城县东北五里有章山，乔松修竹，森列交荫。疑当指此。

## 译 文

风雪送走了一年剩余的日子，气温则已经开始暖和。门前两边种着梅与柳，那绽开的梅花一朵朵，一束束，串成一条。我歌唱你说难得，酒中的惬意何其多！说不上酒中的快乐有多少，那石门山曾聆听过奇妙的歌。

### 赏析

此诗开头两句写腊日一到，岁暮就会很快被送走。虽然时有风雪，但无碍于季节的转换，天气日趋和暖，指明了自然变化规律的不可抗拒性，预示冬即去春将来，渲染了一种蒸腾向上、振奋人心的气氛。

三、四句承接"时已和"写梅、柳干粗枝繁，高大挺拔，傍屋而植，夹门而立，那绽开的梅花一朵朵，一束束，串成一条，芳香四溢，构成一个静谧恬适的境界。在此，虽未言及其中人，但其中人超尘拔俗的精神风貌，却可由所居环境的幽雅揣度到八九分。

后四句集中表现所居之人的行为与思想活动。诗人写自己面对佳花把酒吟诗，觉得那花儿也似乎显得心满意足，高兴不已，深感这酒中的快乐，是多而又多。然而究竟其中有多少快乐，谁也弄不清楚，只知唯有像"双阙对峙，其前重岩映带，其后七岭之美，蕴奇于此"的章山那样的风景胜地，才是净化心灵，陶冶情操，激发诗情，可写出妙言奇句佳篇的理想去处。诗人在这里恰当地运用了移情于物的艺术手法，把他那种陶醉于山水，热衷隐居生活的怡然之乐表达得淋漓尽致。

# 九日闲居

**【魏晋】** 陶渊明

余闲居，爱重九之名。秋菊盈园，而持醪靡由①，空服九华②，寄怀于言。

世短意常多，斯人乐久生。

日月依辰至，举俗爱其名。

露凄暄③风息，气澈天象明。

往燕无遗影，来雁有余声。

酒能祛百虑，菊解制颓龄④。

如何蓬庐士⑤，空视时运倾！

尘爵耻虚罍⑥，寒华徒自荣⑦。

敛襟独闲谣⑧，缅⑨焉起深情。

栖迟⑩固多娱，淹留岂无成。

## 【注 释】

① 醪（láo）：汁滓混合的酒，即浊酒，今称甜酒或醪糟。靡（mǐ）：无。靡由，即无来由，指无从饮酒。

② 服：用，这里转为欣赏之意。九华：重九之花，即菊花。华，同"花"。

③ 露凄：秋霜凄凉。暄（xuān）风：暖风，指夏季的风。

④ 制：止，约束，节制。颓（tuí）龄：衰暮之年。

⑤ 蓬庐士：居住在茅草房子中的人，即贫士，作者自指。

⑥ 尘爵耻虚罍（léi）：酒杯的生尘是空酒壶的耻辱。爵：饮酒器，指酒杯。因无酒而生灰尘，故曰"尘爵"。罍：古代器名，用以盛酒或水，这里指大酒壶。

⑦ 寒华：指秋菊。徒：徒然，白白地。荣：开花。

⑧ 敛（liǎn）襟（jīn）：整一整衣襟，指正坐。谣：不用乐器伴奏的歌唱，这里指作诗。

⑨ 缅（miǎn）：遥远的样子，形容后面的"深情"。

⑩ 栖迟：隐居而游息的意思。栖：宿；迟：缓。

## 译 文

　　我闲居无事，颇喜"重九"这个节名。秋菊满园，想喝酒但没有酒可喝，独自空对着秋菊丛，因写下此诗以寄托怀抱。人生短促，忧思往往很多，可人们还是盼望成为寿星。日月依着季节来到，民间都喜欢重阳这个好听的节名。露水出现了，暖风已经停息。空气澄澈，日月星辰分外光明。飞去的燕子已不见踪影，飞来的大雁萦绕着余音。只有酒能驱除种种忧虑，只有菊花才懂得益寿延龄。茅草屋里的清贫士，徒然看着时运的变更。酒杯积灰，酒樽也感到羞耻；寒菊空自开放，也让人难为情。整整衣襟，独自悠然歌咏，深思遐想勾起了一片深情。盘桓休憩本有很多欢乐，隐居乡里难道就无一事成！

## 赏析

　　此诗将说理、写景与抒情融合在一起，体现了陶诗自然流走的特点，其中某些句子凝练而新异，可见陶渊明铸词造句的能力，如"世短意常多""日月依辰至"及"酒能祛百虑，菊解制颓龄"等虽为叙述语，然道劲新巧，词简意丰，同时无雕饰斧凿之痕，这正是陶诗的难以企及处。

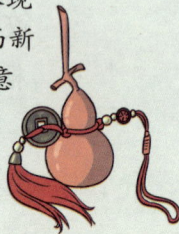

# 酒德颂

**【魏晋】刘伶**

　　有大人先生①，以天地为一朝，以万期为须臾，日月为扃牖<sup>②</sup>，八荒为庭衢。行无辙迹，居无室庐，幕天席地，纵意所如。止则操卮执觚，动则挈榼提壶，唯酒是务，焉知其余？

有贵介公子，搢绅处士<sup>③</sup>，闻吾风声，议其所以。乃奋袂攘襟<sup>④</sup>，怒目切齿，陈说礼法，是非锋起。先生于是方捧罂<sup>⑤</sup>承槽、衔杯漱醪<sup>⑥</sup>；奋髯箕踞<sup>⑦</sup>，枕麴藉糟<sup>⑧</sup>；无思无虑，其乐陶陶。兀然而醉，豁尔而醒；静听不闻雷霆之声，熟视不睹泰山之形，不觉寒暑之切肌，利欲之感情。俯观万物，扰扰焉，如江汉之载浮萍；二豪侍侧焉，如蜾蠃之与螟蛉。

【注 释】

① 大人：古时用以指称圣人或有道德的人。先生：对有德业者的尊称。大人先生，此处作者用以自代。

② 扃牖（jiōng yǒu）：门窗。扃，门；牖，窗。

③ 搢（jìn）绅：插芴于带间。搢，插。绅，大带。古时仕宦者垂绅插芴，故称士大夫为搢绅。搢一作为缙。处士：有才德而隐居不仕的人。

④ 奋袂（mèi）攘（rǎng）襟：挥动衣袖，捋起衣襟，形容激动的神态。奋：猛然用力。袂：衣袖。攘：揎，捋。襟：衣的交领，后指衣的前幅。

⑤ 罂（yīng）：大肚小口的陶制容器。罂一作为罂。

⑥ 漱醪（láo）：口中含着浊酒。漱：含着。

⑦ 奋髯：撩起胡子。箕踞（jī jū）：伸两足，手据膝，若箕状。箕踞为对人不敬的坐姿。

⑧ 枕麴（qū）藉（jiè）糟：枕着酒麴，垫着酒糟。麴，酒母。藉，草垫。

作者名片

刘伶，西晋沛国人，字伯伦。肆意放荡，常以宇宙为狭，不以家产有无为意。性嗜酒，作《酒德颂》，嘲弄礼法。魏末为建威参军。晋武帝泰始初对策，盛言无为之化，以无用罢。为"竹林七贤"之一。

有一个大人先生，他把天地开辟以来的漫长时间看作是一朝，他把一万年当作一眨眼工夫，他把天上的日月当作是自己屋子的门窗，他把辽阔的远方当作是自己的庭院。他放旷不羁，以天为帐幕，以大地为卧席，他自由自在。停歇时，他便捧着卮子，端着酒杯；走动时，他也提着酒壶，他只以喝酒为要事，又怎肯理会酒以外的事！

有尊贵的王孙公子和大带的隐士，他俩听到我这样之后，便议论起我来。两个人揎起袖子，撩起衣襟要动手，瞪大两眼，咬牙切齿，陈说着世俗礼法，陈说是非，讲个没完。当他们讲得正起劲时，大人先生却捧起了酒器，把杯中美酒倾入口中，悠闲地摆动胡子，大为不敬地伸着两脚坐地上，他枕着酒母，垫着酒糟，不思不想，陶陶然进入快乐乡。他无知无觉地大醉，很久才醒酒，静心听时，他听不到雷霆的巨声；用心看时，他连泰山那么大也看不清；寒暑冷热的变化，他感觉不到；利害欲望这些俗情，也不能让他动心。他俯下身子看世间万事万物，见它们像江汉上的浮萍一般乱七八糟，不值得一顾；公子处士在他身边，便如那蜾蠃和螟蛉一般渺小。

[赏析]

这篇骈文全篇以一个虚拟的"大人先生"为主体，借饮酒表明了一种随心所欲、纵意所如的生活态度，并对封建礼法和士大夫们做了辛辣的讽刺。语言形象生动，清逸超拔，音韵铿锵，主客对峙，铺叙有致，文气浩荡，笔酣墨饱，有飘然出尘，凌云傲世之感。作者把那些"贵介公子""缙绅处士"们的丑态和"大人先生""无思无虑，其乐陶陶"的悠然自在相对比，达到了鲜明的讽刺效果。作者极力渲染了酒醉后的怡然陶醉之感，视缙绅公子们如虫豸一般，于不动声色之中做了尽情的嘲讽。

# 月下独酌·其一

【唐】李白

花间①一壶酒，独酌无相亲。

举杯邀明月，对影成三人。

月既不解饮②，影徒随我身。

暂伴月将③影，行乐须及春④。

我歌月徘徊，我舞影零乱。

醒时同交欢⑤，醉后各分散。

永结无情游⑥，相期邈云汉⑦。

## 【注　释】

①间：一作"下"，一作"前"。

②既：已经。不解：不懂，不理解。

③将：和，共。

④及春：趁着春光明媚之时。

⑤同交欢：一起欢乐。一作"相交欢"。

⑥无情游：月、影没有知觉，不懂感情，李白与之结交，故称"无情游"。

⑦相期邈云汉：约定在天上相见。

## 作者名片

　　李白（701—762），字太白，号青莲居士，又号"谪仙人"，唐代伟大的浪漫主义诗人，被后人誉为"诗仙"，与杜甫并称为"李杜"，为了与另两位诗人李商隐与杜牧即"小李杜"区别，杜甫与李白又合称"大李杜"。其人爽朗大方，爱饮酒作诗，喜交友。李白深受黄老列庄思想影响，有《李太白集》传世，诗作中多有醉时写就，代表作有《望庐山瀑布》《行路难》《蜀道难》《将进酒》等多首。

## 译 文

在花丛中摆上一壶美酒，我自斟自饮，身边没有一个亲友。举杯向天，邀请明月，与我的影子相对，便成了三人。明月既不能理解开怀畅饮之乐，影子也只能默默地跟随在我的左右。暂且以明月影子相伴，趁此春宵要及时行乐。我吟诵诗篇，月亮伴随我徘徊，我手舞足蹈，影子便随我蹁跹。清醒时我与你一同分享欢乐，酒醉以后各奔东西。我愿与他们永远结下忘掉伤情的友谊，相约在缥缈的银河边。

### [赏析]

这首诗写诗人由政治失意而产生的一种孤寂忧愁的情怀。
题目是"月下独酌"，诗人运用丰富的想象，表现出一种由独而不独，由不独而独，再由独而不独的复杂情感。表面看来，诗人真能自得其乐，可是背面却有无限的凄凉。孤独到了邀月与影那还不算，甚至于以后的岁月，也休想找到共饮之人，所以只能与月光身影永远结游，并且相约在那邈远的上天仙境再见。结尾两句，点尽了诗人孤独、冷清的感受。

## 月下独酌·其二

### 【唐】李白

天若不爱酒，酒星①不在天。
地若不爱酒，地应无酒泉②。
天地既爱酒，爱酒不愧天。

已闻清比圣，复道浊如贤。

贤圣既已饮，何必求神仙？

三杯通大道③，一斗合自然。

但得酒中趣④，勿为醒者传。

【注　释】

①酒星：古星名，也称酒旗星。

②酒泉：酒泉郡，汉置，在今甘肃省酒泉市。传说郡中有泉，其味如酒，故名酒泉。

③大道：指自然法则。

④酒中趣：饮酒的乐趣。

**译　文**

天如果不爱酒，酒星就不能罗列在天。

地如果不爱酒，就不应该地名有酒泉。

天地既然都喜爱酒，那我爱酒就无愧于天。

我先是听说酒清比作圣，又听说酒浊比作贤。

既然圣贤都饮酒，又何必再去求神仙？

三杯酒可通儒家的大道，一斗酒正合道家的自然。

我只管得到醉中的趣味，这趣味不能向醒者相传！

**赏析**

　　诗通篇议论，堪称是一篇"爱酒辩"。开头从天地"爱酒"说起。以天上酒星、地上酒泉，说明天地也爱酒，再得出"天地既爱酒，爱酒不愧天"的结论。接着论人。人中有圣贤，圣贤也爱酒，则常人之爱酒自不在话下。这是李白为自己爱酒寻找借口，诗中说："贤圣既已饮，何必求神仙？"又以贬低神仙来突出饮酒。从圣贤到神仙，结论是爱酒不但有理，而且有益。最后将饮酒提高到最高境界：通于大道，合乎自然，并且酒中之趣是不可言传的。此诗通篇说理，其实其宗旨不在明理，而在抒情，即以说理的方式抒情。这不合逻辑的议论，恰恰十分有趣而深刻地抒发了诗人情怀。诗人爱酒，只是对政治上失意的自我排遣。他的"酒中趣"，正是这种难以言传的情怀。

# 月下独酌·其三

### 【唐】李白

三月咸阳城，千花昼如锦。

谁能春独愁，对此径须饮①？

穷通②与修短，造化③夙所禀。

一樽齐死生④，万事固难审。

醉后失天地，兀然就孤枕⑤。

不知有吾身，此乐最为甚。

## 【注 释】

①径须：直须。

②穷通：困厄与显达。

③造化：自然界的创造者，亦指自然。

④齐死生：生与死没有差别。

⑤兀然：浑然无知的样子。孤枕：独枕，借指独宿、独眠。

## 译 文

三月里的长安城，春光明媚，春花似锦。

谁能如我春来独愁，到此美景只知一味狂饮？

富贫与长寿，本来就造化不同，各有天分。

酒杯之中自然死生无差别，何况世上万事根本没有是非定论。

醉后失去了天和地，一头扎向了孤枕。

沉醉之中不知还有自己，这种快乐何处能寻？

## 赏析

诗开头写诗人因忧愁不能乐游，所以说"谁能春独愁，对此径须饮"，诗人希望从酒中得到宽慰。接着诗人从人生观的角度加以解释，在精神上寻求慰藉，并得出"此乐最为甚"的结论。诗中说的基本是旷达乐观的话，但"谁能春独愁"一语，便流露出诗人内心的失意悲观情绪。旷达乐观的话，都只是强自宽慰。不止不行，不塞不流。强自宽慰的结果往往是如塞川流，其流弥激。当一个人在痛苦至极的时候发出一声狂笑，人们可以从中体会到其内心的极度痛苦；而李白在失意愁寂难以排遣的时候，发出醉言"不知有吾身，此乐最为甚"时，读者同样可以从这个"乐"字感受到诗人内心的痛苦。以旷达写牢骚，以欢乐写愁苦，是此诗艺术表现的主要特色，也是其艺术手法上的成功之处。

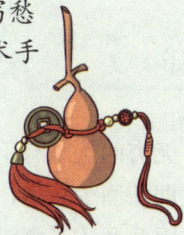

# 月下独酌·其四

【唐】李白

穷愁千万端，美酒三百杯①。

愁多酒虽少，酒倾愁不来。

所以知酒圣②，酒酣心自开。

辞粟卧首阳③，屡空饥颜回④。

当代不乐饮，虚名安用⑤哉？

蟹螯⑥即金液，糟丘是蓬莱⑦。

且须饮美酒，乘月⑧醉高台。

## 【注 释】

①三百杯：一作"唯数杯"。

②酒圣：谓豪饮的人。

③卧首阳：一作"饿伯夷"。首阳，山名，一称雷首山，相传为伯夷、叔齐采薇隐居处。

④屡空：经常贫困。谓贫穷无财。颜回：春秋末期鲁国人，孔子的得意门生。

⑤安用：有什么作用。安，什么。

⑥蟹螯（áo）：螃蟹变形的第一对脚。状似钳，用以取食或自卫。

⑦糟丘：积糟成丘，极言酿酒之多，沉湎之甚。蓬莱：古代传说中的神山名，此处泛指仙境。

⑧乘月：趁着月光。

## 译 文

无穷的忧愁有千头万绪，我有美酒三百杯多。

即使酒少愁多，美酒一倾愁不再回。

因此我才了解酒中圣贤，酒酣心自开朗。

辞粟只能隐居首阳山，没有酒食颜回也受饥。

当代不乐于饮酒，虚名有什么用呢？

蟹螯就是仙药金液，糟丘就是仙山蓬莱。

姑且先饮一番美酒，乘着月色在高台上大醉一回。

[赏析]

　　本诗借用典故来写饮酒的好处。开头写诗人借酒浇愁，希望能用酒镇住忧愁，并以推理的口气说："所以知酒圣，酒酣心自开。"接着就把饮酒行乐说成是人世生活中最为实用、最有意思的事情。诗人故意贬抑了伯夷、叔齐和颜回等人，表达虚名不如饮酒的观点。诗人对伯夷、叔齐和颜回等人未必持否定态度，这样写是为了表示对及时饮酒行乐的肯定。然后，诗人又拿神仙与饮酒相比较，表明饮酒之乐胜于神仙。李白借用蟹螯、糟丘的典故，并不是真的要学毕卓以饮酒了结一生，更不是肯定纣王在酒池肉林中过糜烂生活，只是想说明必须乐饮于当代。最后的结论就是："且须饮美酒，乘月醉高台。"话虽这样说，但只要细细品味诗意，便可以感觉到，诗人从酒中领略到的不是快乐，而是愁苦。

# 对酒忆贺监①二首

### 【唐】李白

四明②有狂客，风流贺季真③。

长安一相见，呼我谪仙人④。

昔好杯中物⑤，翻为松下尘⑥。

金龟换酒⑦处，却忆泪沾巾。

狂客归四明，山阴⑧道士迎。

敕赐镜湖⑨水，为君台沼⑩荣。

人亡余故宅，空有荷花生。

念此杳如梦，凄然伤我情。

## 【注　释】

①贺监：即贺知章。唐肃宗为太子时，贺知章曾官至太子宾客兼正授秘书监，故诗题及序
　　中以"贺监""太子宾客贺公"称之。
②四明：浙江旧宁波府的别称，以境内有四明山得名。四明山，在今浙江宁波市西南。
③贺季真：即贺知章，季真是贺知章的字。
④谪仙人：被贬谪到人间来的仙人。
⑤杯中物：即酒。
⑥松下尘：已亡故的意思，古时坟墓上多植松柏，故云。语出释昙迁诗："我住刊江侧，
　　终为松下尘。"
⑦金龟换酒：《本事诗》中说：李太白初自蜀至京师。舍于逆旅。贺监知章闻其名，首访
　　之，既奇其姿，复请所为文，出《蜀道难》以示之。读未竟，称叹者数四，号为"谪仙"。
　　解金龟换酒，与倾尽醉，期不间日，由是声益光赫。"金龟"盖是所佩杂玩之类，非武
　　后朝内外官所佩之金龟也。
⑧山阴：今浙江绍兴，贺知章的故乡。
⑨镜湖：在今浙江绍兴会稽山北麓。
⑩沼：池塘，这里指镜湖。

## 译　文

四明山中曾出现过一个狂客，他就是久负风流盛名的贺季真。
在长安头一次相见，他就称呼我为天上下凡的仙人。
当初是喜爱杯中美酒的酒中仙，今日却已变成了松下尘。
每每想起用金龟换酒的情景，不禁就悲伤地泪滴沾巾。

狂客贺先生回到四明，首先受到山阴道士的欢迎。
御赐一池镜湖水，为您游赏在山光水色之中。
人已逝去仅余故居在，镜湖里空有朵朵荷花生。
看到这些就使人感到人生渺茫如一场大梦，使我凄然伤情。

## 赏析

　　这两首诗在艺术上主要采用了今昔对比的手法，随着镜头的一再转换，展现出诗人抚今追昔、感慨万千的心绪。第一首前四句着重对昔日的追忆，但后四句却是在今—昔、今—昔的反复重叠之中，来加强感情的抒发。第二首前四句言昔，后四句言今，同样是在对比之中展示出诗人那极不平静的心绪。这一手法的运用，无疑加强了诗歌的艺术效果。

# 对　酒

### 【唐】李白

蒲萄酒①，金叵罗②，吴姬十五细马③驮。

青黛画眉红锦靴④，道字不正娇唱歌。

玳瑁筵⑤中怀里醉，芙蓉帐⑥底奈君何！

## 【注　释】

①蒲萄酒：据《太平寰宇记》载西域有之，及唐贞观中传入，芳香酷烈。
②叵罗：或作"颇罗"，胡语之酒杯。
③细马：骏马之小者。
④青黛：古画眉颜料，其色青黑。红锦靴：唐代时装。
⑤玳瑁筵：也写作瑇瑁筵，谓豪华名贵之筵席。
⑥芙蓉帐：用芙蓉花染缯制成的帐子，泛指华丽的帐子。

## 译　文

　　葡萄美酒，金叵罗。吴地少女年方十五，娇小的骏马把她驮。

　　青黛描秀眉，还穿着红锦靴。吐字音不正，娇滴滴地唱着歌。

　　豪华的筵席上，你投入怀中醉眼婆娑。芙蓉帐里，能奈你何？

[赏析]

　　这首七言古诗写少年冶游情景，是李白初下江南时候的生活写照。全诗节奏明快，情绪高昂，细节明晰，歌唱性极强。

　　此诗先写"蒲萄酒""金叵罗""玳瑁筵""芙蓉帐"，其物色华贵精美绝伦。然后女主人公登场。芳龄十五，骑一匹小马。以"细"指"小"，至今粤语犹然。"駆"字好，坐非正坐，开启了漫不经心模式。"道字不正娇唱歌"，是女主人公无目的性地任意挥发。是因为她是吴姬，不能说洛阳正音，才"道字不正"，还是她有意来一番个人演绎，将一首熟悉的歌儿唱出陌生化的新奇感呢？李白是深谙此中秘诀的，他明白这是撒娇，发嗲。在另一首写给金陵女子的诗中他也说："楚歌吴语娇不成，似能未能最有情。"不要太认真，不要卖弄，有本事最好藏起来，技艺在纯熟与生疏之间，态度在迎合与超然之间，这才是"娇唱歌"，"娇不成"也"最有情"。十五岁的吴姬真不简单，她已经掌握了人情与歌艺的精髓：似能未能，大巧若拙。此诗写吴姬着笔不多，但其天生丽质，音容笑貌，一览无余，很可见出李白刻画人物之功。

# 对酒行①

**【唐】李白**

松子栖金华②，安期入蓬海③。

此人古之仙，羽化④竟何在。

浮生⑤速流电，倏忽变光彩。

天地无凋换⑥，容颜有迁改。

对酒不肯饮，含情⑦欲谁待。

## 【注释】

①对酒行：是乐府相和歌调名，内容多为君主歌功颂德。
②松子：即赤松子，传说中的仙人。金华：指金华山，在浙江金东区北，即赤松子得道处。传说赤松子游金华山，自焚而化，故今山上有赤松坛。
③安期：《抱朴子》载：安期先生（指安期生），在东海边卖药，已有千年之久。秦始皇请来与他谈了三天三夜，言高旨远，始皇感到奇怪，便赐给他价值数千万的金璧。安期接受后，放置在阜乡亭，并留下一封书信曰："复数千岁，求我于蓬莱山。"
④羽化：道家以仙去为羽化。
⑤浮生：人生。流电：形容人生短促，似流电。
⑥凋换：凋落变化。
⑦含情：形容心情不欢畅。

## 译 文

　　赤松子栖息在金华山上，安期生居住在东海的蓬莱仙山。他们都是古代修炼成仙的仙人，不知今日他们是否还在？人生浮幻如梦，如奔流的闪电般转眼即逝，忽然一下子就到了暮年。几十年，天地并没有多大的变化，改变的只有人的容颜。这样人生的即逝，谁能不感慨万千呢？眼前虽然有盛宴美酒，但欢饮不畅，没有举杯的心情。

## 〔赏析〕

　　这首诗看似平淡无奇，实则融游仙、忧生、饮酒、纵情为一体，意蕴丰富，耐人寻味。

　　诗的前四句，追思仙人，提出疑问。诗人开篇便从古时仙人、仙境起笔，首先创造出迷离缥缈的意境，也凝聚着诗人一生求仙的曲折历程和复杂心态。中间四句，感叹时光倏忽，人生易老。这里，诗人为强调人生变化之迅速，用了夸张的艺术手法："浮生"两句中，"流电"的意象与"浮""速""倏忽"

等词语的交互作用，就凸显出其人生短促的意识。"天地"两句又以永存的天地为反衬，来强化其生命不常的意识，揭示出时间的无限、宇宙的永恒与人生有限、容颜易改的矛盾，倾泻出诗人欲有为而不得，欲超脱而不能的内心矛盾与苦闷，流露出迷惘、惆怅又无可奈何的复杂心态。

结尾两句，紧扣诗题，揭出主旨。诗人在仙境、人生皆令人幻灭、绝望的情境中，忽辟奇境，面对酒杯而产生种种联想，在欲饮未饮的心灵搏斗中，以尾句中反诘的语气透露出他欲超脱而不能的复杂心态，也表达出更高远的精神追求。

# 山中与幽人①对酌②

【唐】李白

两人对酌山花开，一杯一杯复一杯。
我醉欲眠卿且去③，明朝有意抱琴来。

【注 释】

①幽人：幽隐之人；隐士。此指隐逸的高人。
②对酌：相对饮酒。
③"我醉"句：此用陶渊明的典故。《宋书·陶渊明传》记载：陶渊明不懂音乐，但是家里收藏了一把没有琴弦的古琴，每当喝酒的时候就抚摸古琴，对来访者无论贵贱，有酒就摆出共饮，如果陶渊明先醉，便对客人说："我醉欲眠卿可去。"

【译 文】

我们两人在盛开的山花丛中对饮，一杯又一杯，真是乐开怀。
我已喝得昏昏欲睡您可自行离开，明天早晨定要抱着琴再来。

### 赏析

这首诗首句点明作者与朋友喝酒的地点与环境；次句以反复手法渲染开怀畅饮的场面；三句运用陶渊明的典故，写自己喝醉请对方自便；末句婉订后约，相邀改日再饮。此诗表现了一种随心所欲、恣情纵饮、不拘礼节的人生态度，展现出一个具有高度个性化、超凡脱俗的艺术形象。全诗在语言上词气飞扬，体现出歌行的风格。

# 金陵酒肆留别①

【唐】李白

风吹②柳花满店香，吴姬压酒③劝客尝。
金陵子弟④来相送，欲行不行各尽觞。
请君试问⑤东流水，别意与之谁短长？

## 【注 释】

①金陵：今江苏省南京市。酒肆：酒店。留别：临别留诗给送行者。
②风吹：一作"白门"。
③压酒：压糟取酒。古时新酒酿熟，临饮时方压糟取用。
④子弟：指李白的朋友。
⑤试问：一作"问取"。

## 译 文

春风吹起柳絮酒店满屋飘香，侍女捧出美酒，劝我细细品尝。

金陵年轻朋友纷纷赶来相送。欲走还留之间，各自畅饮悲欢。
请你问问东流江水，离情别意与它比谁短谁长？

[赏析]

　　这首诗是作者即将离开金陵、东游扬州时留赠友人的一首话别诗，篇幅虽短，却情意深长。此诗由写仲夏胜景引出逸香之酒店，铺就其乐融融的赠别场景；随即写吴姬以酒酬客，表现吴地人民的豪爽好客；最后在觥筹交错中，主客相辞的动人场景跃然纸上，别意长于流水般的感叹水到渠成。全诗热情洋溢，反映了李白与金陵友人的深厚友谊及其豪放性格；流畅明快，自然天成，清新俊逸，情韵悠长，尤其结尾两句，兼用拟人、比喻、对比、反问等手法，构思新颖奇特，有强烈的感染力。

# 客中行

【唐】李白

兰陵①美酒郁金香②，玉碗盛来琥珀光。
但使主人能醉客③，不知何处是他乡。

【注　释】

①兰陵：今山东省临沂市苍山县兰陵镇；一说位于今四川省境内。
②郁金香：散发郁金的香气。郁金，一种香草，用以浸酒，浸酒后呈金黄色。
③但使：只要。醉客：让客人喝醉酒。醉，使动用法。

## 译 文

兰陵美酒甘醇醉人散发着郁金的香气，盛满玉碗色泽如琥珀般晶莹透彻。

只要主人同我一道畅饮，一醉方休，哪里还管这里是家乡还是异乡？

### 〔赏析〕

这首诗语意新奇，形象洒脱，一反游子羁旅乡愁的古诗文传统，抒写了身虽为客却乐而不觉身在他乡的乐观情感，充分表现了李白豪迈不羁的个性和李诗豪放飘逸的特色，并从一个侧面反映出盛唐时期的时代气氛。

"兰陵美酒郁金香，玉碗盛来琥珀光"，这首《客中行》是这样开头的。谁都知道，李白一生对美酒是情有独钟的，只要有美酒，李白便可以忘乎所以，美酒对李白的神奇效力由此可见一斑。眼前又是同样的场合，只不过"金樽"换上了"玉碗"，人也不是在长安天子脚下，身处民间的李白更可以放浪形骸，尽情享受了，地方上的佳酿，也许更加别有风味，就是因为这首流千古的饮酒歌，到现在才会出现许多冠以"兰陵"字样的酒品。这时摆在面前的兰陵佳酿，色泽清冽，酒香扑鼻，李白看在眼里，美在心间，恨不得马上就喝他个一醉方休。不过，李白一生面对的美酒盛筵何止千万？那么这一次使得李白忘记了乡愁的到底是什么呢，其实并不是美酒，而是多情的主人。

"但使主人能醉客，不知何处是他乡"两句诗，可以说既在人意中，又出人意外。说在人意中，因为它符合前面描写和感情发展的自然趋向；说出人意外，是因为《客中行》这样一个似乎是暗示要写客愁的题目，在李白笔下，完全是另一种表现。这样此诗就显得特别耐人寻味。诗人并非没有意识到是在他乡，当然也并非丝毫不想念故乡。但是，这些都在兰陵美酒面前被冲淡了。一种流连忘返的情绪，甚至乐于在客中、乐于在朋友面前尽情欢醉的情绪完全支配了他。由身在客中，发展到乐而不觉其为他乡，正是这首诗不同于一般羁旅之作的地方。

# 九 日

【唐】李白

今日云景好，水绿秋山明。
携壶酌流霞①，搴菊②泛寒荣③。
地远松石古，风扬弦管清。
窥觞照欢颜，独笑还自倾。
落帽④醉山月，空歌怀友生。

## 【注　释】

①流霞：美酒名。
②搴（qiān）菊：采摘菊花。
③寒荣：寒冷天气开放的菊花，指菊花。
④落帽：典出《晋书》，据载：大司马桓温曾和他的参军孟嘉登高于龙山，孟嘉醉后，风吹落帽，自己却没有发觉，此举在讲究风度的魏晋时期，有伤大雅，孙盛作文嘲笑，孟嘉即兴作答："醉看风落帽，舞爱月留人。"文辞优美，语惊四座。后人以此典比喻文人不拘小节、风度潇洒之态。

## 译　文

今日景物格外的好，山峰松柏参天，江水涌流不息，水光与山色交相辉映。手携一壶流霞酒，采摘这寒冷天气开放的菊花，细细欣赏。这里地处偏僻，怪石嶙峋，松树古远，微风吹来，响起松涛声有如弦管齐鸣奏出的悦耳的乐声。酒杯中倒映着我欢乐的容颜，独自一个人喝酒，自得其乐。望着山月独自起舞高歌，任帽儿被舞风吹落，却不知道让我怀念的朋友都在哪里。

〔赏析〕

这是一首重阳节登高抒怀之诗。

一、二句写秋高气爽，开篇写令人赏心悦目的秋景。秋日的天空，辽阔高远，一碧如洗，朵朵白云在蓝天中飘浮，它们时而分开，时而连成一片，时而像一团团的棉球，时而又像是翻卷的波涛，变幻不定，千姿百态；秋日的大地，明丽清爽。只见层叠的山峰松柏参天，波平浪静的江水涌流不息，水光与山色交相辉映，构成一幅美丽的图画。

三、四句写饮菊花酒，在这天高气爽的秋天里，又逢重阳佳节，诗人携壶登山，开怀畅饮，而且边饮酒边赏菊。"泛寒荣"，一方面表现了秋菊的姿色，另一方面含有诗人怀才不遇的伤感。

"地远松石古"的四句，生动地刻画了诗人赏秋时的见闻和感受。在山高林密的大山深处，松柏葱茏，怪石嶙峋，阵阵微风吹来，响起松涛清越高雅的音韵，有如弦管齐鸣奏出的悦耳的乐声。佳节美景令诗人陶醉，禁不住举杯照欢颜，杯中映出自身的笑容。"还自倾"三字表现了诗人悠然自乐，兴趣盎然的神态。

"落帽醉山月，空歌怀友生"，尾句由写景转为抒情。诗人独自一人饮酒赏秋，眼前的景色虽然美不胜收，可是孑然一身的孤独感无法排解，因而酩酊大醉，以至"落帽"，狂放高歌中充满了思念故交之情。

# 九日龙山饮

【唐】李白

九日龙山①饮，黄花笑逐臣②。
醉看风落帽，舞爱月留人。

【注　释】

①龙山：在当涂县南十里，蜿蜒如龙，蟠溪而卧，故名。
②逐臣：被贬斥、被驱逐的臣子，诗人自称。

## 译　文

九日在龙山宴饮，黄色的菊花盛开似在嘲弄我这个逐臣。
醉眼看看秋风把我的帽子吹落，月下醉舞，明月留人。

## 赏析

在重阳节之际，诗人登上了当涂附近的名胜之地龙山，与好友痛饮菊花酒，借吟诗来倾泻胸中之情。首句点明时间地点，既写诗人的宴饮，也扣晋桓温同宾僚的宴饮，这样写就使以后的用典不仅自然吻合，且合情合理，亦即顺理成章。次句"黄花笑逐臣"，着重写宴饮时菊花的神态。"笑"字十分生动、形象地写出了菊花盛开时的美艳的容颜。在登龙山之际，联想起这里曾经上演过的名士清流之事，以"逐臣"自比的李白，暂时忘却了政治上的不得意，把自己比作被风吹落帽的名士孟嘉，表达了对名士的向往和对自然的热爱。三、四句"醉看风落帽，舞爱月留人"，前一句用典，重在"醉"字，后一句写实，重在"舞"字。饮美酒赏黄花，酒不醉人人自醉，花不能舞人自舞，有饮酒赏花的乐趣，表现出诗人放旷的性格、浪漫的气质。"陶然共忘机"，正是此情此景的真实描绘。诗的最后一句"舞爱月留人"，巧妙地将月亮拟人化，以"月留人"收尾，显得生动别致，表面上是说月亮挽留诗人，而实际上是诗人留恋这脱俗忘尘的自然之境，不愿割舍而去。

# 嘲王历阳①不肯饮酒

**【唐】李白**

地白风色寒，雪花大如手。

笑杀陶渊明，不饮杯中酒。

浪抚一张琴，虚栽五株柳②。

空负头上巾，吾于尔何有。

## 【注　释】

①王历阳：指历阳姓王的县丞。历阳县，秦置。隋唐时为历阳郡治。

②五株柳：陶渊明畜素琴一张，宅边有五棵柳树。

## 译　文

大地一片雪白，风色寒厉，纷纷扬扬的雪花如手般大小。

可笑你一副陶渊明做派，却一点也不饮杯中美酒。

你真是浪抚了一张素琴，白白栽了五株翠柳。

枉负头上那一顶葛巾，我对你来说意味着什么？

## 〔赏析〕

酒，历来是文人墨客的情感寄托，诗人尤甚，李白更是以"斗酒诗百篇"名扬天下，他常以甘醇可口的美酒为寄托，做了大量的反映心理情绪的诗。这首《嘲王历阳不肯饮酒》便是。

历阳，唐代郡县，治今安徽省和县历阳镇，因"县南有历水"而得名。当时李白访问历阳县，正值大雪纷飞，县丞设宴招待李白，李白席间频频举杯，赞赏历阳山美、水美、酒美，可惜就是人不"美"——没有人陪他喝酒。于是席中赋诗《嘲王历阳不肯饮酒》，豪情万丈，景象怡人。从此诗可以看出李白的心中的偶像是五柳先生陶渊明。他嘲笑王历阳表面上以陶渊明为榜样，可是喝酒不痛快，徒有虚名。"浪""虚""空"三字用得巧妙，传达出嘲讽及激将之意，充分显示了李白的冲天豪气。

## 春日醉起言志

【唐】李白

处世若大梦，胡为劳其生？
所以终日醉，颓然卧前楹①。
觉来眄②庭前，一鸟花间鸣。
借问此何时？春风语流莺。
感之欲叹息，对酒还自倾。
浩歌待明月，曲尽已忘情。

【注 释】

①前楹：厅前的柱子。
②眄（miǎn）：斜视。

### 译文

人生在世如一场大梦，有什么必要辛劳终生？
所以我整天沉醉在酒里，醉倒就如一堆烂泥卧在前庭。
醒来向庭院中看去，一只鸟儿正在花间飞鸣。
请问这已是什么时候？春风只顾与流莺细语声声。

对此我真想发一通感慨，但还是对酒自饮自倾。

高歌一曲邀请天上的明月，曲终又使我沉醉忘情。

[赏析]

　　"处世若大梦，胡为劳其生？"道家和佛家，都将人生看作是一场梦，认为人生不过是一场虚幻，唯有育化万物又为万物归宿的"道"及普度众生的"佛法"，才是真实的、永恒的。故李白常常喝得酩酊大醉，他要在醉中来忘却这如梦的人生。诗人通过醉酒表达了对丑恶黑暗的社会现实的批判，同时在醉意朦胧中，以新的眼光发现新的天地，充分享受人生乐趣。当诗人从醉梦中一觉醒来的时候，觉得烦嚣的尘世已变得分外安宁："觉来眄庭前，一鸟花间鸣。借问此何时，春风语流莺。"庭前花丛中，有一只小鸟在鸣叫，原来春天已经到了。原来世界中还有这样鸟语花香，春光明媚的幽美境地。这种幽美之境与其说是大自然的赐予，不如说是诗人心境的表现。他醉前竟百视而不一见，而如今在醉后醒来才突然发现，正是因为李白的心境在沉醉后平静了下来，他才会在安谧宁静的春光里发现了以前不曾发现的幽美之境。这种发现，犹如哲学上的顿悟，使人突然进入了一种前所未有的哲理境界，那是超凡脱俗的另一个世界，一切人间的忧虑和烦恼，都不复存在了。在这里宠辱皆忘，只有审美的观照、心灵的宁静。

　　对于这种醉后悟道境界的突然到来，诗人非常高兴，他感到自己已很久没有这种心境了，因此感慨再三。他很想让这种心境多持续些时候，怕自己过早地酒醒，又回到残酷的现实社会中来，被种种忧心的事所折磨，因此，他还得再喝上几杯。"对酒还自倾"，直喝到月上中天。他对酒狂歌，逍遥自得，久久地陶醉在无忧无虑的

世界里。

　　这首诗深受陶渊明《饮酒》诗的影响，是"拟陶之作"，但又保持着李白自己的风格，写得"流丽酣畅"。不像陶渊明那样沉静、淡泊，只在沉醉的时刻，有些陶渊明的影子，等他一旦完全醒来，就又回复到豪放旷达的李白了。

# 下终南山①过斛斯山人②宿置酒

### 【唐】李白

暮从碧山下，山月随人归。

却顾所来径，苍苍③横翠微。

相携及田家，童稚开荆扉。

绿竹入幽径，青萝拂行衣。

欢言得所憩，美酒聊共挥。

长歌吟松风④，曲尽河星稀。

我醉君复乐，陶然共忘机⑤。

## 【注　释】

①终南山：即秦岭，在今西安市南，唐时士子多隐居于此山。

②斛（hú）斯山人：复姓斛斯的一位隐士。

③苍苍：一说是指灰白色，但这里不宜作此解，而应解释苍为苍翠、苍茫，苍苍叠用是强调群山在暮色中的那种苍茫貌。

④松风：古乐府琴曲名，即《风入松曲》，此处也有歌声随风而入松林的意思。

⑤陶然：欢乐的样子。忘机：忘记世俗的机心，不谋虚名蝇利。机：世俗的心机。

## 译 文

傍晚从终南山上走下来，山月一直跟随着我归来。

回头望下山的山间小路，山林苍苍茫茫一片青翠。

偶遇斛斯山人，携手同去其家，孩童急忙出来打开柴门。

走进竹林中的幽深小径，树枝上下垂的藤蔓拂着行人衣裳。

欢言笑谈得到放松休息，畅饮美酒宾主频频举杯。

放声高歌，歌声随风而入松林，一曲唱罢已是星光稀微。

我喝醉酒主人非常高兴，欢欣愉悦忘了世俗奸诈心机。

## 〔赏析〕

中国的田园诗以晋末陶潜为开山祖，他的诗对后代影响很大。李白这首田园诗，似也有陶诗那种描写琐事人情、平淡爽直的风格。

此诗以田家、饮酒为题材，前四句写诗人下山归途所见，中间四句写诗人到斛斯山人家所见，末六句写两人饮酒交欢及诗人的感慨，流露了诗人相携欢言、置酒共挥、长歌风松、赏心乐事、自然陶醉忘机的感情。全诗都用赋体写成，情景交融，色彩鲜明，神情飞扬，语言淳厚质朴，风格真率自然。

# 把酒问月·故人贾淳令予问之

### 【唐】李白

青天有月来几时？我今停杯一问之。

人攀明月不可得，月行却与人相随。

皎如飞镜临丹阙①，绿烟②灭尽清辉发。

但见宵从海上来，宁知晓向云间没。

白兔捣药③秋复春，嫦娥孤栖与谁邻？

今人不见古时月，今月曾经照古人。

古人今人若流水，共看明月皆如此。

唯愿当歌对酒时④，月光长照金樽⑤里。

【注　释】

①丹阙：朱红色的宫殿。
②绿烟：指遮蔽月光的浓重的云雾。
③白兔捣药：神话传说月中有白兔捣仙药。
④当歌对酒时：在唱歌饮酒的时候。
⑤金樽：精美的酒具。

【译　文】

　　青天上的明月是什么时候升起的？我现在停下酒杯想问一问。人追攀明月永远不能做到，月亮行走却与人紧紧相随。明月皎洁，如明镜飞上天空，映着着宫殿。遮蔽月亮的云雾消散殆尽，幽幽月光尽情挥洒出清冷的光辉。人们知道这月亮晚上从海上升起，又是否知道它早晨也从这云间消失？月亮里白兔捣药自秋而春，嫦娥孤单地在月宫住着又有谁与她相伴？现在的人见不到古时的月亮，现在的月却曾经照耀过古人。古人与今人如流水般只是匆匆过客，共同看到的月亮都是如此。只希望对着酒杯放歌之时，月光能长久地照在金杯里。

## 〔赏析〕

　　"把酒问月"这诗题就是作者绝妙的自我造像，那飘逸浪漫的风神唯谪仙人方能有之。题下原注："故人贾淳令予问之。"彼不自问而令予问之，一种风流自赏之意溢于言表。

　　"青天有月来几时？我今停杯一问之。"诗人停杯凝思，带着些许醉意，仰望万里苍穹，提出疑问：这亘古如斯的一轮明月，究竟是从何时就有的呢？"人攀明月不可得，月行却与人相随。"有史以来，有多少人想要飞升到月宫中，以求长生不老，但都没能实现；而明月却依旧用万里清辉普照人间，伴随着世世代代繁衍生息的人们。

　　"皎如飞镜临丹阙，绿烟灭尽清辉发"是对月色做描绘。皎皎月轮如明镜飞升，下照宫阙，云翳（"绿烟"）散尽，清光焕发。以"飞镜"作譬，以"丹阙"陪衬俱好，而"绿烟灭尽"四字尤有点染之功。此处写出了一轮圆月初为云遮，然后揭开纱罩般露出娇面，那种光彩照人的美丽。月色之美被形容得如可揽接。

　　"但见宵从海上来，宁知晓向云间没。"只见明月在夜间从东海升起，拂晓于西天云海隐没，如此循环往复，踪迹实难推测。"白兔捣药秋复春，嫦娥孤栖与谁邻？"月中白兔年复一年不辞辛劳地捣药，为的是什么？碧海青天夜夜独处的嫦娥，又该是多么寂寞？到底谁来陪伴她呢？

　　诗人面对宇宙的遐想又引起一番人生哲理探求，从而感慨系之。今月古月实为一个，而今人古人则不断更迭。说"今人不见古时月"，亦意味"古人不见今时月"；说"今月曾经照古人"，亦意味"古月依然照今人"。古人今人何止恒河沙数，只如逝水，然而他们见到的明月则亘古如斯。后二句"古人今人若流水，共看明月皆如此"在前二句基础上进一步把明月长在而人生短暂之意渲染得淋漓尽致。前二句分说，后二句总括，诗情哲理并茂，读来意味深长，回肠荡气。

"唯愿当歌对酒时，月光长照金樽里。"我只希望在对酒当歌的时候，皎洁的月光能常照杯中，使我能尽情享受人世间的美好岁月。

全诗感情饱满奔放，语言流畅自然，极富回环错综之美。诗人由酒写到月，又从月归到酒，用行云流水般的抒情方式，将明月与人生反复对照，在时间和空间的主观感受中，表达了对宇宙和人生哲理的深层思索。

# 醉后赠从甥高镇

### 【唐】李白

马上相逢揖马鞭，客中相见客中怜。

欲邀击筑①悲歌饮，正值倾家无酒钱。

江东风光不借人，枉杀落花空自春。

黄金逐手快意尽，昨日破产今朝贫。

丈夫何事空啸傲，不如烧却头上巾。

君为进士不得进②，我被秋霜生旅鬓。

时清不及英豪人，三尺童儿重廉蔺。

匣中盘剑装鲟鱼③，闲在腰间未用渠④。

且将换酒与君醉，醉归托宿吴专诸⑤。

【注　释】

①击筑：形容放歌畅饮、悲凉慷慨的情景。筑，古乐器，形如琴，项细肩圆，十三弦。演奏时：用竹尺敲击，故云击筑。

②不得进：指考试不第、不能入仕求得进取。
③鲔鱼：鲛鱼，今称鲨鱼，皮可以制成刀剑的鞘。
④渠：它，指上句的剑。
⑤专诸：春秋时吴国的刺客，曾藏匕首于鱼腹中，刺杀吴王僚，使公子光夺得王位，事见《史记·刺客列传》。

## 译 文

　　我们骑着马在路上相逢，相互高揖马鞭问候，都是在外的游客，客中相见分外怜惜。想邀你一起击筑悲歌酣饮，击筑悲歌没问题，但正值我倾家荡产无酒钱。江东的人啊，看钱看得紧，风光不借人，枉杀贫穷人，落花空自春。不是没有过钱，只是黄金逐手，快进快出，昨日刚刚破产，今朝陷入贫穷。大丈夫何必空自啸傲，不如烧却头上戴的儒士巾。你身为进士不得封官晋爵，我被秋霜染白了旅途中的双鬓。时世清明，可是实惠未施及英豪之人，三尺童儿都知道尊重廉颇与蔺相如。宝剑放在鲨鱼皮的刀鞘里，闲挂在腰间，没有机会用它。就将它换酒与君醉，醉归以后就寄宿到吴国侠客专诸的家里。

### 赏析

　　诗题中关键性的地方是"醉后"二字，全诗就是从"醉"字上生出许多感慨来的。

　　诗篇首先叙述马上相逢，诗人与从甥际遇相似，况且又在客中相逢，因而产生了"欲邀击筑悲歌饮"的意愿。这里暗用了荆轲、高渐离击筑高歌的典故，点染悲凉的氛围，写出豪爽的侠士风度。诗人本想借酒浇愁，无奈无钱买酒，诗意透过一层，把悲愁的情思写得非常深沉。在欲醉不得的景况下，诗人写出"江东风光"以下六句，从心底深处流露出时光易逝的哀伤；江东此时正春光明媚，可惜即将消逝，如果不及时痛饮行乐，就枉对这良辰美景了。同时，也从心底深处发出愤愤不平的呐喊：黄金已尽，徒然啸傲，不如烧掉儒巾。诗人进一步直抒其情："君为进士不得进，我被秋霜生旅鬓。"虽说时代清平，英豪的人却不得重用，充满了同病相怜、相互慰藉的情意。诗写到这里，题旨已经显影，感情的波澜也被推至高峰，于是结尾四句宕开一笔，写出"且将换酒与君醉"的诗句并收束全篇。历史上有"金貂换酒"，也有"卖剑买犊"的故事，李白把它们糅合起来，转换成将剑换酒的诗意。宝剑既然闲置无用，不如用来换酒，可劝从甥一醉，也求自身一醉。现实生活中形成的种种落寞、飘零、愤激、悲愁的情怀，都可以在"醉后"忘却，也只有在"醉后"才能得以排遣。从欲饮到已醉的片刻中，诗人怀才不遇的愤懑心情，狂放不羁的性格和高镇仕途不得意的无限苦楚，诗人对他的深切同情，都充分地反映出来了。

# 陪侍郎叔游洞庭醉后三首

【唐】李白

今日竹林宴①，我家贤侍郎。
三杯容小阮②，醉后发清狂。

船上齐桡乐③，湖心泛月归。
白鸥闲不去，争拂酒筵飞。

划却君山好④，平铺湘水⑤流。
巴陵⑥无限酒，醉杀洞庭秋。

## 【注　释】

①竹林宴：用阮籍、阮咸叔侄同饮于竹林事，《晋书·阮籍传》中载："（阮）咸任达不拘，与叔父籍为竹林之游。"此以阮咸自喻，以阮籍比李晔。

②小阮：即阮咸，与阮籍相对，故称小阮。

③桡（ráo）乐：谓舟子行船之歌。桡：舟楫也。

④划（chǎn）却：削去。君山：一名洞庭山、湘山。位于洞庭湖中。

⑤湘水：洞庭湖主要由湘江潴成，此处即是指洞庭湖水。

⑥巴陵：岳州唐时曾改为巴陵郡，治所即今湖南岳阳。

## 译　文

今日与我家贤侍郎共为竹林之宴饮，就像阮咸与叔父阮籍一样。酒过三杯，请容许我酒醉之后高迈不羁之态。

船上齐唱行船之歌，我们乘着月色自湖心泛舟而归。湖面上白鸥悠闲不远飞，倒是争相在我们酒筵的上方盘旋飞翔。

把君山削去该有多好，可让洞庭湖水平铺开去望而无边。巴陵的美酒饮不尽，共同醉倒于洞庭湖的秋天。

## 赏析

《陪侍郎叔游洞庭醉后三首》是李白的一组记游诗。它由三首五言绝句组成。三首均可独立成章，其中第三首，更是具有独特构思的抒情绝唱。

第一首中"今日竹林宴，我家贤侍郎"，借用阮咸与叔父阮籍的典故，暗寓李白与族叔李晔共为竹林之宴饮，同为仕途不通的同怜人，以阮咸自喻，以阮籍比作李晔。"三杯容小阮，醉后发清狂"，讲述李白欲借酒消愁，排遣心中的愁绪。

第二首中"船上齐桡乐，湖心泛月归。白鸥闲不去，争拂酒筵飞"。描绘出一幅酒船管弦齐奏、皓月浮光、静影沉璧、白鸥盘旋飞翔的湖上美景图。四句诗句前后浑然一体，自然流畅，毫无滞涩之感，音情顿挫之中透出豪放雄奇的气势，诗意意境开阔，动静虚实，相映成趣。

第三首中"划却君山好，平铺湘水流"，铲去挡住湘水一泻千里直奔长江大海的君山，就好像李白想铲去人生道路上的坎坷障碍。"巴陵无限酒，醉杀洞庭秋"，既是对自然景色的绝妙的写照，又是诗人思想感情的曲折的流露，流露出他也希望像洞庭湖的秋天一样，用洞庭湖水似的无穷尽的酒来尽情一醉，借以冲去积压在心头的愁闷。

# 饮中八仙歌

【唐】杜甫

知章①骑马似乘船，眼花落井水底眠。

汝阳三斗始朝天，道逢麹车口流涎②，恨不移封向酒泉④。

左相日兴费万钱，饮如长鲸⑤吸百川，衔杯乐圣称避贤。

宗之⑥潇洒美少年，举觞⑦白眼⑧望青天，皎如玉树临风前。

苏晋⑨长斋绣佛前，醉中往往爱逃禅⑩。

李白斗酒诗百篇，长安市上酒家眠，天子呼来不上船，自称臣是酒中仙。

张旭三杯草圣传，脱帽露顶王公前，挥毫落纸如云烟。

焦遂⑪五斗方卓然，高谈雄辩惊四筵。

## 【注 释】

①知章：即贺知章，越州永兴（今浙江萧山）人，官至秘书监。性旷放纵诞，自号"四明狂客"，又称"秘书外监"。

②汝阳：汝阳王李琎，唐玄宗的侄子。朝天：朝见天子。此谓李痛饮后才入朝。麹（qū）车，酒车。

③酒泉：郡名，在今甘肃省酒泉市。

④左相：指左丞相李适之，天宝元年（742）八月为左丞相，天宝五载（746）四月，为李林甫排挤罢相。

⑤长鲸：鲸鱼。古人以为鲸鱼能吸百川之水，故用来形容李适之的酒量之大。

⑥宗之：崔宗之，吏部尚书崔日用之子，袭父封为齐国公，官至侍御史，也是李白的朋友。

⑦觞（shāng）：大酒杯。

⑧白眼：晋阮籍能作青白眼，青眼看朋友，白眼视俗人。

⑨苏晋：开元进士，曾为户部和吏部侍郎，长斋：长期斋戒。

⑩逃禅：这里指不守佛门戒律。佛教戒饮酒。苏晋长斋信佛，却嗜酒，故曰"逃禅"。

⑪焦遂：布衣之士，平民，以嗜酒闻名，事迹不详。

## 作者名片

　　杜甫（712—770），字子美，自号少陵野老，唐代伟大的现实主义诗人，与李白合称"李杜"。出生于河南巩义市，原籍湖北襄阳。杜甫创作了《登高》《春望》《北征》以及"三吏""三别"等名作。虽然杜甫是现实主义诗人，但他也有狂放不羁的一面，从其名作《饮中八仙歌》不难看出杜甫的豪气干云。杜甫虽然在世时名声并不显赫，但后来声名远播，对中国文学和日本文学都产生了深远的影响。杜甫共有约1500首诗歌被保留了下来，大多集于《杜工部集》。杜甫在中国古典诗歌中的影响非常深远，被后人称为"诗圣"，他的诗被称为"诗史"。后世称其杜拾遗、杜工部，也称他杜少陵、杜草堂。

## 译 文

　　贺知章酒后骑马，晃晃悠悠，如在乘船。他眼睛昏花坠入井中，竟在井底睡着了。

汝阳王李琎饮酒三斗以后才去觐见天子。路上碰到装载酒曲的车，酒味引得口水直流，为自己没能封在水味如酒的酒泉郡而遗憾。

左相李适为之每日之兴起不惜花费万钱，饮酒如长鲸吞吸百川之水。自称举杯豪饮是为了脱略政事，以便让贤。

崔宗之是一个潇洒的美少年，举杯饮酒时，常常傲视青天，俊美之姿有如玉树临风。

苏晋虽在佛前斋戒吃素，饮起酒来常把佛门戒律忘得干干净净。

李白饮酒一斗，立可赋诗百篇，他去长安街酒肆饮酒，常常醉眠于酒家。天子在湖池游宴，召他为诗作序，他因酒醉不肯上船，自称是酒中之仙。

张旭饮酒三杯，即挥毫作书，时人称为草圣。他常不拘小节，在王公贵戚面前脱帽露顶，挥笔疾书，如得神助，其书如云烟之泻于纸张。

焦遂五杯酒下肚，才得精神振奋。在酒席上高谈阔论，常常语惊四座。

[ 赏析 ]

《饮中八仙歌》是一首别具一格、富有特色的"肖像诗"。八个酒仙是同时代的人，又都在长安生活过，在嗜酒、豪放、旷达这些方面彼此相似。诗人以洗练的语言，用人物速写的笔法，将他们写进一首诗里，构成一幅栩栩如生的群像图。

八仙中首先出现的是贺知章。他是其中资格最老、年事最高的一个。诗中说他喝醉酒后，骑马的姿态就像乘船那样摇来晃去，醉眼蒙眬，眼花缭乱，跌进井里竟会在井里熟睡不醒。杜甫用夸张手法描摹贺知章酒后骑马的醉态与醉意，弥漫着一种谐谑滑稽与欢快的情调，惟妙惟肖地表现了他旷达纵逸的性格特征。

其次出现的人物是汝阳王李琎。他是唐玄宗的侄子，宠极一时，敢于饮酒三斗才上朝拜见天子。他的嗜酒心理也与众不同，路上看到麴车（即酒车）竟然流起口水来，恨不得要把自己的封地迁到酒泉（今属甘肃）去。在唐代，皇亲国戚、贵族勋臣有资格袭领封地，因此，八人中只有李琎才会勾起"移封"的念头，其他人是不会这样想入非非的。诗人就抓着李琎出身皇族这一特点，细腻地描摹他的享乐心理与醉态，下笔真实而有分寸。

接着出现的是李适之。他于天宝元年（742）代牛仙客为左丞相，雅好宾客，夜则燕赏，饮酒日费万钱，豪饮的酒量有如鲸鱼吞吐百川之水，一语点出他的豪华奢侈。然而好景不长，开宝五载适之为李林甫排挤，罢相后，在家与亲友会饮，虽酒兴未减，却不免牢骚满腹，这里抓住权位的得失这一个重要方面刻画人物性格，精心描绘李适之的肖像，含有深刻的政治内容，很耐人寻味。

三个显贵人物展现后，跟着出现的是两个潇洒的名士崔宗之和苏晋。崔宗之是一个倜傥洒脱、少年英俊的风流人物。他豪饮时，高举酒杯，用白眼仰望青天，睥睨一切，旁若无人。喝醉后，宛如玉树迎风摇曳，不能自持。杜甫用"玉树临风"形容宗之的俊美丰姿和潇洒醉态，很有韵味。接着写苏晋。苏晋一面耽禅，长期斋戒，一面又嗜饮，经常醉酒，处于"斋"与"醉"的矛盾斗争中，但结果往往是"酒"战胜"佛"，所以他就只好"醉中爱逃禅"了。短短两句诗，幽默地表现了苏晋嗜酒而得意忘形、放纵而无所顾忌的性格特点。

杜甫描写李白的几句诗，浮雕般地突出了李白的嗜好和诗才。李白嗜酒，醉中往往在"长安市上酒家眠"，习以为常，不足为奇。"天子呼来不上船"这一句，顿时使李白的形象变得高大奇伟了。李白醉后，更加豪气纵横，狂放不羁，即使天子召见，也不是那么毕恭毕敬，诚惶诚恐，而是自豪地大声呼喊："臣是酒中仙！"强烈地表现出李白不畏权贵的性格。"天子呼来不上船"，虽未必是事实，却非常符合李白的思想性格，因而具有高度的艺术真实性和强烈的艺术感染力。

另一个和李白比肩出现的重要人物是张旭。张旭三杯酒醉后，豪情奔放，绝妙的草书就会从他笔下流出。他无视权贵的威严，在显赫的王公大人面前，脱下帽子，露出头顶，奋笔疾书，自由挥洒，笔走龙蛇，字迹如云烟般舒卷自如。"脱帽露顶王公前"，这是何等的倨傲不恭、不拘礼仪！它酣畅地表现了张旭狂放不羁、傲世独立的性格特征。

歌中殿后的人物是焦遂。袁郊在《甘泽谣》中称焦遂为布衣，可见他是一个平民。焦遂喝酒五斗后方有醉意，那时他更显得神情卓异，高谈阔论，滔滔不绝，惊动了席间在座的人。诗里刻画焦遂的性格特征，集中渲染他的卓越见识和论辩口才，用笔精确、谨严。

《八仙歌》的情调幽默谐谑，色彩明丽，旋律轻快。在音韵上，一韵到底，一气呵成，是一首严密完整的歌行。在结构上，每个人物自成一章，八个人物主次分明，每个人物的性格特点，彼此衬托映照，有如一座群体圆雕，艺术上确有独创性。

# 曲江①对酒

**【唐】杜甫**

苑②外江头坐不归，水精宫殿转霏微③。

桃花细逐杨花落④，黄鸟时兼白鸟飞。

纵饮久判⑤人共弃，懒朝真与世相违。

吏⑥情更觉沧洲远，老大徒伤未拂衣⑦。

【注　释】

①曲江：即曲江池，故址在今陕西西安市东南，因池水曲折而得名，是唐时京都长安的第一胜地。

②苑：指芙蓉苑，在曲江西南，是帝妃游幸之所。

③水精宫殿：即水晶宫殿，指芙蓉苑中宫殿。霏微：迷蒙的样子。

④细逐杨花落：一作"欲共杨花语"。

⑤判（pān）：甘愿的意思。

⑥吏：一作"含"。沧洲，水边绿洲，古时常用来指隐士的居处。

⑦拂衣：振衣而去，指辞官归隐。

## 译　文

　　我还不想回去，我就想守着一江流水，就守着这座被战争浪费的皇家园林。桃花与杨花随风轻轻飘落，黄色的鸟群中不时地夹杂着几只白色的鸟一同飞翔。我整日纵酒，早就甘愿被人嫌弃，而我懒于参朝，的确有违世情。只因为微官缚身，不能解脱，故而虽老大伤悲，也无可奈何，终未拂衣而去。

## ［赏析］

　　前两联是曲江即景。"苑外江头坐不归"，"坐不归"表明诗人已在江头多时，突出了诗人的主观意愿，不想回去，可见他心中的情绪。这就为三、四联的述怀做了垫笔。以下三句，皆写坐时所见。"水精宫殿转霏微"，在"宫殿""霏微"间，又着一"转"字，突出了景物的变化。这表面上是承"坐不归"而来的：久坐不归，时间已经快到晚上，所以宫殿霏微。但是，下面的描写中，却没有日暮的景象，这就透露了诗人另有笔意。与此刚好成对照的，是如期而至的自然界的春色："桃花细逐杨花落，黄鸟时兼白鸟飞。"短短一联，形、神、声、色、香具备。"细逐""时兼"四字，极写落花轻盈无声，飞鸟欢跃和鸣，生动而传神。两句衬托出诗人此时的心绪：久坐江头，空闲无聊，因而才这样留意于花落鸟飞。

风景虽好，却是暮春落花时节。落英缤纷，固然赏心悦目，但也很容易勾起伤春之情，于是三、四联对酒述怀，转写心中的牢骚和愁绪。先写牢骚："纵饮久判人共弃，懒朝真与世相违。"这是诗人的牢骚话，实际是说：既然人家嫌弃我，不如借酒自遣；既然我不被世用，何苦恭勤朝参？正话反说，更显其牢愁之盛，又妙在含蓄委婉。最后抒发愁绪："吏情更觉沧洲远，老大徒伤未拂衣。"这里以"沧洲远""未拂衣"，和上联的"纵饮""懒朝"形成对照，显示出一种欲进既不能，欲退又不得的两难境地。

# 春日忆李白

【唐】杜甫

白也诗无敌，飘然思不群①。
清新庾开府②，俊逸鲍参军③。
渭北④春天树，江东⑤日暮云。
何时一樽酒，重与细论文⑥。

## 【注 释】

①不群：不平凡，高出于同辈。这句说明上句，思不群故诗无敌。

②庾开府：指庾信。在北周官至骠骑大将军、开府仪同三司（司马、司徒、司空），世称庾开府。

③俊逸：一作"豪迈"。鲍参军：指鲍照。南朝宋时任荆州前军参军，世称鲍参军。

④渭北：渭水北岸，借指长安（今陕西西安）一带，当时杜甫在此地。

⑤江东：指今江苏省南部和浙江省北部一带，当时李白在此地。

⑥论文：即论诗。六朝以来，通称诗为文。细论文：一作"话斯文"。

## 译 文

李白的诗作无人能敌，他的诗思潇洒飘逸，豪放不拘，诗风超群，不同凡俗。李白的诗作既有庾信诗作的清新之气，也有鲍照作品那种俊秀飘逸之风。我在渭北独对着春日的树木，而你在江东远望那日暮薄云，天各一方，只能遥相思念。什么时候才能一起喝酒，与你慢慢品论文章呢？

## [赏析]

此诗抒发了作者对李白的赞誉和怀念之情。开头四句，一气贯注，都是对李白诗的热烈赞美。首句称赞他的诗冠绝当代。第二句是对上句的说明，是说他之所以"诗无敌"，就在于他思想情趣，卓异不凡，因而写出的诗，出尘拔俗，无人可比。接着赞美李白的诗像庾信那样清新，像鲍照那样俊逸。这四句是因忆其人而忆及其诗，赞诗亦即忆人。但作者并不明说此意，而是通过第三联写离情，自然地加以补明。表面看来，第三联两句只是写了作者和李白各自所在之景。然而作者把它们组织在一联之中，却有了一种奇妙的、紧密的联系。也就是说，当作者在渭北思念江东的李白之时，也正是李白在江东思念渭北的作者之时；而作者遥望南天，惟见天边的云彩，李白翘首北国，惟见远处的树色，又见出两人的离别之恨，好像"春树""暮云"，也带着深重的离情。两句诗，牵连着双方同样的无限情思。前面将离情写得极深极浓，这就引出了末联的热切希望："什么时候才能再次欢聚，像过去那样，把酒论诗啊！"把酒论诗，这是作者最难忘怀、最为向往的事，以此作结，正与诗的开头呼应。说"重与"，是说过去曾经如此，这就使眼前不得重晤的怅恨更为悠远，加深了对友人的怀念。用"何时"作诘问语气，把希望早日重聚的愿望表达得更加强烈，使结尾余意不尽，回荡着作者的无限思情。

# 醉时歌

【唐】杜甫

诸公衮衮登台省<sup>①</sup>，广文先生<sup>②</sup>官独冷。

甲第纷纷厌梁肉，广文先生饭不足。

先生有道出羲皇，先生有才过屈宋<sup>③</sup>。

德尊一代常坎坷，名垂万古知何用！

杜陵野客人更嗤<sup>④</sup>，被褐短窄鬓如丝。

日籴太仓五升米<sup>⑤</sup>，时赴郑老同襟期。

得钱即相觅，沽酒不复疑。

忘形到尔汝，痛饮真吾师。

清夜沉沉动春酌，灯前细雨檐花落。

但觉高歌有鬼神，焉知饿死填沟壑？

相如逸才亲涤器<sup>⑥</sup>，子云识字终投阁<sup>⑦</sup>。

先生早赋《归去来》，石田茅屋荒苍苔。

儒术于我何有哉，孔丘盗跖<sup>⑧</sup>俱尘埃。

不须闻此意惨怆，生前相遇且衔杯！

【注 释】

①台省：台是御史台，省是中书省、尚书省和门下省，都是当时中央枢要机构。
②广文先生：指郑虔，因郑虔是广文馆博士。
③屈宋：屈原和宋玉。
④嗤：讥笑。
⑤日籴：天天买粮，所以没有隔夜之粮。太仓：京师所设皇家粮仓。
⑥相如：司马相如，西汉著名辞赋家。亲涤器：司马相如和妻子卓文君在成都开了一间小酒店，司马相如亲自洗涤食器。
⑦子云：扬雄的字。投阁：王莽时，扬雄校书天禄阁，因别人牵连得罪，使者来收捕时，扬雄仓皇跳楼自杀，幸而没有摔死。
⑧盗跖：春秋时人，姓柳下，名跖，以盗为生，因而被称为"盗跖"。

## 译 文

无所事事的人个个身居高位，广文先生的官职却很清冷。

豪门之家吃厌了米和肉，广文先生的饭食反而不足。

先生的品德超出羲皇，先生的才学胜过屈宋。

德高一代的人往往不得志，扬名万古却又有何用？

我杜陵野客更受人们讥笑，身穿粗布衣裳两鬓如丝。

穷得天天在官仓买米五升，经常拜访郑老，我们胸襟默契。

得了钱我们往来相见，买些好酒毫不迟疑。

乐极忘形，呼唤我和你，痛饮的豪情真是我的老师！

深沉的清夜我们劝饮春酒，灯前闪烁的屋檐细雨如花落。

狂欢高歌像有鬼神相助，哪知道人饿死还要填沟壑。

司马相如有才能亲自洗食器，扬雄能识字终于要跳下天禄阁。

五柳先生早些赋一篇《归去来》，免得瘠田茅屋长满青苔。

儒术对我有什么用？孔丘、柳下跖都已化成尘埃。

听了这些话，心里莫悲伤，我们生前相遇，把酒喝个畅快！

### [赏析]

　　全诗可分为四段，前两段各八句，后两段各六句。

　　第一段前四句用"诸公"的显达地位和奢靡生活来和郑虔的位卑穷窘对比。"诸公"未必都是英才，却一个个相继飞黄腾达，而广文先生却"才名四十年，坐客寒无毡"。那些侯门显贵之家，精粮美肉已觉厌腻了，而广文先生连饭也吃不饱。这四句，一正一衬，排比式的对比鲜明而强烈，突出了"官独冷"和"饭不足"。后四句诗人以无限惋惜的心情为广文先生鸣不平。论道德，广文先生远出羲皇；论才学，广文先生胜过屈宋。然而，道德被举世推尊，仕途却总是坎坷；辞采虽能流芳百世，也解决不了生前的饥寒。

第二段从"广文先生"转到"杜陵野客"，写诗人和郑广文的忘年之交，二人像涸泉里的鱼，相濡以沫，交往频繁。"时赴郑老同襟期"和"得钱即相觅"，仇兆鳌注说，前句是杜甫去，后句是郑虔来。他们推心置腹、共叙怀抱，开怀畅饮，聊以解愁。

第三段六句是这首诗的高潮，前四句樽前放歌，悲慨突起，是神来之笔。后二句似宽慰，实愤激。司马相如是一代逸才，却曾亲自卖酒、洗涤食器；才气横溢的扬雄就更倒霉了，因刘棻获罪而被株连，逼得跳楼自杀。诗人似乎是用才士薄命的事例来安慰朋友，然而读者只要把才士的蹭蹬饥寒和首句"诸公衮衮登台省"连起来看，就可以感到诗笔的针砭力量。

末段六句，愤激中含有无可奈何之情。既然仕路坎坷，怀才不遇，那么儒术拿来也没有用了，孔丘和盗跖也可以等量齐观了。诗人像这样说，既是在评儒术，暗讽时政，又好像是在茫茫世路中的自解自慰，一笔而两面俱到。末联以"痛饮"作结，孔丘非师，聊依杜康，以旷达为愤激。

# 客　至①

【唐】杜甫

舍南舍北皆春水，但见群鸥日日来。

花径不曾缘客扫，蓬门②今始为君开。

盘飧市远③无兼味，樽酒家贫只旧醅④。

肯与邻翁相对饮，隔篱呼取尽余杯⑤。

## 【注　释】

①客至：客指崔明府，杜甫在题后自注："喜崔明府相过。"明府，唐人对县令的称呼。相过，即探望、相访。
②蓬门：用蓬草编成的门户，以示房子的简陋。
③市远：离市集远。兼味：多种美味佳肴。无兼味，谦言菜少。
④樽：酒器。旧醅：隔年的陈酒。"樽酒"句：古人好饮新酒，杜甫以家贫无新酒感到歉意。
⑤肯：能否允许，这是向客人征询。
⑥余杯：余下来的酒。

## 译　文

　　草堂的南北绿水缭绕、春意荡漾，只见鸥群日日结队飞来。长满花草的庭院小路没有因为迎客而打扫，只是为了你的到来，我家草门首次打开。离集市太远盘中没好菜肴，家境贫寒只有陈酒浊酒招待。如肯与邻家老翁举杯一起对饮，那我就隔着篱笆将他唤来。

## 【赏析】

　　这是一首至情至性的纪事诗，表现出诗人纯朴的性格和好客的心情。

　　首联先从户外的景色着笔，点明客人来访的时间、地点和来访前夕作者的心境。"舍南舍北皆春水"，把绿水缭绕、春意荡漾的环境表现得十分秀丽可爱。这就是临江近水的成都草堂。群鸥，在古人笔下常常做水边隐士的伴侣，它们"日日"到来，点出环境清幽僻静，为作者的生活增添了隐逸的色彩。作者就这样寓情于景，表现了他在闲逸的江村中的寂寞心情。这就为贯串全诗的喜客心情，巧妙地做了铺垫。

　　颔联把笔触转向庭院，引出"客至"。作者采用与客谈话的口吻，增强了宾主接谈的生活实感。寂寞之中，佳客临门，一向闲适恬淡的主人不由得喜出望外。这两句前后映衬，情韵深厚。前句不仅说客不常来，还有主人不轻易宴客意，今日"君"来，益见两人交情之深厚，使后面的酣畅欢快有了着落。后句的"今始为"又使前句之意显得更为超脱，补足了首联两句。

颈联实写待客。作者舍弃了其他情节，专取最能显示宾主情意的生活场景，着意描画。主人盛情招待，频频劝饮，却因力不从心，酒菜欠丰，而不免歉疚。我们仿佛听到那实在而又亲切的家常话，字里行间充满了融洽气氛。

"客至"之情到此似已写足，如果再从正面描写欢悦的场面，显然露而无味，然而诗人却巧妙地以"肯与邻翁相对饮，隔篱呼取尽余杯"作结，把席间的气氛推向更热烈的高潮。诗人高声呼喊着，请邻翁共饮作陪。这一细节描写，细腻逼真。可以想见，两位挚友真是越喝酒意越浓，越喝兴致越高，兴奋、欢快，气氛相当热烈。就写法而言，结尾两句真可谓峰回路转，别开境界。

# 问刘十九①

### 【唐】白居易

绿蚁②新醅③酒，红泥小火炉。
晚来天欲雪④，能饮一杯无？

【注　释】

①刘十九：刘禹锡的堂兄刘禹铜，系洛阳一富商，与白居易常有应酬。
②绿蚁：指浮在新酿的没有过滤的米酒上的绿色泡沫。
③醅（pēi）：酿造。
④雪：下雪，这里作动词用。

## 作者名片

白居易（772—846），字乐天，号香山居士，又号醉吟先生，祖籍太原，到其曾祖父时迁居下邽，生于河南新郑。白居易是唐代伟大的现实主义诗人，唐代三大诗人之一。白居易与元稹共同倡导新乐府运动，世称"元白"，与刘禹锡并称"刘白"。白居易的诗歌题材广泛，形式多样，语言平易通俗，有"诗魔"和"诗王"之称。

## 译 文

我家新酿的米酒还未过滤，酒面上泛起一层绿泡，香气扑鼻。用红泥烧制成的烫酒用的小火炉也已准备好了。

天色阴沉，看样子晚上即将要下雪，能否留下与我共饮一杯？

## 赏析

全诗寥寥二十字，没有深远寄托，没有华丽辞藻，字里行间却洋溢着热烈欢快的色调和温馨炽热的情谊，表现了温暖如春的诗情。

"绿蚁新醅酒"，诗歌首句描绘家酒的新熟淡绿和浑浊粗糙，极易引发读者的联想，让读者犹如已经看到了那芳香扑鼻、甘甜可口的米酒。

次句"红泥小火炉"，对饮酒环境起到了渲染色彩、烘托气氛的作用。酒已经很诱人了，而炉火又增添了温暖的情调。诗歌一、二两句选用"家酒"和"小火炉"两个极具生发性和暗示性的意象，容易唤起读者对质朴地道的农村生活的情境联想。

后面两句："晚来天欲雪，能饮一杯无？""雪"这一意象的安排勾勒出朋友相聚畅饮的阔大场景，寒风瑟瑟，大雪飘飘，让人感到冷彻肌肤的凄寒，越是如此，就越能反衬出火炉的炽热和友情的珍贵。"家酒""小火炉"和"暮雪"三个意象分割开来，孤立地看，索然寡味，神韵了无，但是当这三个意象被白居易纳入这首充满诗意情境的整体组织结构中时，读者就会感受到一种不属于单个意象而决定于整体组织的气韵、境界和情味。寒冬腊月，暮色苍茫，风雪大作，家酒新熟、炉火已生，只待朋友早点到来，三个意象连缀起来构成一幅有声有色、有形有态、有情有义的图画，其间流溢出友情的融融暖意和人性的阵阵芳香。

# 醉赠刘二十八使君①

【唐】白居易

为我引②杯添酒饮，与君把箸击盘歌。

诗称国手徒为尔，命压人头不奈何！

举眼风光长寂寞，满朝官职独蹉跎。

亦知合被③才名折，二十三年④折太多。

## 【注　释】

①刘二十八使君：即刘禹锡。

②引：本意为用力拉开弓。这里形容诗人用力拿过朋友的酒杯，不容拒绝。说明诗人的热情、真诚和豪爽。

③合被：应该被。合，应该。

④二十三年：刘禹锡于唐顺宗永贞元年（805）旧历九月被贬连州刺史，赴任途中再贬朗州司马。十年后，奉诏入京，又复贬任连州刺史，转夔、和二州刺史。直至唐文宗大和元年（827），方得回京，预计回到京城时，已达二十三年之久。

## 译 文

　　你拿过我的酒杯斟满美酒同饮共醉，与你一起拿着筷子击打盘儿吟唱诗歌。虽然你诗才一流堪称国手也只是如此，但命中注定不能出人头地也没有办法。抬眼看到的人都荣耀体面而你却长守寂寞，满朝官员都有了自己满意的位置而你却虚度光阴。我深知你才高名重，却偏偏遭逢不公的对待，但这二十三年你失去的太多了。

## 〔赏析〕

　　"为我引杯添酒饮，与君把箸击盘歌。"刘白二人相互赏识，也只有这样才有了无拘无束地把酒言欢、吟诗作乐。

　　"诗称国手徒为尔，命压人头不奈何！""国手"一词可以看出诗人对刘禹锡的极尽赏识，但是如此优秀的人才也没办法改变命运坎坷的局面。这句是抱怨刘禹锡的怀才不遇，壮志难酬。虽然写诗才华横溢，但命运始终让人无可奈何，表现了诗人对当权者的不满与愤怒。

　　"举眼风光长寂寞，满朝官职独蹉跎。"一个"国手"遭遇的却是"长寂寞"，不能不说刘禹锡的命运太"蹉跎"了。作为刘禹锡的好友，诗人感到愤怒、失望，为刘禹锡打抱不平。

　　"亦知合被才名折，二十三年折太多。"诗人一方面赞扬了刘禹锡的才情，另一方面对刘禹锡的曲折遭遇表示了同情，这种直率与坦诚绝不是写给一般人的，只有友谊深厚才有如此言语。该二句是对当权者和无为者的讽刺，表达了对友人才能的赞赏，以及对友人遭遇的同情与愤懑。

# 同李十一醉忆元九

【唐】白居易

花时同醉破<sup>①</sup>春愁，醉折花枝作酒筹<sup>②</sup>。
忽忆故人天际<sup>③</sup>去，计程今日到梁州<sup>④</sup>。

**【注 释】**

①破：破除，解除。
②酒筹：饮酒时用以记数或行令的筹子。
③天际：肉眼能看到的天地交接的地方。
④计程：计算路程。梁州：地名，在今陕西汉中一带。

**译 文**

　　花开时我们一同醉酒以消除浓浓春愁，醉酒后攀折了花枝当作行令筹子。突然间，想到老友远去他乡不可见，计算一下路程，你今天该到梁州了。

**〔赏析〕**

　　这是一首即景生情、因事起意之作，以情深意真见长。从诗中可见作者同元稹的交情之深。

　　这首诗的特点是：即席拈来，不事雕琢，以极其朴素、极其浅显的语言，表达了极其深厚、极其真挚的情意。而情意的表达，主要在篇末"计程今日到梁州"一句。"计程"由上句"忽忆"来，是"忆"的深化。故人相别，居者忆念行者时，随着忆念的深入，常会计算对方此时已到达目的地或正在中途某地。这里，诗人意念所到，深情所注，信手写出这一生活中的实意常情，给人以特别真实、特别亲切之感。

# 与梦得沽酒闲饮且约后期①

【唐】白居易

少时犹不忧生计，老后谁能惜酒钱？
共把十千②沽一斗，相看七十欠三年③。
闲征雅令穷经史④，醉听清吟⑤胜管弦。
更待菊黄家酿熟⑥，共君一醉一陶然。

【注 释】

①梦得：诗人刘禹锡，字梦得。沽酒：买酒。后期：后会之期。
②十千：十千钱，言酒价之高以示尽情豪饮。
③七十欠三年：诗人白居易、刘禹锡都生于772年，写此诗时两人都67岁。
④征：征引，指行酒令的动作。雅令：高雅的酒令，自唐以来盛行于士大夫间的一种饮酒
游戏。穷：寻根究源。经史：满腹的经论才学。
⑤清吟：清雅的吟唱诗句。
⑥菊黄：指菊花盛开的时候，通常指重阳节。家酿：家中自己酿的酒。

【译 文】

少年时尚不知为生计而忧虑，到老来谁还痛惜这几个酒钱？
你我争拿十千钱买一斗好酒，醉眼相看都已七十只差三年。
闲来征求酒令穷搜经书史籍，酒醉聆听吟咏胜过领略管弦。
待到菊花黄时自家的酒酿熟，我再与你一醉方休共乐陶然。

〔赏析〕

这首诗题为"闲饮"，表面上抒写解囊沽酒、豪爽痛饮的

旷达与闲适，深藏的却是闲而不适、醉而不能忘忧的复杂情感。蕴藏了他们对人生愁苦、世事艰难的深刻感受和体验，表现了这两位有着相同命运的诗人的深厚友情。此诗蕴藉深厚，句外有意，将深情以清语出之，把内心的痛苦忧烦用闲适语道出，加强了抒情效果。全诗言简意富，语淡情深，通篇用赋体却毫不平板呆滞，见出一种炉火纯青的艺术功力。此诗题中"闲饮"二字透露出诗人寂寞而又闲愁难遣的心境。

# 重阳席上赋白菊

### 【唐】白居易

满园花菊郁金黄①，中有孤丛②色似霜。
还似今朝歌酒席，白头翁③入少年场。

【注　释】

①郁金黄：花名，即金桂，这里形容金黄色的菊花似郁金黄。
②孤丛：孤独的一丛。
③白头翁：诗人自谓。

【译　文】

一满园的菊花好似郁金黄，中间有一丛却雪白似霜。
这就像今天的歌舞酒席，老人家进了少年去的地方。

86

[赏析]

　　此诗前两句写诗人看到满园金黄的菊花中有一朵雪白的菊花，感到欣喜；后两句把那朵雪白的菊花比作是参加"歌舞席"的老人，和"少年"一起载歌载舞。全诗表达了诗人虽然年老仍有少年的情趣。以花喻人，饶有情趣。

　　题为"赋白菊"，诗开头却先道满园的菊花都是金黄色。"满园花菊郁金黄，中有孤丛色似霜。"这是用陪衬的手法，使下句中那白色的"孤丛"更为突出，犹如"万绿丛中一点红"，那一点红色也就更加显目了。"满""郁"与"孤"两相对照，白菊更为引人注目。"色似霜"生动的比喻，描绘了白菊皎洁的色彩。

　　更妙的是后两句："还似今朝歌酒席，白头翁入少年场。"诗人由花联想到人，联想到歌舞酒席上的情景，比喻自然贴切，看似信手拈来，其实是由于诗人随时留心观察生活，故能迅速从现实生活中来选取材料，做出具体而生动的比喻。这一比喻紧扣题意，出人意料又在情理之中。结句"白头翁入少年场"，颇有情趣。白菊虽是"孤丛"，好似"白头翁"，但是却与众"少年"在一起，并不觉孤寂、苍老，仍然充满青春活力。

# 石鱼湖上醉歌

【唐】元结

　　漫叟①以公田米酿酒，因休暇，载酒于湖上，时取一醉。欢醉中，据湖岸，引臂向鱼取酒，使舫载之，遍饮坐者。意疑倚巴丘酌于君山之上，诸子环洞庭而坐，酒舫泛泛然触波涛。而往来者，乃作歌以长②之。

　　石鱼湖，似洞庭，夏水欲满君山青。

　　山为樽，水为沼③，酒徒历历坐洲岛④。

　　长风连日作大浪，不能废人运酒舫⑤。

　　我持长瓢坐巴丘，酌饮四坐以散愁⑥。

【注 释】

①漫叟：元结自号。

②长：放声歌唱。

③沼（zhǎo）：水池。

④历历：分明可数。清晰貌。洲岛：水中陆地

⑤废：阻挡，阻止。酒舫（fǎng）：供客人饮酒游乐的船。

⑥酌（zhuó）饮：挹取流质食物而饮。此指饮酒。四坐：指四周座位上的人。

作者名片

　　元结（719—772），中国唐代文学家。字次山，号漫叟、聱叟。河南鲁山人。天宝六载（747）因举落第后，归隐商余山。天宝十二载进士及第。安禄山反，曾率族人避难猗玗洞（今湖北大冶境内），因号猗玗子。乾元二年（759），任山南东道节度使史翙幕参谋，招募义兵，抗击史思明叛军，保全十五城。代宗时，任道州刺史，调容州，加封容州都督充本管经略守捉使，政绩颇丰。大历七年（772）入朝，同年卒于长安。

译 文

　　我用公田产出的粮食来酿酒，常借休假之闲，载酒到石鱼湖上，暂且博取一醉。在酒酣欢快之中，靠着湖岸，伸臂向石鱼取酒，叫船载着，使所有在座的人都痛饮。好像靠着巴陵山，而伸手向君山上舀酒一般，同游的人，也像绕洞庭湖而坐。酒舫慢慢地触动波涛，来来往往添酒。于是作了这首醉歌，歌咏此事。

湖南道州的石鱼湖，真像洞庭，夏天水涨满了，君山翠绿苍苍。
且把山谷作酒杯，湖水作酒池，酒徒济济，围坐在洲岛的中央。
管他连日狂风大作，掀起大浪，也阻遏不了，我们运酒的小舫。
我手持酒葫芦瓢，稳坐巴丘山，为四座斟酒，借以消散那愁肠。

[赏析]

　　序文主要叙述作者与其友属在石鱼湖上饮酒的事及作者对此事的感受。该诗反映了封建士大夫以酒为戏，借饮取乐的生活情趣。诗的末句说："酌饮四坐以散愁。"实际上，作者并没有在诗中表现哪一句是在写愁，以及字里行间有什么愁，所以"散愁"一句是无病呻吟。该诗以酒为戏，借饮取乐，抒写了作者的情趣是真的，说作者及其四坐有愁而举杯消愁却是假的。从内容看，该诗无可取之处。

　　该诗为七言诗，但它的句型与语气，实取之于民歌，既显得顺口，又使人易记。

# 酌酒与裴迪①

**【唐】王维**

酌酒与君君自宽②，人情翻覆似波澜③。
白首相知犹按剑，朱门④先达笑弹冠。
草色全经⑤细雨湿，花枝欲动春风寒。
世事浮云何足问，不如高卧⑥且加餐⑦。

## 【注 释】

①裴迪：唐代诗人。字、号均不详，关中（今属陕西）人。官蜀州刺史及尚书省郎。盛唐著名的山水田园诗人。王维的好友。

②自宽：自我宽慰。

③人情：人心。翻覆：谓反复无常；变化不定。

④朱门：红漆大门。指贵族豪富之家。先达：有德行学问的前辈。弹冠：弹去帽子上的灰尘，准备做官。

⑤经：一作"轻"。

⑥高卧：安卧；悠闲地躺着。指隐居不仕。

⑦加餐：慰劝之词。谓多进饮食，保重身体。

## 作者名片

　　王维（701—761，一说699—761），字摩诘，号摩诘居士，河东蒲州（今山西运城）人，祖籍山西祁县，唐朝诗人。唐肃宗乾元年间任尚书右丞，故世称"王右丞"。王维参禅悟理，学庄信道，精通诗、书、画、音乐等，以诗名盛于开元、天宝间，尤长五言，多咏山水田园，与孟浩然合称"王孟"，有"诗佛"之称。书画特臻其妙，后人推其为南宗山水画之祖。著有《王右丞集》《画学秘诀》，存诗约400首。苏轼评云："味摩诘之诗，诗中有画；观摩诘之画，画中有诗。"

## 译 文

　　给你斟酒愿你喝完能自我宽慰，人心反复无常，如同起伏不定的波涛。朋友即便相携到白首还要按剑提防，要是你盼望先富贵的人来提拔你、帮助你，只不过惹得他一番耻笑罢了。草色青青，已经全被细雨打湿，花枝欲展却遇春风正寒。世事如浮云过眼不值一提，不如高卧山林，多多进食，保重身体。

## 〔赏析〕

此诗是王维晚年诗作中十分值得玩味的一篇。诗用愤慨之语对友人进行劝解，似道尽世间不平之意，表现了王维欲用世而未能的愤激之情。全诗风格清健，托比深婉，前后既错综成文，又一气贯注，构思布局缜密精妙。

第一句"酌酒与君君自宽"，"君"字重复强调，这是障眼法；骨子里其实是胸中郁积愤懑，需与挚友一起借酒浇化。所谓"宽"者，宽人也即宽己，正是因为无法排遣。故次句"人情翻覆似波澜"，一曰翻覆，二曰波澜，足见心中愤激之情。

三、四句紧承"人情翻覆"，照应止水波澜的外部刺激，强调矛盾两端，铺叙反目成仇，人心无常。白首相知尚且如此，其他的人就不用说了。相知成仇，先达不用，说尽了世态炎凉，当是实有所指。

从内容上说，五、六两句即景即情，从户内至室外，为酌酒时举目所见，由世态炎凉，人情反复展示天地无私，万物亲仁，豁然呈现一新境界。

末两句"世事浮云"与"高卧加餐"由禅意而来。"何足问"有不屑一顾的鄙薄之意，所指实有其人其事，承三、四句，"高卧"承五、六句，超凡脱俗。前后既错综成文，又一气贯注，构思布局缜密精妙。

# 送元二使安西

### 【唐】 王维

渭城①朝雨浥②轻尘，
客舍青青柳色③新。
劝君更尽一杯酒，
西出阳关④无故人。

## 【注　释】

①渭城：在今陕西省西安市西北，即秦代咸阳古城。

②浥（yì）：润湿。

③客舍：旅馆。柳色：柳树象征离别。

④阳关：在今甘肃省敦煌西南，为自古赴西北边疆的要道。

## 译　文

渭城早晨一场春雨沾湿了轻尘，客舍周围柳树的枝叶翠嫩一新。
老朋友请你再干一杯美酒，向西出了阳关就难以遇到故旧亲人。

## 〔赏析〕

这首诗所描写的是一种非常普遍的离别。它没有特殊的背景，有的是至深的惜别之情，所以，它适合大多数别筵离席颂唱，后来纳入乐府，成为流行且久唱不衰的歌曲。

"渭城朝雨浥轻尘，客舍青青柳色新。"生动形象地写出了诗人对将要去荒凉之地的友人元二的深深依恋和牵挂。诗的前两句明写春景，暗寓离别。其中不仅"柳"与"留"谐音，是离别的象征，"轻尘""客舍"也都暗示了旅行的目的，巧妙地点出了送别的时间、地点和环境。

"劝君更尽一杯酒，西出阳关无故人。"点明了主题是以酒饯别，诗人借分手时的劝酒，表达对友人深厚的情意。友人此行要去的安西，在今天的新疆库车县境，同时代的王之涣有"春风不度玉门关"的形容，何况安西更在玉门之外，其荒凉遥远可想而知。

# 送 别

【唐】 王维

下马饮君酒①，问君何所之②？
君言不得意，归卧③南山④陲。
但去莫复问，白云无尽时。

## 【注 释】

①饮君酒：劝君饮酒。饮，使……喝。
②何所之：去哪里。之，往。
③归卧：隐居。
④南山：终南山，在今陕西省西安市西南。

## 译 文

请你下马来喝一杯美酒，想问问朋友你要去往哪里？
你说因为生活不得意，要回乡隐居在终南山旁。
只管去吧我不会再追问，那里正有绵延不尽的白云，在天空中飘荡。

## 赏析

王维这首《送别》用了禅法入诗，富于禅家的机锋。禅宗师弟子问斗机锋，常常不说话，而做出一些奇怪的动作，以求"心心相印"。即使要传达禅意，也往往是妙喻取譬，将深邃意蕴藏在自然物象之中，让弟子自己去参悟。王维在这首诗歌创作中吸取了这种通过直觉、暗示、比喻、象征来寄寓深层意蕴的方法。他在这首诗中，就将自己复杂的内心世界感受凝缩在"白云无尽时"这一幅自然画面之中，从而达到"拈花一笑，不言而喻"，寻味无穷的艺术效果。

# 临湖亭

【唐】王维

轻舸①迎上客②，悠悠湖上来。

当轩③对尊酒，四面芙蓉开。

【注　释】

①轻舸（gě）：轻便的小船。吴楚江湘一带方言，称船为舸。

②上客：尊贵的客人。

③当轩：临窗。轩，有窗的长廊。

【译　文】

乘坐着轻便的小船迎接贵客，小船在湖上悠悠地前行。

宾主围坐临湖亭中开怀畅饮，四周一片盛开的莲花。

〔赏析〕

诗人王维在亭子里等待迎接贵宾，轻舸在湖上悠然驶来。宾主围坐临湖亭开怀畅饮，窗外就是一片盛开的莲花。诗歌将美景、鲜花、醇酒和闲情巧妙地融于一体，在自然中寄深意，与质朴中见情趣，娟秀飘逸的意境，令人陶醉。

# 对酒春园作

【唐】王勃

投簪<sup>①</sup>下山阁<sup>②</sup>，携酒对河梁<sup>③</sup>。
陕水牵长镜<sup>④</sup>，高花送断香。
繁莺歌似曲，疏蝶舞成行。
自然催一醉，非但阅<sup>⑤</sup>年光。

## 【注 释】

①投簪：丢下固冠用的簪子。同"抽簪"，比喻弃官。
②山阁：依山而筑的楼阁。
③河梁：河上的桥梁。
④长镜：长的镜子。形容狭长的水面。
⑤阅：观赏。一作"惜"。

## 作者名片

　　王勃（约650—约676），字子安，绛州龙门县（今山西省河津市）人。唐朝文学家，儒客大家，文中子王通之孙，与杨炯、卢照邻、骆宾王共称"初唐四杰"。王勃聪敏好学，6岁能文，下笔流畅，被赞为"神童"。9岁时，读秘书监颜师古《汉书注》，作《指瑕》十卷，以纠正其错。16岁时，进士及第，授朝散郎、沛王（李贤）府文学。写作《斗鸡檄》，坐罪免官。游览巴蜀山川景物，创作大量诗文。王勃擅长五律和五绝，著有《王子安集》等。

## 译文

丢了官，从官舍来到山阁；在山阁里我拿起酒对着一座桥来喝。窄窄的水流，很像拉着一个长长的镜子；从高处落下来的花，送来了一阵一阵的香味。很多很多的黄莺鸟叫得像唱歌一样，有几个蝴蝶在这里很有次序地飞舞。这样美好的自然景色正催人多喝几杯，正叫人不要空空地盯着自己的年岁而还想有什么别的计较！

## 赏析

这是一首赞美春天的诗，安排合理，描写细腻，充满情趣。

首联叙述诗人亟欲回归自然和回归后的形象："下山阁""携酒对河梁"。颔联具体写诗人见到的美景，写河水、花香，这是静态描写。颈联写动态景物，写莺歌燕舞，有声有态。两联动静结合，抓住春天景物欣欣向荣的特点，写出它们的勃勃生机，流露出诗人喜悦轻松的心情。

此诗笔致疏朗，色彩明丽，诗人的兴致、感触通过景物表现出来，情趣盎然，淋漓尽致。

# 送王大昌龄赴江宁

### 【唐】岑参

对酒寂不语，怅然悲送君。
明时①未得用，白首徒攻文。
泽国从②一官，沧波几千里。

群公满天阙③，独去过淮水④。

旧家富春渚⑤，尝忆卧江楼。

自闻君欲行，频望南徐州。

穷巷独闭门，寒灯静深屋。

北风吹微雪，抱被肯同宿。

君行到京口⑥，正是桃花时。

舟中饶孤兴，湖上多新诗。

潜虬且深蟠⑦，黄鹄举未晚⑧。

惜君青云器，努力加餐饭。

【注　释】

①明时：指政治清明、国泰民安的盛世。

②泽国：水乡，江南水量丰富，故云，此处指江宁。从：任职。

③天阙：皇宫前的望楼，此处指朝廷。

④淮水：即淮河，赴江宁须经此河。

⑤富春渚：富春江，为钱塘江上游，在今浙江富阳市南。渚：水中小洲。岑参父植曾任衢州司仓参军，衢州在富春江上游衢江，参随父曾居此。

⑥京口：今江苏镇江。

⑦虬：传说中有角的龙。蟠：深屈而伏。此处以潜虬比拟王昌龄才华横溢而不得重用。

⑧黄鹄：天鹅。举：高飞。黄鹄非燕雀，虽暂且屈伏，终有一日必高举之上。此处也以黄鹄拟王昌龄。黄鹄举，一作"鹤飞来"。

**作者名片**

岑参（718—769），荆州江陵（今湖北江陵）人，一人，一说南阳棘阳（今河南南阳）人，唐代诗人，与高适并称"高岑"。岑参早岁孤贫，从兄就读，遍览史籍。唐玄宗天宝三载（744）进士，初为率府兵曹参军。后两次从军边塞，先在安西节度使高仙芝幕府掌书记；天宝末年，封常清为安西北庭节度使时，为其幕府判官。代宗时，曾官嘉州刺史（今四川乐山），世称"岑嘉州"。大历五年（770）卒于成都。

## 译 文

面对着酒杯沉默不语，今日满怀愁绪为您送行。
圣明的时代得不到重用，突然皓首攻文。
到江南水乡去当个小官，风波经历几千里。
诸公挤满了朝廷，只有您一人在渡过淮水。
我家曾住在富春的江渚，常常回忆起那临江的高楼。
自从听说您要前去，叫我频频望着那南徐州。
独居僻巷紧闭着门，夜晚寒灯静照着深屋。
北风吹起微雪，抱着被子愿意同住宿。
您这一路走到京口，正是桃花盛开之时。
舟中自会大发感兴，湖上定能多写新诗。
虬龙且要深潜屈蟠，黄鹄高飞也不论早晚。
请爱惜您青云之器，努力添加餐饭。

### 〔赏析〕

　　此诗为送别王昌龄而作，作者对王昌龄怀才不遇、仕途多舛给予同情，并勉励友人再展宏图，青云直上。

　　"对酒寂不语，怅然悲送君。明时未得用，白首徒攻文。"此四句写为将赴贬所的王昌龄饯行，而悲凉忧郁的气氛笼罩着大家，使他们把盏对斟，欲说还休。君子临治世，当有为于天下，而王昌龄却难君臣遇合，被贬外官。诗人叹息王昌龄徒有生花之诗笔和可干青云的文章，却得不到朝廷重用，以展自己的经世才华。

　　"泽国从一官，沧波几千里。群公满天阙，独去过淮水。"此四句写王昌龄赴江宁任一微官，而路途遥遥，跋山涉水，又转而叹惋朝廷官员济济，独君被"明主弃"，流落异地，寂寞孤独。

"旧家富春渚，尝忆卧江楼。自闻君欲行，频望南徐州。"此四句写由王昌龄将赴的江宁贬所，引起作者对往日居住地的追念，诗人对好友的殷切关怀与牵挂，也随好友征帆一路追随到江南水乡那个有过少年时的欢乐与眼泪的地方。

"穷巷独闭门，寒灯静深屋。北风吹微雪，抱被肯同宿。"此四句写穷巷独居的诗人，荧荧一盏孤灯相伴，北风卷着雪花在屋外肆意飞舞，如此寒凉之景，作者想起将远行的好友王昌龄，漫漫征程孑然独往，好友的凄凉光景当比自己尤甚。情动之下，临别之余，诗人邀好友再抱被同宿，一叙寒暖。

"君行到京口，正是桃花时。舟中饶孤兴，湖上多新诗。"此四句为诗人想象王昌龄南行至京口时，当是桃花烂漫的季节。虽然孤舟孑行，无人做伴，见此桃花纷纭、春意盎然之景也必当诗兴大发，佳篇连成，精神焕发起来。

"潜虬且深蟠，黄鹄举未晚。惜君青云器，努力加餐饭。"此四句写诗人赞赏王昌龄的高才大器，虽不得明君赏识，一时重用，亦当如葆真之潜龙，待举之黄鹄，终有一日青云直上，宏图再展。

# 酒泉太守席上醉后作二首

**【唐】岑参**

酒泉①太守能剑舞，高堂②置酒夜击鼓。
胡笳③一曲断人肠，座上相看泪如雨。

琵琶长笛曲相和，羌儿胡雏④齐唱歌。

浑炙犁牛⑤烹野驼，交河美酒归叵罗⑥。

三更醉后军中寝，无奈秦山⑦归梦何。

## 【注 释】

①酒泉：郡名，即肃州，今甘肃省酒泉市。
②高堂：指高大的厅堂。
③胡笳：古代管乐器。
④胡雏：即胡儿。
⑤浑：全。炙（zhì）：烧烤。犁牛：杂色牛。
⑥叵（pǒ）罗：酒杯。
⑦秦山：即终南山，又名秦岭。

## 译 文

酒泉太守持剑翩翩舞起，高堂置酒夜间鼓声敲击。
胡笳一曲令人肝肠欲断，座上客人相对泪下如雨。

琵琶长笛曲曲互相应和，胡家儿女齐声唱起歌曲。
全牛野驼烧好摆在桌上，交河美酒斟满金酒杯里。
三更醉后卧在军帐之中，梦中无法向那秦山归去！

## 〔赏析〕

这两篇作品记叙的是宴会的场面和醉后的归思。

这是一个富有边地特色的军中酒会。第一首诗开头两句在点出酒会及其时间地点的同时，便以"剑舞""击鼓"写出戎旅之间的酒会特色，点染着边地酒会的气氛，为"醉"字伏笔。紧接着两句写席间胡笳声起，催人泪下。何以"泪如雨"，这里没有交代，但隐含的情调却是慷慨悲壮的，这种气氛也为"醉"准备了条件。

第二首诗的前四句写宴席间情景。上两句从所闻方面写歌曲，下两句从所见方面写酒肴。乐器是"琵琶长笛"，歌者为"羌儿胡雏"，菜是"犁牛""野驼"，酒为"交河美酒"，这一切可以看出主人的热情，宴席的高贵；而它们所点染的边塞情调又使归途中的诗人感触良多。这也为"醉"准备了条件，遂引出诗的最后两句。醉后吐真言，梦中见真情，诗的最后两句写醉后梦中归家，描写十分真切。用"无奈"写出归思之难以摆脱，也许这正是"座上相看泪如雨"的重要原因。

# 胡 歌

【唐】岑参

黑姓蕃王貂鼠裘①，葡萄宫锦醉缠头②。
关西③老将能苦战，七十行兵④仍未休。

## 【注 释】

①黑姓蕃王：指统辖一方的少数民族王侯或高级将领。黑姓，是西突厥的一个部族，唐开元、天宝时代，西突厥分为黄姓、黑姓两部。这里未必是确指，当泛指某少数民族将领。貂鼠裘：即貂皮袍子。

②葡萄宫锦：绣有葡萄图案的丝织品。宫锦，王宫中所用的名贵丝织品。醉缠头：唐人宴会时，常酒酣起舞，赠舞者以缠头。缠头，古时歌舞的人把锦帛缠在头上作妆饰，称为"缠头"。

③关西：指函谷关以西地区。汉代有"关西出将，关东出相"的说法。

④行兵：统兵作战。

## 译 文

　　黑姓蕃王身穿貂鼠皮裘，酒醉之后，便把绣有葡萄图案的宫锦作为赏赐之物送给舞女。

　　而边关老将却因能征善战，年已七十仍无休止地统兵戍边。

## 〔赏析〕

　　诗的前两句写边镇少数民族将领的逸乐，后两句写关西老将长期征战之苦。诗人把"黑姓蕃王"与"关西老将"作鲜明对照，表现了汉、蕃两族将领的苦乐不均，这首诗就上升到了政治层面，使诗歌境界得到了提升。

　　"黑姓蕃王貂鼠裘，葡萄宫锦醉缠头"两句写边镇少数民族将领的逸乐。从三个方面写黑姓蕃王的生活：一是穿着，貂鼠裘以示名贵；二是宴饮，写纵荡不羁；三是玩物，葡萄宫锦以示器物的奢侈。写边镇蕃王，不去写他们的军事生活，而是选择一些细节写他们的享乐生活，可以看出他们的地位，他们的骄纵。

　　"关西老将能苦战，七十行兵仍未休"两句写关西老将长期征战之苦。"能"，不是说具有能力，而是说其不得已。一个"苦"字，是关西老将全部征战生活的写照。"七十"写出了老将年迈而非确指。"仍"概括了老将过去、现在和将来的征战生活，"苦"字自在其中。写"关西老将"专写其征战生活，与"黑姓蕃王"适成鲜明对照。"黑姓蕃王"逸乐如彼，"关西老将"苦战如此，诗人因而感慨。诗中仅把两种鲜明对照的现象做客观罗列，而写的实际是诗人所感。

# 饮 酒

【唐】柳宗元

今夕少愉乐，起坐开清尊。

举觞酹先酒①，为我驱忧烦。

须臾心自殊②，顿觉天地暄。

连山变幽晦，绿水函晏温③。

蔼蔼南郭门④，树木一何繁⑤。

清阴可自庇，竟夕⑥闻佳言。

尽醉无复辞，偃卧有芳荪⑦。

彼哉晋楚富，此道⑧未必存。

### 【注 释】

①酹（lèi）：以酒洒地，表示祭奠或立誓。先酒：指第一个发明酿酒的人。相传杜康是我国酿酒的创始人。

②须臾（yú）：一会儿。殊：不一样。

③函：包含。晏温：晴天的暖气。

④蔼蔼：茂盛的样子。南郭门：指永州外城的南门。郭，外城。

⑤何：多么。一，助词，用以加强语气。

⑥竟夕：整夜。

⑦偃卧：仰卧。芳荪：指草地。

⑧此道：指饮酒之乐。

## 作者名片

柳宗元（773—819），字子厚，唐代河东（今山西运城）人，杰出诗人、哲学家、儒学家乃至成就卓著的政治家，唐宋八大家之一。著名作品有《永州八记》等六百多篇文章，经后人辑为三十卷，名为《柳河东集》。因为他是河东人，人称柳河东，又因卒于柳州刺史任上，又称柳柳州。柳宗元与韩愈同为中唐古文运动的领导人物，并称"韩柳"。在中国文化史上，其诗、文成就均极为杰出，可谓一时难分轩轾。

## 译 文

早晨起来深感缺少乐趣，离座而起打开清酒一樽。

先举杯祭酹造酒的祖师，是他留下美酒给我驱逐忧愁和烦闷。

一会儿感觉便大不一样，顿觉得天地之间热闹非凡。

连绵的高山改变了原来的幽晦，碧绿的流水把温暖的气息包含。
南门城外一片郁郁葱葱，高大的树木叶茂枝繁。
清凉的树荫可以庇护自己，整天都可以在树下乘凉谈天。
即使喝醉也不要推辞，美好的芳草可以供我们躺卧。
即使是那些富比晋楚的人，恐怕也未必知道饮酒的快乐。

## 〔赏析〕

　　全诗共十六句，开头四句为第一层："今旦少愉乐，起坐开清樽。举觞酹先酒，为我驱忧烦。"清早起来就喝酒，原因是感到缺乏生活乐趣。柳宗元先举杯祭酹造酒的祖师杜康，是他用勤劳与智慧造出美酒，给人们驱逐忧愁和烦恼。"须臾心自殊，顿觉天地暄。"酒入口，加快了血液循环，浑身感到一股暖流上涌，心情发生变化，天地之间也变得温暖起来。接着，一一叙说饮酒后的感受："连山变幽晦，绿水函晏温。"心感温暖，连自然界的景物也变得温暖，连绵的高山也改变了原来的幽晦，碧绿的水流含着温暖的气息。这是诗人从感官的角度来写的，随着时间的推移，夏天的太阳升起来了，天气自然变得暖和起来。"蔼蔼南郭门，树木一何繁。清明可自庇，竟夕闻佳言。"开篇点明时间，现在点明饮酒的地点——南郭门。南郭门指永州城南，南门城边，树木繁茂，清凉的树荫可以遮挡烈日，庇护自己，整天都可以在树下乘凉谈天。这四句描写了诗人在永州的闲适生活，既无衙门的公务缠身，又无日出而作的劳累，似乎是无拘无束，自由自在。"尽醉无复辞，偃卧有芳荪。"与朋友们尽情畅饮，哪怕喝醉也不要推辞，芳草萋萋，可以供我们躺卧。这是第二层的小结，饮酒的快乐尽在"偃卧"之中，按理全诗可以到此结束了。然而，"彼哉晋楚富，此道未必存"。即使是那些富比晋楚的人，恐怕也未必知道饮酒的快乐吧？后两句为第三层，进一步说明饮酒的快乐，使诗意得到升华。

# 致酒行

### 【唐】李贺

零落栖迟一杯酒，主人奉觞客长寿①。

主父②西游困不归，家人折断门前柳。

吾闻马周③昔作新丰客，天荒地老无人识。

空将笺上两行书，直犯龙颜请恩泽。

我有迷魂④招不得，雄鸡一声天下白。

少年心事当挐云⑤，谁念幽寒坐呜呃。

【注　释】

①客长寿：敬酒时的祝词，祝身体健康之意。

②主父：《汉书》记载：汉武帝的时候，"主父偃西入关见卫将军，卫将军数言上，上不省。资用乏，留久，诸侯宾客多厌之。"后来，主父偃的上书终于被采纳，当上了郎中。

③马周：《旧唐书》记载："马周西游长安，宿于新丰，逆旅主人唯供诸商贩而不顾待。周遂命酒一斗八升，悠然独酌。主人深异之。至京师，舍于中郎将常何家。贞观五年（631），太宗令百僚上书言得失，何以武吏不涉经学，周乃为陈便宜二十余事，令奏之，皆合旨。太宗怪其能，问何，对曰：'此非臣所能，家客马周具草也。'太宗即日招之，未至间，遣使催促者数四。及谒见，与语甚悦，令值门下省。六年授监察御史。"

④迷魂：这里指执迷不悟。

⑤挐云：高举入云。

## 作者名片

李贺（约790—817），字长吉，唐代河南福昌（今河南洛阳宜阳县）人，家居福昌昌谷，后世称李昌谷，是唐宗室郑王李亮后裔。有"诗鬼"之称，是与"诗圣"杜甫、"诗仙"李白、"诗佛"王维齐名的唐代著名诗人。李贺是中唐的浪漫主义诗人，与李白、李商隐称为唐代三李。有"太白仙才，长吉鬼才"之说。著有《昌谷集》。

## 译 文

　　我潦倒穷困漂泊落魄，唯有借酒消愁，主人持酒相劝，相祝身体健康。

　　当年主父偃向西入关，资用困乏滞留异乡，家人思念折断了门前杨柳。

　　哎，我听说马周客居新丰之时，天荒地老无人赏识。

　　只凭纸上几行字，就博得了皇帝垂青。

　　我有迷失的魂魄，无法召回，雄鸡一叫，天下大亮。

　　少年人应当有凌云壮志，谁会怜惜你困顿独处，唉声叹气呢？

## 〔赏析〕

　　这首诗写诗人客居长安，求官而不得的困难处境和潦倒感伤的心情。诗人以不得志的人的身份作客饮酒，前四句写作客的情形和潦倒自伤的心情。中间四句，诗人由自伤转为自负和自勉，引汉代名士主父偃和唐代名士马周自比，说明他自己有经世之才，早晚会得到皇帝赏识。后四句，诗人又由自负和自勉转为自伤，感慨自己冷落寂寞的处境。三层意思转折跌宕，沉郁顿挫，而以怀才不遇之意加以贯通。

# 将进酒

### 【唐】李贺

琉璃钟①，琥珀②浓，小槽酒滴真珠红③。

烹龙炮凤④玉脂泣，罗帏绣幕围香风。

吹龙笛，击鼍鼓⑤；皓齿歌，细腰舞。

况是青春日将暮，桃花乱落如红雨。

劝君终日酩酊醉，酒不到刘伶坟上土。

**【注　释】**

①琉璃钟：形容酒杯之名贵。
②琥珀：借喻酒色透明香醇。
③真珠红：真珠即珍珠，这里借喻酒色。
④烹龙炮凤：指厨肴珍异。
⑤鼍（tuó）鼓：用鼍皮制作的鼓。鼍：扬子鳄。

**译　文**

　　明净的琉璃杯中，斟满琥珀色的美酒，淅淅沥沥槽床滴，浓红恰似火齐珠，煮龙肝，爆凤髓，油脂白，点点又似泪珠涌，锦乡帷帘挂厅堂，春意浓浓，笛声悠扬如龙吟，敲起皮鼓响咚咚，吴娃楚女，轻歌软舞，其乐也融融，何况春光渐老日将暮，桃花如雨，飘落满地红，劝世人，不如终日醉呵呵，一日归黄土，纵是酒仙如刘伶，望一杯，也只是，痴人说梦。

**[赏析]**

　　这首诗将一个宴饮歌舞的场面写得缤纷绚烂，有声有色，形神兼备，兴会淋漓，并且以精湛的艺术技巧表现了诗人对人生的深切体验。

　　这首诗的前五句描写一幅奇丽熏人的酒宴图，场面绚丽斑斓，有声有色，给读者以极强烈的感官刺激。作者似乎不遗余力地搬出华艳辞藻、精美名物，目不暇接——"琉璃钟""琥珀浓""真珠红""烹龙炮凤""罗帏绣幕"，作者用这样密集的华丽字眼描绘了一场华贵丰盛的筵宴。其物象之华美，色泽之瑰丽，简直无以复加。

"吹龙笛，击鼍鼓，皓齿歌，细腰舞"四句写宴乐的鼓点愈来愈急，连串三字句法衬得歌繁舞急，仅十二字，就将音乐歌舞之美妙写得尽态极妍。不仅让读者目不暇视，甚至耳不暇接。这似乎已不是普通宴饮，而是抵死的狂欢。下面的诗句作者开始解释这炊金馔玉、浩歌狂舞的原因。

"况是青春日将暮，桃花乱落如红雨。"春光正美，太阳却冷酷地移向地平线；青春正美，白发却已在悄悄滋长。曾在繁茂的桃花园中，看花瓣随风如雨而落，那真是令人目眩神迷的美。但每一秒的美丽，都是以死亡为代价的。何等奢侈的美丽。人们伸出手想挽留残春，但最终留下的，只是那空荡荡的枝头和指间的几片残红。在这凄艳的花雨中，在这渐渐拉长的日影下，愈转愈急的歌弦舞步是想追上时间的脚步，在时间鼓点均匀而无情的敲击声中，入唇的玉液琼浆已变得苦涩。

"劝君终日酩酊醉，酒不到刘伶坟上土。"结尾笔锋倏转，出人意料地出现了死的意念和"坟上土"的惨淡形象，透露出一片苦涩幽怨的意绪。时光难逗留，诗人遂道："罢了，对酒当歌，人生几何，既是壶中日月长，就多喝几杯，终日酩酊吧，无知无觉也就没有困扰了。"何况哪怕好酒如刘伶，死后想喝酒亦不可得。

# 野　歌[①]

### 【唐】李贺

鸦翎羽箭山桑弓[②]，仰天射落衔芦鸿[③]。

麻衣黑肥[④]冲北风，带酒日晚歌田中。

男儿屈穷[⑤]心不穷，枯荣不等嗔天公[⑥]。

寒风又变为春柳，条条看即[⑦]烟濛濛。

**【注 释】**

①野歌：在田野中放声高歌。
②鸦翎羽箭：用乌鸦羽毛做成的箭。山桑：即桑树，木质坚韧，可制弓箭。
③衔芦鸿：口衔着芦苇的大雁。传说大雁为躲避对手，经常衔着芦苇而飞。
④麻衣：这里指寒士穿的粗布麻衣。黑肥：形容衣服肮脏肥大。
⑤屈穷：指有才志而不能施展。屈：不伸。穷：困。
⑥枯荣：贱贵，指人生的得意和失意。嗔：生气发怒。天公：老天。
⑦看即：随即，转眼。

**译 文**

　　拉开山桑木制成的弓，仰天射出用乌鸦羽毛做箭羽的箭，弦响箭飞，高空中口衔芦苇疾飞而过的大雁应声中箭，跌落下来。穿着肥硕宽大的黑色粗麻布衣服，迎着呼啸的北风，在田野里烧烤着猎获物，饮酒高歌，直到暮色四起，黄昏来临。大丈夫虽身受压抑遭遇困窘，才志不得伸展，但心志不可沉沦。愤怒问天公：上天为什么要做有枯有荣这样不公平的安排？凛冽寒风终将过去，即将到来的应是和煦春风拂绿枯柳。到那时缀满嫩绿的柳条看上去正好像轻烟笼罩一般摇曳多姿。

**赏析**

　　整首诗扣题叙事，前四句叙事，后四句抒怀。因事抒怀，叙事抒怀，紧密关联。叙事之中有援箭引弓、仰天射鸿、肥衣冲风、饮酒高歌的形象描写，有箭飞弦响、大雁哀鸣、北风呼啸、诗人高歌繁多声响的奏鸣渲染。抒怀之时有感叹不遇、不甘沉沦的内心表白，有寒风变春柳、枯柳笼轻烟的艺术遐思。叙事之中以形象的描写、声响的渲染抒发身受压抑、才志不得伸展的强烈愤激，抒怀之时以内心的独白、艺术的遐思表达出乐观、自勉之情。愤激之中呈现出狂放、豪迈、洒脱的形象，自勉之时犹见积极用世、奋发有为之志。这样，诗人受压抑但并不沉沦，虽愤激犹能自勉的情怀充溢在诗的字里行间，让人读来为之欣慰和感奋。

# 开愁歌

### 【唐】李贺

秋风吹地百草干，华容碧影生晚寒。

我当二十不得意，一心愁谢如枯兰。

衣如飞鹑马如狗①，临歧②击剑生铜吼。

旗亭③下马解秋衣，请赊宜阳④一壶酒。

壶中唤天云不开，白昼万里闲凄迷。

主人劝我养心骨，莫受俗物相填豗⑤。

## 【注　释】

①飞鹑（chún）：形容衣衫褴褛。马如狗：形容马极瘦小。
②临歧：面临岔路。
③旗亭：此指酒肆。
④赊（shì）：赊欠。宜阳：地名，即福昌县，在今河南省。
⑤填豗（huī）：豗，相击。填豗，就是填塞心胸的意思。

## 译　文

萧瑟秋风吹得大地百草枯干，华山苍碧的身影傍晚带微寒。

我年当二十仕途坎坷不得意，心中愁苦颓丧如衰枯的秋兰。
衣服烂得像飞鹑胯下马如狗，面临岔路口拔剑向天发怒吼。
酒店下马后脱下秋衣作抵押，请赊给我这宜阳人一壶美酒。
酒醉中我呼唤老天层云不散，万里白昼顷刻之间一片凄迷。
店主人劝我好好保养身子骨，别让那尘世俗物填塞在心里。

## 〔赏析〕

开头二句写景。秋风萧瑟，草木干枯，傍晚时分，寒气袭人，路旁的花树呈现出愁惨的容颜。诗人把自己的心理因素融合在外界的景物之中，使外在景物增添了生命的光彩，带有一种神秘的诱惑力。

三、四句写情。秋气肃杀，满目萧条，诗人触景生情，直抒胸臆，表达了深沉的痛苦。李贺二十一岁应河南府试。初试告捷，犹如雏鹰展翅，满以为从此便可扶摇直上，不料有人以李贺"父名晋肃，子不得举进士"为由，阻挠他参加进士考试。"我当二十不得意，一心愁谢如枯兰"正是这种抑郁悲愤心境的写照。

中间四句进一步描述诗人愁苦愤懑的情怀。"衣如飞鹑马如狗"写衣着和坐骑，用漫画式的夸张手法，显示他穷困不堪的处境，笔墨清新，形象突出。"临歧击剑"句，写行动而重在抒情。击剑不是为了打斗，而是为了发泄心中的怨气。"吼"字是拟物，也是拟人。剑本来是不会"吼"的，这里用猛兽的咆哮声来比拟击剑人心底的"怒吼"。如此辗转寄托，把抽象的感情变成具体的物象，不断地撼动着读者的心灵。

"临歧击剑"，愁苦愤懑已极，要得解脱，唯一的办法只有求救于酒，以酒浇愁。可是诗人身无分文，于是下马脱下"秋衣",拿到酒店换酒。这两句进一步表现诗人穷愁潦倒的生活境况。秋天的傍晚,寒气侵肤,诗人竟在这时脱衣换酒,他已经穷困到了食不果腹的地步。衣不可脱而非脱不可,酒可不喝而非喝不行,表现了诗人极度苦闷的心情。

衣服当了,酒也喝上了,心中的愁苦却还是没有解除。"壶中唤天云不开,白昼万里闲凄迷。"醉后呼天,天也不应,浮云蔽日,白昼如冥,看不到一点希望的光亮,诗人忧心如焚。写到这里,痛苦、绝望已经达到顶峰。

结尾二句,诗意一折,写酒店主人好言劝慰,要他注意保重身体,不要让俗物填塞心胸。感情愤懑到了极致,语气却故作跌落缓和之势,这二句,既起了点题的作用,同时深化了诗歌所表达的愤世嫉俗思想,显得深沉有力而又回荡多姿。

# 秦王饮酒

**【唐】李贺**

秦王①骑虎游八极,剑光照空天自碧。
羲和②敲日玻璃声,劫灰飞尽古今平③。
龙头泻酒邀酒星④,金槽琵琶夜枨枨⑤。
洞庭雨脚来吹笙,酒酣喝月使倒行。
银云栉栉瑶殿明⑥,宫门掌事报一更。
花楼玉凤声娇狞⑦,海绡红文香浅清,黄鹅跌舞千年觥。
仙人烛树蜡烟轻,清琴醉眼泪泓泓⑧。

【注 释】

①秦王:一说指唐德宗李适(kuò),他做太子时被封为雍王,雍州属秦地,故又称秦王,

曾以天下兵马元帅的身份平定史朝义，又以关内元帅之职出镇咸阳，防御吐蕃。一说指秦始皇，但篇中并未涉及秦代故事。一说指唐太宗李世民，他做皇帝前是秦王。

②羲和：传说中为太阳驾车的神。

③劫灰：劫是佛经中的历时性概念，指宇宙间包括毁灭和再生的漫长的周期。劫分大、中、小三种。每一大劫中包含四期，其中第三期叫作坏劫，坏劫期间，有水、风、火三大灾。劫灰飞尽时，古无遗迹，这样一来无古无今，所以称之为"古今平"。

④龙头：铜铸的龙形酒器。据《北堂书钞》载：唐太极宫正殿前有铜龙，长二丈。又有铜樽，容积四十斛。大宴群臣时，将酒从龙腹装进，由龙口倒入樽中。酒星：一名酒旗星。

⑤金槽：镶金的琵琶弦码。枨（chéng）枨：琵琶声。

⑥银云：月光照耀下的薄薄的白云朵。栉栉：云朵层层排列的样子。瑶殿：瑶是玉石。这里称宫殿为瑶殿，是夸张它的美丽豪华。

⑦花楼玉凤：指歌女。娇狞：形容歌声娇柔而有穿透力。狞字大约是当时的一种赞语，含有不同寻常之类的意思。

⑧清琴：即青琴，传说中的神女，这里指宫女。泪泓泓：眼泪汪汪，泪眼盈盈。

### 译 文

秦王骑着猛虎般的骏马，巡游八方，武士们的宝剑照射得天空一片碧光。

命令羲和敲着太阳开道，发出玻璃声响，劫火的余灰已经散尽，国家太平呈祥。大壶的龙头倾泻着美酒，请来了酒星，弦架镶金的琵琶夜间弹得枨枨响。像落在洞庭湖上的雨点，那是乐人吹笙，秦王酒兴正浓，喝令月亮退行。银白色的浮云辉映得整齐的宫殿亮晶晶，宫门上报时的人已经报了一更。灯火辉煌的楼上，歌女们的声音娇弱乏困，绡纱红衣轻轻飘动，散发出淡淡的清芬。一群黄衣女郎舞蹈着，高举酒杯祝寿歌颂。仙人形的烛树光芒四射，轻烟蒙蒙，嫔妃们心满意足，一双双醉眼清泪盈盈。

### 〔赏析〕

诗共十五句，分成两个部分，前面四句写武功，后面十一句写饮酒，重点放在饮酒上。诗中的秦王既勇武豪雄，战功显赫，又沉湎于歌舞宴乐，过着腐朽的生活，是一位功与过都比较突出的君主。唐德宗李适正是这样的人。这首诗是借写秦王的恣饮沉湎，隐含对德宗的讽喻之意。

前四句写秦王的威仪和他的武功，笔墨经济，形象鲜明生动。首句的"骑虎"二字极富表现力。虎为百兽之王，生性凶猛，体态威严，秦王骑着它周游各地，人人望而生畏。这样的词语把抽象的、难于捉摸的"威"变成具体的浮雕般的形象，使之更具有直观性。次句借用"剑光"显示秦王勇武威严的身姿，十分传神，却又如羚羊挂角，香象渡河，无形迹可求。第三句"羲和敲日玻璃声"，注家有的解释为"日月顺行，天下安平之意"；有的说是形容秦王威力大，"直如羲和之可以驱策白日"。第四句正面写秦王的武功。由于秦王勇武绝伦，威力无比，战火扑灭了，劫灰荡尽了，四海之内呈现出一片升平的景象。

从第五句起都是描写秦王寻欢作乐的笔墨。"龙头泻酒邀酒星"极言酒喝得多。一个"泻"字，写出了酒流如注的样子；一个"邀"字，写出了主人的殷勤。"金槽琵琶夜枨枨"形容乐器精良，声音优美。"洞庭雨脚来吹笙"描述笙的吹奏声飘忽幽冷，绵延不绝。"酒酣喝月使倒行"是神来之笔，有情有景，醉态可掬，气势凌人。这位秦王饮酒作乐，闹了一夜，还不满足。他试图喝月倒行，阻止白昼的到来，以便让他尽情享乐，作无休无止的长夜之饮。这既是显示他的威力，又是揭示他的暴戾恣睢。

"银云栉栉瑶殿明，宫门掌事报一更。"五更已过，空中的云彩变白了，天已经亮了，大殿里外通明。掌管内外宫门的人深知秦王的心意，出于讨好，也是出于畏惧，谎报才至一更。尽管天已大亮，饮宴并未停止，衣香清浅，烛树烟轻，场面仍是那样的豪华绮丽，然而歌女歌声娇弱，舞伎舞步踉跄，妃嫔泪眼泓泓，都早已不堪驱使了。在秦王的威严之下，她们只得强打着精神奉觞上寿。"青琴醉眼泪泓泓"，诗歌以冷语作结，气氛为之一变，显得跌宕生姿，含蓄地表达了惋惜、哀怨、讥诮等复杂的思想感情，余意无穷。

# 江南弄①

### 【唐】李贺

江中绿雾②起凉波，天上叠巘红嵯峨③。

水风浦云生老竹，渚暝蒲帆如一幅④。

鲈鱼千头酒百斛，酒中倒卧南山绿。

吴歈越吟⑤未终曲，江上团团贴寒玉⑥。

## 【注 释】

①江南弄：乐府诗清商曲辞题名。
②绿雾：青茫茫的雾气。团雾从碧绿的江波中升起，故称"绿雾"。
③叠巘（yǎn）：本指层叠的山峦，此处形容晚霞。嵯峨（cuó é）：山峰高峻貌。
④渚：水中的小块陆地。暝：昏暗。蒲帆：指用蒲草织成的船帆。
⑤吴歈（yú）越吟：指江南地方歌曲。吴歈：即吴歌。越吟：越歌。
⑥贴寒玉：喻初升之月映在江面上。寒玉：比喻清冷雅洁的东西，此喻月。

## 译 文

绿雾从江中清凉的波涛中升起，天上红霞重叠，像高峻的山峰。

河边的云，水面的风，都像从老竹林里生出，洲渚暮色茫茫，众多蒲帆连成一片，不甚分明。

鲈鱼千头醇酒百斛尽情享用，酒醉卧地，斜视着南山的绿影。

信口唱支吴歌越曲，还未唱完——江月如圆玉，已在东方冉冉上升。

## 〔赏析〕

此诗从开头的江中绿雾到结尾的江上寒月，以江水为中心展开了一幅长的画卷，红霞与江水相接，远山是江边所见，南人在江畔宴饮，吃的是江中之鲈，水风浦云，洲渚蒲帆，无一不与江水相关。诗中景物颇为繁复，层次却十分清晰。时间上，从夕阳西坠至明月东升是一条线索。有两个现象与此相关，一是气温降低，先说凉波、水风，又说寒玉，感觉越来越清楚；一是光线减弱，看天上红霞是鲜明的，看水中蒲帆已不甚分明，到月亮升起的时候，地上景物更模糊了。结构上，前四句描写景物，是第一条线；后四句叙述人事，是第二条线，但此时第一条线并未中断，而是若隐若现，起着照应与陪衬的作用，如第六句出现南山的景致，七、八两句写吟唱未终，江月照人，人与景融合为一，两条线索被巧妙地结合起来。

# 示　弟

【唐】李贺

别弟三年后，还家一日①余。
醁醽②今夕酒，缃帙③去时书。
病骨犹能在④，人间底事无？
何须问牛马，抛掷任枭卢！

【注 释】

①一日：一作"十日"。
②醁醽（lù líng）：酒名。
③缃帙（xiāng zhì）：浅黄色的包书布。
④病骨：病身。犹：一作"独"。

## 译 文

与弟弟离别有三年了，回家重聚有一天多了。
今晚的醁醽美酒，离家时缃帙包着的书。
一身病痛现在还能活着回来，这世间什么样的事情不会发生呢？
何必要问五木名色，抛出去管它是"枭"还是"卢"。

## 赏析

前四句写归家后的心情。首二句点明时间，“别弟三年后，还家一日余。”失意归来，不免悲伤怨愤；和久别的亲人团聚，又感到欣喜宽慰。三、四句“醁醽今夕酒，缃帙去时书”表现的正是诗人这种悲喜交织的复杂心情。弟弟不因“我”落泊归来而态度冷淡，仍以美酒款待。手足情深，互诉衷肠，自有一种无法用言语表达的乐趣。可是一看到行囊里装的仍是离家时带的那些书籍，又不禁悲从中来。这里虽只字未提名场失意而仕途蹭蹬的景况，已通过对具体事物的点染，委婉地显示出来了。诗人善于捕捉形象，执简驭繁，手法是十分高妙的。

后四句抒发感慨。“病骨犹能在”写自己；“人间底事无”写世事。意思是说：尽管我身体不好，病骨支离，现在能活着回来，就是不幸中的大幸了；至于人世间，什么卑鄙龌龊的勾当没有呢？诗人一方面顾影自怜，抒发了沉沦不遇的感慨，另一方面又指摘时弊，表达了愤世嫉俗的情怀。这两种感情交织在一起，显得异常沉痛。末二句是回答弟弟关于考试得失的问话。“牛马”和“枭卢”是古代赌具“五木”（一名“五子”）上的名色，赌博时，按名色决定胜负。“何须问牛马，抛掷任枭卢”，意思是说：我应试作文，如同‘五木’在手，一掷了事，至于是‘枭’是‘卢’，是成是败，听之任之而已，何必过问呢！其实当时“枭”（负彩）“卢”（胜彩）早见分晓，失败已成定局，诗人正是悲愤填膺的时候，却故作通达语，这是悲极无泪的一种表现。表面上愈是装得“冷静”“达观”，悲愤的情怀就愈显得深沉激越。

# 酬乐天①扬州初逢席上见赠

### 【唐】刘禹锡

巴山楚水②凄凉地，二十三年③弃置身④。

怀旧空吟闻笛赋⑤，到乡翻似⑥烂柯人⑦。

沉舟侧畔千帆过，病树前头万木春。

今日听君歌一曲，暂凭杯酒长精神⑧。

## 【注 释】

①乐天：指白居易，字乐天。

②巴山楚水：指四川、湖南、湖北一带。古时四川东部属于巴国，湖南北部和湖北等地
属于楚国。刘禹锡被贬后，迁徙于朗州、连州、夔州、和州等边远地区，这里用"巴
山楚水"泛指这些地方。

③二十三年：从唐顺宗永贞元年（805），刘禹锡被贬为连州刺史，至宝历二年（826）
冬应召，约22年。因贬地离京遥远，实际上到第二年才能回到京城，所以说23年。

④弃置身：指遭受贬谪的诗人自己。置：放置。弃置：贬谪。

⑤闻笛赋：指西晋向秀的《思旧赋》。三国曹魏末年，向秀的朋友嵇康、吕安因不满司
马氏篡权而被杀害。后来，向秀经过嵇康、吕安的旧居，听到邻人吹笛，不禁悲从中
来，于是作《思旧赋》。序文中说：自己经过嵇康旧居，因写此赋追念他。刘禹锡借
用这个典故怀念已死去的王叔文、柳宗元等人。

⑥翻似：倒好像。翻：副词，反而。

⑦烂柯人：指晋人王质。相传晋人王质上山砍柴，看见两个童子下棋，就停下观看。等
棋局终了，手中的斧柄（柯）已经朽烂。回到村里，才知道已过了一百年。同代人都
已经亡故。作者以此典故表达自己遭贬23年的感慨，也借这个故事表达世事沧桑，
人事全非，暮年返乡恍如隔世的心情。

⑧长（zhǎng）精神：振作精神。长：增长，振作。

## 作者名片

刘禹锡（772—842），字梦得，籍贯河南洛阳，生于河南郑州荥阳，自
称"家本荥上，籍占洛阳"，又自言系出中山，其先为中山靖王刘胜（一说
是匈奴后裔）。唐朝时期大臣、文学家、哲学家，有"诗豪"之称。刘禹锡
诗文俱佳，涉猎题材广泛，与柳宗元并称"刘柳"，与韦应物、白居易合称

"三杰"，并与白居易合称"刘白"，留下《陋室铭》《竹枝词》《杨柳枝词》《乌衣巷》等名篇。哲学著作《天论》三篇，论述天的物质性，分析"天命论"产生的根源，具有唯物主义思想。著有《刘梦得文集》《刘宾客集》。

## 译 文

被贬谪到巴山楚水这些荒凉的地区，度过了二十三年沦落的光阴。

怀念故去旧友徒然吟诵闻笛小赋，久谪归来感到已非旧时光景。

翻覆的船只旁仍有千千万万的帆船经过；枯萎树木的前面也有万千林木欣欣向荣。

今天听了你为我吟诵的诗篇，暂且借这一杯美酒振奋精神。

## 〔赏析〕

诗的首联，便表现出作者不同凡响的抒情才能。刘禹锡因积极参加顺宗朝王叔文领导的政治革新运动而遭受迫害。在宦官和藩镇的联合反扑下，顺宗让位给宪宗，王叔文被杀，刘禹锡等被贬。刘禹锡没有直率倾诉自己无罪而长期遭贬的强烈不平，而是通过"凄凉地"和"弃置身"这些富有感情色彩的字句的渲染，让读者在了解和同情作者长期谪居的痛苦经历中，感觉到诗人抑制已久的激愤心情，具有较强的艺术感染力。

诗的颔联，刘禹锡运用了两个典故：一是"闻笛赋"，另一是"烂柯人"。"怀旧"句表达了诗人对受害的战友王叔文等的悼念，"到乡"句抒发了诗人对岁月流逝，人事变迁的感叹。用典贴切，感情深沉。"乡"指洛阳。一本作"郡"，郡指扬州。扬州是当时淮南节度使的治所，而和州是隶属于淮南道的。

"沉舟侧畔千帆过，病树前头万木春。"刘禹锡以沉舟、病树比喻自己，固然感到惆怅，却又相当达观。沉舟侧畔，有千帆竞发；病树前头，正万木皆春。他劝慰白居易不必为自己的寂窭、蹉跎而忧伤，对世事的变迁和仕宦的升沉，表现出豁达的襟怀。

正因为"沉舟"这一联诗突然振起，一变前面伤感低沉的情调，尾联便顺势而下，写道："今日听君歌一曲，暂凭杯酒长精神。"点明了酬答白居易的题意。诗人也没有一味消沉下去，他笔锋一转，又相互劝慰，相互鼓励了。他对生活并未完全丧失信心。诗中虽然感慨很深，但读来给人的感受并不是消沉，相反却是振奋。

# 清明日园林寄友人

### 【唐】贾岛

今日清明节，园林胜①事偏。

晴风吹柳絮，新火起厨烟。

杜草②开三径，文章忆二贤。

几时能命驾，对酒落花前。

【注　释】

①胜：优美的。
②杜草：即杜若。

## 作者名片

贾岛（779—843），字浪（阆）仙，河北道幽州范阳县（今河北涿州）人。早年出家为僧，号无本，自号"碣石山人"。唐代诗人，儒客大家，人称"诗奴"。贾岛一生穷愁，苦吟作诗，其诗多写荒凉枯寂之境，长于五律，重词句锤炼。与孟郊齐名，后人以"郊寒岛瘦"喻其诗之风格。著有《长江集》。

## 译文

今天是清明节，和几个好友在园林中小聚。天气晴朗，春风和煦吹动着柳絮飞扬，清明乞新火后，人们的厨房里冉冉升起了生火做饭的轻烟。杜若开出了很长，文章想起了两位贤人。什么时候能够乘车出发再一起相聚？在落花前饮着酒。

### 赏析

此诗是诗人在与朋友聚会园林中即兴所致，诗文大概的意思就是描述了清明时节的情景。清明这一天，诗人和几个好友一起在园林当中小聚，天气晴朗，春风和煦，柳絮随风飞扬，清明乞新火过后，人们的厨房里冉冉升起了生火做饭的轻烟，后四句诗文表达的就是对于两位好朋友的寄语，表达了诗人对于友人的希望和祝愿。通篇读下来，不难发现，欢乐的小聚会中，不免透露出了诗人朋友目前不堪的处境，表达了诗人的一种无奈的心情。

# 效古赠崔二

【唐】高适

十月河洲时，一看有归思。
风飙①生惨烈，雨雪暗天地。
我辈今胡为？浩哉②迷所至。

【注释】

①飙：疾风，暴风。惨烈：形容严寒之态。
②浩哉：指世路迷茫浩荡。形容思绪万千，心事浩茫。

缅怀当途者，济济居声位。
邈然在云霄③，宁肯更沦踬④？
周旋多燕乐⑤，门馆列车骑。
美人芙蓉姿，狭室兰麝气。
金炉陈兽炭，谈笑正得意。
岂论草泽中，有此枯槁士⑥？
我惭经济策⑦，久欲甘弃置。
君负纵横才，如何尚憔悴？
长歌增郁怏⑧，对酒不能醉。
穷达自有时，夫子⑨莫下泪。

③云霄：犹青云，比喻难以企及的高处。
④沦踬（zhì）：沉沦坎坷之意。踬，被绊倒，引申为遭遇不利。
⑤周旋：犹应接。燕乐：又作"宴乐"，即宴飨之乐，指天子或诸侯宴饮宾客所用的音乐，一般采自民间俗乐，以别于庙堂典礼所用之雅乐。
⑥枯槁士：形容憔悴。此指自己和崔二均沉沦埋没。
⑦经济策：经世济民之策。
⑧郁怏（yàng）：郁闷不乐。
⑨夫子：指诗人好友崔二。

## 作者名片

　　高适（704—765），字达夫，一字仲武，渤海蓨（今河北景县）人，后迁居宋州宋城（今河南商丘睢阳）。安东都护高侃之孙，唐代大臣、诗人。曾任刑部侍郎、散骑常侍，封渤海县侯，世称高常侍。于永泰元年正月病逝，卒赠礼部尚书，谥号忠。作为著名边塞诗人，高适与岑参并称"高岑"，与岑参、王昌龄、王之涣合称"边塞四诗人"。其诗笔力雄健，气势奔放，洋溢着盛唐时期所特有的奋发进取、蓬勃向上的时代精神。有文集二十卷。

## 译　文

　　寒冬十月我徘徊在河洲之上，一眼看去便想回家乡。猛烈的风暴带来了严寒，雨雪飘飘天地为之无光。我们今天为了什么？浩渺地不知走向何方。遥想那当道的执政，一个个地位显赫名声远扬。他们高远得像坐在云端，哪里还能沦落困顿。款待宾客演奏着流行音乐，门前的马车排得老长。美人像盛开的芙蓉，狭室里散发出兰麝的芬芳。金色的火炉里燃着兽炭，宾主间谈笑风生得意扬扬。有谁知道在广大的平民中，我等是如此枯槁模样。我惭愧没有经世济民的谋略，甘愿长久地被弃置闲放。您有经营天下的才能，为什么也还是那么憔悴忧伤！长歌反添胸中愤懑，对酒不醉烦恼怎忘。穷达自有命运，请您切莫独自泪下成行。

[赏析]

　　开篇六句，以景托情，情景交融，渲染出笼罩天地的巨大悲愁。"十月河洲"，景物萧条，衬托出诗人心境的悲凉、前途的黯淡，因此有"归欤"之思。三、四句进一步渲染这种"惨"景：狂风的呼啸使气氛更添严酷凄惨，暴雨大雪使天地黯然，故"归思"虽切，却不知"胡为"。"迷所至"，表现进退维谷之状。"浩哉"的强烈感叹，不仅是严酷景象的浑浩无边，也是指悲愁之情的混茫无尽。

　　紧接着十二句，以"缅怀"二字将人们引向京城，把自己西游长安所见的"当途者"们花天酒地的生活一一展示出来，进一步反衬"我辈"的仓皇失路：权贵们人数众多，名声显赫，如在"云霄"，是不肯变"更"困顿之士的悲惨处境的。他们以"燕乐"高奏，"车骑"如云，交游何其贵盛；"美人"如荷，幽房飘香，生活何其淫逸；兽形火炭陈于"金炉"，眉飞色舞"谈笑"得意，姿态何其骄矜。这一幅幅生活图景的生动刻画，使对权贵们的腐败生活揭露程度更为深广，愈益猛烈。笔势至此突转，以"岂论草泽中，有此枯槁士"的鲜明对比，以义愤之情揭露社会的黑暗污浊。

　　最后八句，回应"赠崔二"的题意，倾诉胸中的不平。前四句中，先说我惭愧的是无经世济民之策，故早就自甘沉沦，接着以一个有力的反诘，写崔二有"纵横"之才，却还是与自己一样同处"憔悴"境地的事实，进而揭露当时社会对有识之士的普遍压抑。至此可知，前面的自惭自弃，乃是正言反说，以退为进，恰恰说明自己"永愿拯刍莞"的理想无法实现，内心悲愤无法排遣。接着思绪再一转折：企图"长歌"一曲，以抒其愤，谁料反增郁闷；再以酒解愁吧，却不能一醉，反而倍添忧愁。故最后两句，只好以"穷达自有时，夫子莫下泪"的劝慰，流露出自己安于时命，无可奈何的复杂心情。这八句抒情，几经转折回旋，情愈遣愈烈，把主人公愁思百结，痛苦万状的悲慨之情表现得淋漓尽致。

# 醉后赠张九旭①

## 【唐】高适

世上谩②相识，此翁殊不然。
兴来书自圣，醉后语尤颠。
白发老闲事③，青云在目前。
床头一壶酒，能更几回眠④？

【注 释】

①张九旭：即张旭。字伯高，吴县（今属江苏）人，排行第九。以草书著称，人称"草圣"。又喜饮酒，与李白等合称"饮中八仙"。玄宗时召为书学博士。
②谩：随便。
③闲事：无事。
④几回眠：几回醉。

## 译 文

世上的人随便交朋友，而这位老人却不这样。
兴致一来书法自然天成，醉酒之后语言尤其豪放癫狂。
头发白了而恬然自乐，不问他事；眼睛里只有天上自由飘浮的白云。
床头上放着一壶酒，人生能有几回醉呢！

## 〔赏析〕

首联采用欲扬先抑的手法突出张旭的与众不同。"世上谩相识，此翁殊不然。""翁"是对张旭的尊称，在这一抑一扬之中，张旭的形象如高峰突起，给人以强烈印象，令人肃然起敬。这一联好像漫不经心，随意道来，却起得十分有力。

"兴来书自圣，醉后语尤颠。"这一联对句互见，是写张旭在酒醉兴来之时，书法就会达到超凡入圣的境界，言语也更加狂放不羁，一副天真情态。诗中表现了对张旭书法、性格由衷的赞美，同时暗示了艺术重在性灵的自然流露。

接着进一步赞美了张旭泊然于怀、不慕荣利的高贵品质："白发老闲事，青云在目前。"这一联写得十分传神，读者仿佛看到一位白发垂垂、蔼然可亲的老者，不问世事，一身悠闲，轻松自得。正因为不乐仕进，具有隐者的风度和情怀，才能够性情旷放，因此也才能够时时保有天真之态，在书法艺术上取得不同流俗的极高的成就。这一联乍看似与第二联平列，而实则深入了一层，将诗意推进到了一个新的深度。

尾联承接上联，继续推进，描写张旭的醉眠生活。"床头一壶酒，能更几回眠？"意思已略带调侃，但又极有分寸，包含着丰富的意蕴。一方面，表现张旭平时经常醉眠，形象更为生动可感。另一方面，诗人在老前辈面前竟然开起玩笑来，这位老前辈的豁达可亲自然可以想见，而诗人自己的天真发问，也愈显得醉态淋漓。至此，宴席间的热烈气氛，宴饮者的融洽关系，皆如在目前。这是以醉写醉，以自己的旷放衬托张旭的旷放，使题目中的"醉后"二字，得到了充分的表现。张旭的可敬可爱的形象，跃然纸上。

# 花下醉

【唐】李商隐

寻芳不觉醉流霞①，
倚树沉眠②日已斜。
客散酒醒深夜后，
更持红烛赏残花③。

【注 释】

①流霞，是神话传说中的一种仙酒。
②沉眠：醉酒之后的深睡。
③更持红烛赏残花：更：再。仿白居易《惜牡丹花》中"夜惜衰红把火看"。

作者名片

李商隐（约813—858），字义山，号玉谿生，祖籍怀州河内（今河南沁阳），生于郑州荥阳（今河南荥阳）。晚唐著名诗人，和杜牧合称"小李杜"。李商隐是晚唐乃至整个唐代，为数不多的刻意追求诗美的诗人。擅长诗歌写作，骈文文学价值颇高。其诗构思新奇，风格秾丽，尤其是一些爱情诗和无题诗写得缠绵悱恻，优美动人，广为传诵。

译 文

寻得芳菲不觉被美酒陶醉，倚着花树醅眠红日已西斜。
且等到客散酒醒深夜以后，又举着红烛独自欣赏残花。

[赏析]

这是一首抒发对花的陶醉流连的小诗。诗歌先以寻花开篇。接着沉醉花中，最后写酒醒赏花。通篇都围绕着花来展开。表现出诗人对花的强烈喜爱。可谓爱花之至。

起首两句先写了寻芳而醉的过程，流露出一种酣醇满足之意。"寻芳不觉醉流霞，依树沉眠日已斜。"在这个美好的春日，诗人一路追寻着繁花的踪影，在不知不觉之间已经喝得大醉。便在夕阳西下之时，倚着花树沉沉地睡去。

下两句写酒醒后夜半赏花，更显出对花之爱。同时也将美好而满足的气氛转至了凄凉与孤寂。"客散酒醒深夜后，更持红烛赏残花。"客已散，酒已醒，夜已深。与前半夜寻芳时热闹欢欣的情景截然相反，孤独之感重又袭来。在这种环境气氛中，一般人是不会想到欣赏花的；即使想到，也会因露冷风寒、花事阑珊而感到意兴索然。但诗人对花的喜爱却丝毫未减，想要趁着这夜深人静、无人打扰之时，再秉着红烛独自欣赏残花，对花之痴迷已显露无遗。

# 送人东游

【唐】温庭筠

荒戍①落黄叶，浩然②离故关。

高风汉阳渡③，初日郢门山④。

江上几人在⑤，天涯孤棹⑥还。

何当⑦重相见，樽酒慰离颜⑧。

## 【注 释】

①荒戍：荒废的边塞营垒。
②浩然：意气充沛、豪迈坚定的样子，指远游之志甚坚。
③汉阳渡：湖北汉阳的长江渡口。
④郢（yǐng）门山：位于今湖北宜都市西北长江南岸，即荆门山。
⑤江：指长江。几人：犹言谁人。
⑥孤棹（zhào）：孤舟。棹：原指划船的一种工具，后引申为船。
⑦何当：何时。
⑧樽酒：犹杯酒。樽：古代盛酒的器具。离颜：离别的愁颜。

## 作者名片

　　温庭筠（约812—866），本名岐，字飞卿，太原祁（今山西祁县东南）人，唐代诗人、词人。富有天才，文思敏捷，每入试，押官韵，八叉手而成八韵，所以也有"温八叉"之称。然恃才不羁，又好讥刺权贵，多犯忌讳，取憎于时，故屡举进士不第，长被贬抑，终生不得志。官终国子助教。精通音律，工诗，与李商隐齐名，时称"温李"。其诗辞藻华丽，浓艳精致，内容多写闺情。其词艺术成就在晚唐诸词人之上，为"花间派"首要词人，对词的发展影响较大。在词史上，与韦庄齐名，并称"温韦"。存词七十余首。后人辑有《温飞卿集》及《金奁集》。

## 译 文

　　荒弃的营垒上黄叶纷纷飘落，你心怀浩气、远志告别了古塞险关。

　　汉阳渡水急风高，郢门山朝阳之下景象万千。

　　江东亲友有几人正望眼欲穿，等候着你的孤舟从天涯回还。

　　什么时候我们才能再次相见，举杯畅饮以抚慰离人的愁颜。

〔赏析〕

此诗写送别，"浩然离故关"一句确立了诗的基调，由于离人意气昂扬，就使得黄叶飘零、天涯孤棹等景色显得悲凉而不低沉，因而慷慨动人。诗的最后一句透露出依依惜别的情怀，虽是在秋季送别，却无悲秋的凄楚。全诗意境雄浑壮阔，慷慨悲凉，有秋景而无伤秋之情，与人别而不纵悲情，毫无作者"花间词派"婉约纤丽的文风。

诗人在秋风中送别友人，倍感凄凉，对友人流露出关切，表现了两人深厚的友谊。这首诗意境悲凉雄壮，情真意切，质朴动人。

# 赠少年

**【唐】温庭筠**

江海①相逢客恨多，秋风叶下②洞庭波。
酒酣夜别淮阴市③，月照高楼一曲歌。

【注　释】

①江海：泛指外乡。
②叶下：指秋风吹得树叶纷纷落下，借以渲染客恨。
③市：商业交换场所。

译　文

漂泊江湖偶尔相逢客恨实在多，黄叶纷纷落下洞庭湖水波连波。
深夜畅饮即将作别淮阴的街市，月照高楼我们引吭高唱离别歌。

〔赏析〕

"月照高楼"明写分别地点，是景语，也是情语。四个字点染了高歌而别的背景，展现着一种壮丽明朗的景色。它不同于"月上柳梢"的缠绵，也有别于"晓风残月"的悲凉，而是和慷慨高歌的情调相吻合，字里行间透露出一种豪气。这正是诗人壮志情怀的写照。诗贵有真情。温庭筠多纤丽藻饰之作，而此篇却以峻拔爽朗的面目独标一格，令人耳目一新。

# 菩萨蛮·劝君今夜须沉醉

【唐】韦庄

劝君今夜须沉醉，尊前①莫话明朝事。
珍重主人心，酒深情亦深。
须愁春漏短②，莫诉③金杯满。
遇酒且呵呵④，人生能几何。

【注 释】

①尊前：酒席前。尊：同"樽（zūn）"，古代盛酒器具。
②"须愁"句：应愁时光短促。漏：刻漏，指代时间。
③莫诉：不要推辞。
④呵呵（huō huō）：笑声。这里是指"得过且过"，勉强作乐。

## ┃作者名片┃

韦庄（约836—约910），字端己，长安杜陵（今陕西西安附近）人，晚唐诗人、词人，五代时前蜀宰相。文昌右相韦待价七世孙、苏州刺史韦应物四世孙。韦庄工诗，与温庭筠同为"花间派"代表作家，并称"温韦"。所著长诗《秦妇吟》反映战乱中妇女的不幸遭遇，在当时颇负盛名，与《孔雀东南飞》《木兰诗》并称"乐府三绝"。有《浣花集》十卷，后人又辑其词作为《浣花词》。《全唐诗》录其诗三百一十六首。

## ┃译　文┃

今天晚上劝您务必要喝个一醉方休，酒席上不要谈论明天的事情。感谢主人的深情厚意，酒喝多了，表现出的友情也是深厚的。

应愁时光短促，不要再推辞斟满杯的美酒。人生能有多长呢？不如多喝点酒，勉强作乐一番。

### ［赏析］

"劝君今夜须沉醉，尊前莫话明朝事"，是深情的主人的劝客之语，一个"今夜"，一个"明朝"具有沉痛的含义。这两句是说：你今夜定要一醉方休，酒杯之前不要说起明天的事情。人是要有明天才有希望的，明天是未来希望的寄托，可是他现在用了一个"莫"字，是说今朝有酒今朝醉，明天的事千万别提起。"莫话明朝事"，那必然是明天的事情有不可期望、不可以诉说的悲哀和痛苦，所以他这里反映出了非常沉痛的悲哀。这是主人劝客之词，如果联想到他的"红楼别夜"的美人劝他早归家，则当时他的希望原当在未来，在明天，明天回去可以见到他"绿窗人似花"的美人，而现在主人劝他"尊前莫话明朝事"，是明天绝无回去的希望了。"珍重主人心，酒深情亦深"，意思是说：纵然是对红楼别夜的美人还是这般的钟情和怀念，但是没有再见的希望，我就珍重现在热情的主人的心意吧，因为主人敬给我的酒杯是深的，主人对我的情谊也是深的。

下半片的"须愁春漏短，莫诉金杯满"，此处乃是客人自劝之词：我忧愁的是像今晚这般欢饮的春夜非常短暂，而不会以你把酒杯斟得太满作为推托之词。"遇酒且呵呵"，"呵呵"是笑声，如果读者认为是真的欢笑就错了。因为"呵呵"两个字只是空洞的笑的声音，没有真正欢笑的感情，韦庄所写的正是强作欢笑的酸辛。他说：如果你再不珍惜今天"春漏短"的光阴，今天的欢笑，今天这"酒深情亦深"的感情，明天也都不会再存在了。唐朝灭亡，当时的韦庄已经是七十岁以上的老人了，所以他说"遇酒且呵呵，人生能几何"。

# 凉州词①

### 【唐】王翰

葡萄美酒夜光杯②，欲饮琵琶③马上催④。
醉卧沙场君莫笑，古来征战几人回？

【注 释】

①凉州词：唐乐府名，属《近代曲辞》，是《凉州曲》的唱词，盛唐时流行的一种曲调名。
②夜光杯：玉石制成的酒杯，当把美酒置于杯中，放在月光下，杯中就会闪闪发亮，夜光杯由此而得名。
③琵琶：这里指作战时用来发出号角的声音时用的。
④催：催人出征；也有人解作鸣奏助兴。

**作者名片**

王翰（687—726），字子羽，并州晋阳（今山西太原）人，唐代边塞诗人。与王昌龄同时期，王翰这样一个有才气的诗人，其集不传。其诗载于《全唐诗》的，仅有14首。

**译 文**

　　酒筵上甘醇的葡萄美酒盛满在夜光杯之中，正要畅饮时，马上琵琶也声声响起，仿佛催人出征。

　　如果醉卧在沙场上，也请你不要笑话，古来出外打仗的能有几人返回家乡？

**[赏析]**

　　王翰的《凉州词》是一首曾经打动过无数热血男儿心灵深处最柔弱部分的千古绝唱。诗人以饱蘸激情的笔触，用铿锵激越的音调，奇丽耀眼的词语，定下这开篇的第一句。

　　"葡萄美酒夜光杯"，犹如突然间拉开帷幕，在人们的眼前展现出五光十色、琳琅满目、酒香四溢的盛大筵席。这景象使人惊喜，使人兴奋，为全诗的抒情创造了气氛，定下了基调。

　　"欲饮琵琶马上催"是说正在大家准备畅饮之时，乐队也奏起了琵琶，更增添了欢快的气氛。但是这一句的最后一个"催"字却让后人产生了很多猜测，众口不一，有人说是催出发，但后两句似乎难以贯通。有人解释为：催尽管催，饮还是照饮。这也不切合将士们豪放俊爽的精神状态。"马上"二字，往往又使人联想到"出发"，其实在西域胡人中，琵琶本来就是骑在马上弹奏的。"琵琶马上催"，应该是着意渲染一种欢快宴饮的场面。

诗的最末两句："醉卧沙场君莫笑，古来征战几人回。"顺着前两句的诗意来看应当是写筵席上的畅饮和劝酒，这样理解的话，全诗无论是在诗意还是诗境上也就自然而然地融会贯通了，过去曾有人认为这两句"作旷达语，倍觉悲痛"。还有人说，"故作豪饮之词，然悲感已极"。话虽不同，但都离不开一个"悲"字。后来更有用低沉、悲凉、感伤、反战等词语来概括这首诗的思想感情的，依据也是三、四两句，特别是末句。

# 长命女①·春日宴

### 【五代】冯延巳

春日宴，绿酒②一杯歌一遍。再拜陈三愿：一愿郎君千岁，二愿妾身③常健，三愿如同梁上燕，岁岁④长相见。

## 【注　释】

①长命女：唐教坊曲名用作词调名。全词39字，上片三句三仄韵，下片四句仄韵。
②绿酒：古时米酒酿成未滤时，面浮米渣，呈淡绿色，故名。
③妾身：古时女子对自己的谦称。
④岁岁：年年，即每年。

## 作者名片

冯延巳（903—960），又名延嗣，字正中，五代广陵（今江苏扬州）人。在南唐做过宰相，生活过得很优裕、舒适。他的词多写闲情逸致辞，文人的气息很浓，对北宋初期的词人有比较大的影响。宋初《钓矶立谈》评其"学问渊博，文章颖发，辩说纵横"，其词集名《阳春集》。

译 文

春日的宴会上，饮一杯美酒再高歌一曲，拜了又拜许三愿：一愿郎君你长寿千岁，二愿妾身我身体永远康健，三愿我俩如同梁上飞燕呀，双双对对，永远相伴。

[赏析]

这首词实际是祝酒词，描写春日开宴时，夫妇双方祝酒陈愿。前两愿分别祝郎君与自己长寿健康，第一愿以梁燕双柄喻夫妻团圆，天长地久。冯词三愿对于人间恩爱夫妇刻画地相当典型，主人公不求富贵，唯愿夫妇相守长久，意愿虽强而所求不奢，表现了古代女子对美满生活的追求。

"春日宴，绿酒一杯歌一遍，再拜陈三愿。"这首词开头三句是说，风和日丽的春天，摆起丰盛的酒宴。一杯美酒一曲歌，拜了又拜许三愿。在具体描写上，通过相应的具体环境描写来烘托人物的思想感情。明媚和煦的春日，不但是一派良辰美景，也象征着宝贵的青春时光。丰盛的酒宴，悦耳的情歌，不但是赏心乐事，也象征着人生的美满。

"一愿郎君千岁，二愿妾身长健，三愿如同梁上燕，岁岁常相见。"这几句是说，一愿郎君你长寿千岁，二愿我身体永远健康，三愿我俩如同梁上燕呀，双双对对，幸福无边。

在这首诗中，凡写景无不含情。结尾的"梁上燕"虽是比喻，却也是春日画堂的眼前景物。这样，春日、绿酒、呢喃燕语，构成极美的境界，对于爱情的抒写，是极有力的烘托。

# 醉花间·晴雪小园春未到

**【五代】冯延巳**

晴雪①小园春未到，池边梅自早。高树鹊衔巢②，斜月明③寒草④。

山川风景好，自古金陵⑤道，少年看却老。相逢莫厌⑥醉金杯，别离多，欢会少。

## 【注　释】

①晴雪：雪后晴天。
②衔巢：衔树枝做巢。
③明：照亮。
④寒草：枯草。
⑤金陵：今江苏省南京市。
⑥莫厌：莫辞。

## 译　文

雪晴后的小园白雪皑皑，春天还未到，池边的梅树却早已悄悄地绽开。高高的树梢上喜鹊在衔泥筑巢，斜挂天边的月儿照着充满寒意的小草。

江南金陵的风景山川，自古以来都是那么美丽娇娆。风光依旧可少年人转眼就见苍老。相逢不易请让我们痛饮开怀，因为人生总是别离时节多而欢乐机会少。

〔赏析〕

这是一首春词，主题是咏春惜别，伤年华之易逝，叹良会之难得。此词全用仄韵，全词十句八韵，除下片第四句和第五句分用平韵外，余均一韵到底。

上片四句每句有韵，第三、四句构成对偶句。起句突出一个"春"字。以下即围绕"春未到"而展开写景。"晴雪"犹在，表明春意尚薄。小园里雪压冰欺，百卉仍沉睡未醒，故曰"春未到"。虽是如此，但报春的早梅却在池边探头探脑了。第二句承前而有转折，"梅自早"，有梅得春先，冒寒一枝独放之意。第三、四句仍照应首句而做了有力的渲染。因为树高风大，故鸟类仍然需要在春天将到未到之际修筑好自己的巢，以抵御寒气的侵袭。"斜月明寒草"中"斜月"与首句，"晴"字相应。"寒"字与"雪"字相应。既然有月，当是夜间。天是放晴了，草上还带有残雪，这就使得月光下的白草显得格外晶莹皎洁。上片四句纯属写景，从"小园晴雪"开始，写到"池边早梅"，再写到"高树鹊巢"，最后到"斜月寒草"收住。这四句上下连贯，紧凑而又层次井然。

下片六句，写景言情兼而有之。按其顺序，前三句可分两段，前两句写景物，后一句写人事。前两句正面歌颂，后一句意在转折，深致感叹。这三句意思简明，在于赞美江南一带的山川风物。不过，在赞美之余，亦发出感叹，山河不老，而人物却在不断变换，"少年看却老"，人生原是十分短暂的。此句反跌前句"风景好"，并为引起下文提供依据，有联系上下文、穿针引线的功用，极见关键。"相逢"以下三句一气呵成，以劝饮、惜别为主旨，又可分为前一句劝酒。后两句惜别。后因前果，脉络分明。这三句又与下片前三句互为因果。正由于金陵道上风光明媚，而人生苦短，青春易逝，嘉会无常，故人们应珍惜这大好时光，利用这短暂的相聚，杯酒联欢，畅叙衷情。这就是作者所要表达的情，也是这首词的主题。

# 鹊踏枝·谁道闲情抛掷久

【五代】冯延巳

谁道闲情抛掷久？每到春来，惆怅还依旧。日日花前常病酒①，敢辞②镜里朱颜③瘦。

河畔青芜堤上柳，为问新愁，何事年年有？独立小桥风满袖，平林④新月人归后。

## 【注 释】

①病酒：饮酒过量引起身体不适。
②敢辞：不避、不怕。
③朱颜：这里指红润的脸色。
④平林：平原上的树林。

## 译 文

谁说愁绪被忘记了太久？每当初春降临，我的惆怅心绪一如故旧。每天都在花前饮酒，每次都是喝得昏沉烂醉，一点也不关心那镜里原本红润的面容，已经日益清瘦了。

河岸边青草翠绿，河岸上柳树成荫。我忧伤地暗自思量，为何年年都会新添忧愁？我独立在小桥的桥头，清风吹拂着衣袖。人回去后，树林中升起一弯新月。

## 〔赏析〕

这是一首表达孤寂惆怅的言情词。全词所写的乃是心中一种常存永在的惆怅、忧愁，而且充满了独自一人承担的孤寂、凄冷之感，不仅传达了一种感情的意境，而且表现出强烈而鲜明的个性，意蕴深远，感发幽微。

上片开门见山，首句用反问的句式把这种既欲抛弃却又不得忘记的"闲情"提了出来，整个上片始终紧扣首句提出的复杂矛盾的心情回环反复，表现了作者内心感情的痛苦撕咬。

下片进一步抒发这种与时常新的闲情愁绪。词人把这种迷惘与困惑又直接以疑问的形式再次鲜明突出地揭诸笔端，可谓真率至极；而在"河畔青芜堤上柳"的意象之中，隐含着绵远纤柔、无穷无尽的情意与思绪，又可谓幽微之至。

# 采桑子·画船载酒西湖好

【宋】欧阳修

画船载酒西湖好，急管繁弦①，玉盏②催传，稳泛平波任醉眠。

行云却在行舟下③，空水澄鲜④，俯仰留连，疑是湖中别有天。

【注　释】

①急管繁弦：指变化丰富而节拍紧凑的音乐。
②玉盏：玉制酒杯。
③行云却在行舟下：指天上流动的云彩倒影在水中，仿佛就在行船之下。
④空水澄鲜：天空与水面均澄澈明净。

## 作者名片

欧阳修（1007—1072），字永叔，号醉翁，晚号"六一居士"。吉州永丰（今江西永丰）人，因吉州原属庐陵郡，以"庐陵欧阳修"自居，北宋政治家、文学家、史学家。死后谥号"文忠"，世称欧阳文忠公。欧阳修与韩愈、柳宗元、王安石、苏洵、苏轼、苏辙、曾巩合称"唐宋八大家"。后人又将其与韩愈、柳宗元和苏轼合称"千古文章四大家"。他曾主修《新唐书》，并独撰《新五代史》，有《欧阳文忠集》传世。

## 译 文

西湖风光好，乘画船载着酒肴在湖中游赏，急促繁喧的乐声中，不停地传着酒杯。风平浪静，缓缓前进的船儿中安睡着醉倒的客人。

醉眼俯视湖中，白云在船下浮动，清澈的湖水好似空然无物。仰视蓝天，俯视湖面，水天相映使人疑惑，湖中另有一个世界。

## 赏析

这首词表现的是饮酒游湖之乐。整首词寓情于景，写出了作者与友人的洒脱情怀。

上片描绘载酒游湖时船中丝竹齐奏、酒杯频传的热闹气氛与欢乐场面：画船、美酒、管弦，微风习习，波光粼粼，词人心情舒畅，与朋友无拘无束，开怀痛饮。湖面之上，欢笑声、乐曲声、划船声交织在一起。

下片写酒后醉眠船上，俯视湖中，但见行云在船下浮动，使人疑惑湖中别有天地，表现醉后的观湖之乐：俯视江面，白云朵朵，船往前行，云儿陪伴；仰望天空，朵朵白云，云儿飘拂，小船紧跟。俯仰之间，天空与江水是一样的澄清明净、一尘不染。看着看着，微醉中的词人觉得这湖中另有一个青天在，而自己的小船简直就是在白云之间穿行。

# 朝中措·送刘仲原甫出守维扬

【宋】欧阳修

平山阑槛①倚晴空。山色有无中。手种堂前垂柳，别来②几度春风。

文章太守③，挥毫万字④，一饮千钟。行乐直须年少，尊⑤前看取衰翁⑥。

## 【注 释】

①平山阑槛：平山堂的栏杆。
②别来：分别以来。作者曾离开扬州八年，此次是重游。
③文章太守：作者当年就职扬州府时，以文章名冠天下，故自称"文章太守"。
④挥毫万字：作者当年曾在平山堂挥笔赋诗作文多达万字。
⑤尊：通"樽"，酒杯。
⑥衰翁：词人自称。

## 译 文

平山堂的栏杆外是晴朗的天空，远山似有似无，一片迷蒙。我在堂前亲手栽种的那棵柳树啊，离别它已经好几年了。我这位爱好写文章的太守，下笔就是万言，饮酒千杯。趁现在年轻赶快行乐吧，您看那坐在酒樽前的老头儿已经不行了。

〔赏析〕

　　这首词一发端即带来一股突兀的气势，笼罩全篇。"平山阑槛倚晴空"，顿然使人感到平山堂凌空矗立，其高无比。这一句写得气势磅礴，便为接下来的抒情定下了疏宕豪迈的基调。下一句是写凭栏远眺的情景。从扬州而望江南，青山隐隐，自亦可作"山色有无中"之咏。

　　以下两句，描写更为具体。此刻当送刘原甫出守扬州之际，词人情不自禁地想起平山堂，想起堂前的杨柳。"手种堂前垂柳，别来几度春风"，深情又豪放。其中"手种"二字，看似寻常，却是感情深化的基础。词人平山堂前种下杨柳，不到一年，便离开扬州，移任颍州。这几年中，杨柳之枝枝叶叶都牵动着词人的感情。杨柳本是无情物，但中国传统诗词里，却与人们的思绪紧密相连。何况这垂柳又是词人亲手种的。可贵的是，词人虽然通过垂柳写深婉之情，但婉而不柔，深而能畅。特别是"几度春风"四字，更能给人以欣欣向荣、格调轩昂的感觉。

　　过片三句写作者自己。作者当年就职于扬州府时，以文章名冠天下，故自称"文章太守"。曾在平山堂挥笔赋诗作文多达万字。后缀以"一饮千钟"一句，则添上一股豪气，栩栩如生地刻画了一个气度豪迈、才华横溢的文章太守的形象。

　　词的结尾二句，先是劝人，又回过笔来写自己。饯别筵前，面对知己，一段人生感慨，不禁冲口而出。无可否认，这两句是抒发了人生易老、必须及时行乐的消极思想。但是由于豪迈之气通篇流贯，词写到这里，并不令人感到低沉，反有一股苍凉郁勃的情绪奔泻而出，涤荡人的心灵。

# 渔家傲①·五月榴花妖艳烘

【宋】 欧阳修

五月榴花妖艳②烘，绿杨带雨垂垂重。五色新丝缠角粽，金盘送，生绡③画扇盘双凤。

正是浴兰④时节动，菖蒲⑤酒美清尊共。叶里黄鹂时一弄，犹薆忪⑥，等闲惊破⑦纱窗梦。

## 【注 释】

①渔家傲：词牌名，源自唐张志和《渔歌子》，是歌唱渔家生活的曲子，宋初较为流行。双调六十二字，上下片各五句五仄韵。
②妖艳：红艳似火。
③生绡（xiāo）：未漂煮过的丝织品。古时多用以作画，因亦以指画卷。
④浴兰：以兰汤沐浴，即用香草水洗澡。古人认为兰草能避不祥，故以兰汤洁斋祭祀。
⑤菖（chāng）蒲（pú）：一种水生植物，可以泡酒。
⑥薆（méng）忪（sōng）：睡眼惺忪之貌。
⑦惊破：打破。

## 译 文

五月是石榴花开的季节，杨柳被细雨润湿，枝叶低低沉沉地垂着。人们用五彩的丝线包扎多角形的粽子，煮熟了盛进镀金的盘子里，送给闺中女子。

这一天正是端午，人们沐浴更衣，想祛除身上的污垢和秽气，举杯饮下雄黄酒以驱邪避害。不时地，窗外树丛中黄鹂鸟儿鸣唱声，打破闺中的宁静，打破了那纱窗后手持双凤绢扇的睡眼惺忪的女子的美梦。

**〔赏析〕**

　　上片写端午节的风俗。用"榴花""杨柳""角粽"等端午节的标志性景象，表明了人们在端午节的喜悦之情。

　　下片写端午节人们的沐浴更衣，饮下雄黄酒驱邪的风俗。后面紧接着抒情，抒发了一种离愁别绪的青丝。

　　欧阳修《渔家傲》写的闺中女子，给读者留下了想象的空间：享用粽子后，未出阁的姑娘，在家休息，梦醒后想出外踏青而去，抒发了闺中女子的情思。

# 春日西湖①寄谢法曹②歌

### 【宋】 欧阳修

西湖春色归③，春水绿于染④。

群芳烂不收⑤，东风落如糁⑥。

参军⑦春思乱如云，白发题诗愁送春。

遥知湖上一樽酒，能忆天涯万里人⑧。

万里思春尚有情，忽逢春至客心惊。

雪消门外千山绿，花发江边二月晴。

少年把酒逢春色，今日逢春头已白。

异乡物态与人殊⑨，惟有东风旧相识。

## 【注　释】

①西湖：指许州（今河南许昌）西湖。

②谢法曹：即谢伯初，字景山，晋江（今属福建）人。当时在许州任司法参军。宋代州府置录事参军、司理参军、司法参军等属官，统称曹官，司法参军即称法曹。

③归：回去，指春光将逝。

④绿于染：比染过的丝绸还绿。

⑤烂不收：指落花委地，难于收拾。

⑥落如糁（sǎn）：碎米粒，引申指散粒状的东西，诗中形容飘落的花瓣。

⑦参军：指谢伯初。

⑧天涯万里人：诗人自指。

⑨殊：不同，引申为"陌生"的意思。

## 译　文

春天使者姗姗前来访问，西湖水面换上绿色衣裙。

漫山遍野捧出七彩热情，花风落地一样唤人兴奋。

春来了，参军思绪乱如云，白发人，最怕题诗送青春。

我知道你摆好了湖中酒席，等待着老朋友来开怀畅饮。

遥遥万里你捎来一片春情，每到春来我暗暗感到心惊。

冰雪消融，门外千山碧绿，繁花争妍，江边二月多晴。

还记得，少年时，迎春畅饮，到如今，春草绿，两鬓如丝。

他乡作客，物态人情各异，东风情意，年年难舍难离。

## 〔赏析〕

　　诗的前四句"西湖春色归，春水绿于染。群芳烂不收，东风落如糁"，写许州西湖春景：春来波绿，群芳烂漫，明媚旖旎，景致醉人。接下来由景及人，转写诗友殷勤多情，特从这美丽的地方寄来美好情意，点明这首诗是回赠之作。"参军春思乱如云，白发题诗愁送春。"写诗友虽已白发苍苍，但仍多愁善感，春思如云。谢伯初赠诗中有"多情未老已白发，野思到春乱如云"之句，诗人特别欣赏，故化用其意，描摹诗人白发多情，寥寥数笔，却十分生动传神。"遥知湖上一樽酒，能忆天涯万里人。"是想象诗友独酌湖上，默默思念远方被贬的自己。读诗至此，方知前面写景用意并不仅仅在于咏叹西湖的自然风光，更是以美景烘托诗友的美好情谊。句中"天涯万里人"是诗人的自称，暗寓自己被贬夷陵的遭遇，同时将内容巧妙引向自己胸臆的抒发。

"万里思春尚有情，忽逢春至客心惊。"许州、夷陵两地相距遥远，又有山川阻隔，故诗人对诗友"万里"寄诗，传递春的消息和真挚友情激动不已，但同时因身遭斥逐，心情凄惶，忽睹春景，不禁心头震颤。门外绵绵远山残雪融尽，绿装重换。二月晴朗的阳光下，江边红花正争相吐艳，如此来去匆匆的春天，让人感叹如梭的光阴和稍纵即逝的美好年华。诗人触景伤怀，蓦然回首：昔日把酒对春、风流倜傥的少年，如今而立刚过，却已是鬓发苍苍。显然，一个事业、生活正在蓬勃向上的得意之士，是不太可能如斯身心俱老的，只有历经磨难者才每每会回味过去的大好时光。"异乡物态与人殊，惟有东风旧相识。"在这贬谪之地，诗人眼前的一切都是那么陌生、冷淡，唯有岁岁年年按时相伴的春风仍是那么熟悉、亲切，似在安慰一颗孤寂的心。诗到此戛然而止，但意犹未尽，令读者回味无穷。

# 清明日对酒

【宋】高翥

南北山头多墓田，清明祭扫各纷然①。

纸灰飞作白蝴蝶，泪血染成红杜鹃。

日落狐狸眠冢上，夜归儿女笑灯前。

人生有酒须当醉，一滴何曾到九泉②。

## 【注 释】

①纷然：众多繁忙的意思。
②九泉：指人死后埋葬的地方，迷信人指阴间。

## 作者名片

高翥（1170—1241），初名公弼，后改名翥，字九万，号菊硐（古同"涧"），余姚（今属浙江）人，是江南诗派中的重要人物，有"江湖游士"之称。高翥少有奇志，不屑举业，以布衣终身。他游荡江湖，专力于诗，画亦极为出名。晚年贫困潦倒，无一椽半亩，在上林湖畔搭了个简陋的草屋，小仅容身，自署"信天巢"。72岁那年，游淮染疾，死于杭州西湖。与湖山长伴，倒是遂了他的心愿。

## 译 文

南北山上有很多的墓地，清明时节都是忙于上坟祭扫的人群。焚烧的纸灰像白色的蝴蝶到处飞舞，痛哭而流出的血泪染红了满山的杜鹃。黄昏时，静寂的坟场一片荒凉，独有狐狸躺在坟上睡觉，晚上归家儿女们在灯前欢声笑语。人生本来如此，今朝有酒就应今朝醉，百年之后就连一滴也带不到地底。

〔赏析〕

　　"南北山头多墓田，清明祭扫各纷然"两句是远景，一句写物景，一句写人景。据此，我们不妨这样想，诗人在清明节这一天来祭扫，未到坟茔聚集之地，即以目睹此景，因墓地往往在深处，怕妨路径，故一眼必是望到远景。"南北山头多墓田"，"南北"当是虚指，意即四面八方。四面八方的山头上竟然有这么多的墓田，那些可都是死去的人啊！"清明祭扫各纷然"，"各"指每家祭扫每家的毫不相干，"纷然"则指人数众多。人们一般只有在什么情况下才会互不搭腔？就是已经痛苦难过到了极致，以致习惯成自然，各自心知肚明，无须多言。

　　"纸灰飞作白蝴蝶，泪血染成红杜鹃。"诗人走上前去，镜头拉近，细节刻画物景与人景。字面上很好理解，就是说冥纸成灰，灰飞漫天，好似白色的蝴蝶；相思成泪，泪滴成血，仿佛红色的杜鹃。可为什么要以纸灰作蝴蝶，泪血作杜鹃，而不是其他的什么？原来蝴蝶是沟通阴阳二界的使者啊，冥纸当然就是起到这样的作用。

　　"日落狐狸眠冢上，夜归儿女笑灯前"承接上句，依照时间发展续写诗人的所见所想。一天的祭扫结束了，日薄西山，人人各自归家，但"我"知道，只有一种动物是不会离开的，那便是狐狸。晚上回到家来，看到孩子们在灯前玩闹嬉戏，他们怎么会知道"我"的心酸，怎么会知道生离死别的痛苦？这些孩子都还那样弱小，是那么天真无邪，可是终归要长大，终归要衰老，终归也要死去，这是天命所在，是多么得令人遗憾，令人神伤。

　　"人生有酒须当醉，一滴何曾到九泉。"应当说这是比较易见的文人士大夫的心理常态，就是及时行乐。但诗人在这里是故作旷达。诗人尚在阳间，就已经想到死后别人祭祀他的酒他一滴也尝不到了，可见他对这个世界是何其留恋！

# 朝中措·先生筇杖是生涯

【宋】朱敦儒

先生筇杖①是生涯，挑月更担花。

把住②都无憎爱，放行③总是烟霞。

飘然携去，旗亭④问酒，萧寺⑤寻茶。

恰似黄鹂无定，不知飞到谁家？

## 【注 释】

①先生：作者的自称。筇（qióng）杖：即竹杖。
②把住：控制住。
③放行：出行。
④旗亭：代指酒楼。
⑤萧寺：佛寺。

## 作者名片

朱敦儒（1081—1159），字希真，洛阳人。历兵部郎中、临安府通判、秘书郎、都官员外郎、两浙东路提点刑狱，致仕，居嘉禾。绍兴二十九年（1159）卒。有词三卷，名《樵歌》。朱敦儒获得"词俊"之名，与"诗俊"陈与义等并称为"洛中八俊"。

## 译 文

我每日里携杖云游四海为家，秋夜赏月，春日品花。逢人见事不再起憎爱之心，把自己的身心都交付大自然的山水云霞。

飘飘然来去随心所欲，有时到酒肆里打酒，有时到萧寺里讨茶。我就像一只黄鹂栖飞不定，不知道明天又落到了谁家。

〔赏析〕

　　这首词是朱敦儒的晚年之作，全词表现了一种出尘旷达的悠闲境界。

　　"先生筇杖是生涯"，开篇一语是全词意蕴的形象的总概括，"筇杖"，乃竹杖；"先生"，乃自谓。词人把自己的晚年生活以"筇杖生涯"进行涵盖，就表明他已无心于世事，完全寄情于自然山水之间。"挑月更担花"写出了山野风情之美与身在山野的惬意。以竹筇挑月、担花既能令人想见他在花前月下悠然自得的神态，也可体味出词人吟风弄月的情趣。"把住都无憎爱，放行总是烟霞"二句仍是承"筇杖"的意象进行生发，前句以"把住"筇杖作为眼前社会现实的象征，词人看透了世事的云翻雨覆，对它们已无所谓爱憎可言，后句把倚杖而行作为他对生活的向往，他所行之处烟霞缭绕，不啻是他理想生涯的寄托。词人在"筇杖"这一意象上凝聚了很多思想情感，寄寓了十分丰富的意蕴。

　　下片仍承"竹筇"的意象进行放逸之情的抒发。"飘然携去"之句就是写他倚杖而行的处处踪迹，他携着它（筇杖）到"旗亭问酒"，到"萧寺寻茶"，一"寻"一"问"暗示词人生计的清寒，神情潇洒落拓。结尾二句尤为妙笔，词人比喻自己是一只飞止无定的黄鹂，性之所至不知会飞到谁家。朱敦儒晚年犹如此风趣诙谐，以活泼小巧的黄鹂自喻，表现作者有一颗天真的赤子之心。

# 西江月·日日深杯酒满

### 【宋】朱敦儒

日日深杯酒满，朝朝<sup>①</sup>小圃花开。

自歌自舞自开怀，无拘无束无碍。

青史几番春梦，黄泉多少奇才。

不须计较与安排，领取而今现在。

【注　释】

①朝朝：天天；每天。

## 译　文

　　每天把大酒杯倒满酒，终日在鲜花盛开的小花圃里喝醉。自己唱歌自己跳舞，自己乐得开怀大笑，最令人高兴的是没有牵挂没有羁绊。

　　一生中能有几回短暂的美丽的梦，多少奇人异士都不免归到黄泉。人生不用计较太多，只要把现在的欢乐时光过好就行了。

## 〔赏析〕

　　这首词写作者晚年以诗、酒、花为乐事的闲淡生活，用语浅白而意味悠远，流露出一种闲旷的情调。

　　"日日深杯酒满，朝朝小圃花开"，起首两句写出词人终日醉饮花前的生活。深杯酒满见得饮兴之酣畅，小圃花开点出居处之雅致。无一字及人，而人的精神风貌已隐然可见。这正是借物写人之法的妙用。"自歌自舞自开怀，且喜无拘无碍"，抒情主人公的正面形象出现了。三个"自"隔字重叠，着力突出自由自在、自得其乐的神态，自然地带出"无拘无碍"一句。

整个上片洋溢着轻松自适的情致，行文亦畅达流转，宛若一曲悦耳的牧歌。两句一转，由物及人，既敞露心怀，又避免给人以浅显平直之感。

至下片文情陡变，两个对句表达了作者对世事人生的认识，所谓人类的历史不过是几场短暂春梦杂沓无序的连缀，无论怎样的奇士贤才都终究不免归于黄泉。这是历尽沧桑、饱经忧患之后的感喟，无疑含有消极的虚无意识。此词写作时代大致正值忠良屈死而奸佞当道之时，"黄泉"句也隐含着深深的悲愤之情。

这时，朱敦儒那种壮怀远抱已被销蚀殆尽了，字里行间仍存苦怀，有一种无可奈何的心绪。他自以为看破了红尘，不复希冀有所作为，把一切都交付给那变幻莫测的命运去主宰，自己"不须计较与安排"，只要"领取而今现在"，求得片时欢乐也就心满意足了。

末句不啻是对上片所描述的闲逸自得生活之底蕴的概括和揭示。这句在结构上也是有力的收束。上片写景叙事，下片议论感叹，有情景相生、借景达情之妙。

# 南乡子①·席上劝李公择②酒

**【宋】苏轼**

不到谢公台③，明月清风好在哉。旧日髯孙④何处去，重来。短李⑤风流更上才。

秋色渐摧颓，满院黄英⑥映酒杯。看取桃花春二月，争开。尽是刘郎⑦去后栽。

## 【注 释】

①南乡子：唐教坊曲名，后用作词牌。又名《好离乡》《蕉叶怨》。

②李公择：即李常，字元中，今属安徽省桐城市人。北宋元祐年间与李公麟、李公寅同时举进士，时称"龙眠三李"。

③谢公台：傅注："谢公台在维扬。"维扬，即扬州。

④髯（rán）孙：本指孙权。这里指孙觉。

⑤短李：本指中唐李绅。这里指李常。

⑥黄英：黄花。指菊花。

⑦刘郎，本是诗人刘禹锡自指。这里借喻孙觉。

### 作者名片

苏轼（1037—1101），字子瞻、和仲，号铁冠道人、东坡居士，世称苏东坡、苏仙，眉州眉山（四川眉山）人，北宋著名文学家、书法家、画家，历史治水名人。苏轼是北宋中期文坛领袖，在诗、词、散文、书、画等方面取得很高成就。文纵横恣肆；诗题材广阔，清新豪健，善用夸张比喻，独具风格，与黄庭坚并称"苏黄"。词开豪放一派，与辛弃疾同是豪放派代表，并称"苏辛"。散文著述宏富，豪放自如，与欧阳修并称"欧苏"，为"唐宋八大家"之一。苏轼善书，"宋四家"之一；擅长文人画，尤擅墨竹、怪石、枯木等。作品有《东坡七集》《东坡易传》《东坡乐府》《潇湘竹石图卷》《古木怪石图卷》等。

### 译 文

没到过谢公台，那里的明月清风是否健在？旧日的友人大胡子孙觉去了哪里？今日我又重来。你李矮子的风流已属上等高才。

秋色渐渐凋萎在这一带，满地黄菊映亮了酒杯中的江海。等到明年二月仲春到此观赏桃花，争相盛开。都是"刘郎"我走后才种栽。

〔赏析〕

　　发端以"谢公台"起兴，意在写出赴任途中来到友人李公择湖州任所的一种快感。这里的"谢公台"，应当是借喻友人任所。"明月清风"则是运用成语，借以写湖州的自然美，似乎也隐隐象征着友人清高洁白的操守，而以感叹出之，表达了词人的赞赏之情。三、四句转入对旧太守、友人孙觉的怀念："旧日髯孙何处去，重来"二句写出了席间面对新守时对旧守的怀想。随后又回到当前，赞颂新太守、东道主李常的才情："短李风流更上才。""短李"与"髯孙"都是用典，正好切合新旧太守外形与姓氏的特点，前后相映成趣，显得既典雅又诙谐。

　　过片两句对景感时："秋色渐摧颓，满院黄英映酒杯。"词人以"映酒杯"点明"席上"劝酒的题意，以"满院黄英"写出深秋时节的特征，对"秋色渐摧颓"的概括性描述则寓含着时序迁移的感慨，与上片写到的"旧日""重来"这种今昔之感是一脉相通的。最后三句是对明春桃花争开的盛景的想象，词人化用刘禹锡的诗意，变讽刺为赞颂，象征性地赞美了旧太守的政绩，并再度饱含深情地表达了对他的深切怀念。"前人栽树，后人乘凉"，这大概是事业发展乃至社会进步的一种普遍现象。

　　全词中，词人表达了对旧太守的怀念，同时也是对新太守的激励，因为未来提起的栽树的"刘郎"，是现在的太守李常。作者题作"劝李公择酒"，其深意或许就在于此。

# 少年游·润州①作

### 【宋】苏轼

　　去年相送，余杭门②外，飞雪似杨花。今年春尽，杨花似雪，犹不见还家。

　　对酒卷帘邀明月③，风露透窗纱。恰似姮娥④怜双燕，分明照、画梁斜。

## 【注 释】

①润州：今江苏镇江。
②余杭门：北宋时杭州的北门之一。
③"对酒"句：写月下独饮。
④姮娥：即嫦娥，月中女神。亦代指月。

## 【译 文】

　　去年相送于余杭门外，大雪纷飞如同杨花。如今春天已尽，杨花飘絮似飞雪，却不见离人归来，怎能不叫人牵肠挂肚呢？

　　卷起帘子举起杯，引明月作伴，可是风露又乘隙而入，透过窗纱，扑入襟怀。月光无限怜爱那双宿双栖的燕子，把它的光辉与柔情斜斜地洒向画梁上的燕巢。

## 〔赏析〕

　　宋神宗熙宁七年（1074）三月底四月初，任杭州通判的苏轼因赈济灾民而远在润州（今江苏镇江）时，为寄托自己对妻子王润之的思念之情，他写下了这首词。此词是作者假托妻子在杭思己之作，含蓄婉转地表现了夫妻双方的伉俪情深。

上片写夫妻别离时间之久，诉说亲人不当别而别、当归而未归。前三句分别点明离别的时间——"去年相送"，离别的地点——"余杭门外"，分别时的气候——"飞雪似杨花"。把分别的时间与地点说得如此之分明，说明夫妻间无时无刻不在惦念。大雪纷飞本不是出门的日子，可是公务在身，不得不送丈夫冒雪出发，这种凄凉气氛自然又加深了平日的思念。后三句与前三句对举，同样点明时间——"今年春尽"，气候——"杨花似雪"，可是去年送别的丈夫"犹不见还家"。原以为此次行役的时间不长，当春即可还家，可如今春天已尽，杨花飘絮，却不见人归来，怎能不叫人牵肠挂肚呢？

下片转写夜晚，着意刻画妻子对月思己的孤寂、惆怅。"对酒卷帘邀明月，风露透窗纱"，说的是在寂寞中，本想仿效李白的"举杯邀明月，对影成三人"，卷起帘子引明月做伴，可是风露又乘隙而入，透过窗纱，扑入襟怀。结尾三句是说，妻子在人间孤寂地思念丈夫，恰似姮娥在月宫孤寂地思念丈夫后羿一样。姮娥怜爱双栖燕子，把她的光辉与柔情斜斜地洒向那画梁上的燕巢，这就不能不使妻子由羡慕双燕，而更思念远方的亲人。

# 饮湖上<sup>①</sup>初晴后雨二首·其一

【宋】苏轼

朝曦<sup>②</sup>迎客艳重冈，晚雨留人入醉乡。

此意自佳君不会，一杯当属水仙王<sup>③</sup>。

## 【注 释】

①饮湖上：在西湖的船上饮酒。
②朝曦：早晨的阳光。
③水仙王：宋代西湖旁有水仙王庙，祭祀钱塘龙君，故称钱塘龙君为水仙王。

## 译 文

早晨迎客，晨曦渐渐地染红了群山。只可惜傍晚的时候下了一些雨，客人喝了酒，很快就醉去了

只可惜醉酒的友人没能领会到下雨之时的西湖美景。如果要感受人间天堂的美丽风景，那么，你应该敬守护西湖的"水仙王"一杯。

## 〔赏析〕

这组诗共二首，但许多选本只看中第二首，因而第一首已鲜为人知。其实第二首虽好，却是第一首的注脚。第一首所说的"此意自佳君不会"的"此意"，正是指第二首所写的西湖晴雨咸宜，如美人之淡妆浓抹各尽其态。不选第一首，题中的"饮"字也无着落。苏轼的意思是说，多数人游湖都喜欢晴天，殊不知雨中湖山也自有其佳处。湖上有水仙王庙，庙中的神灵是整天守在湖边，看遍了西湖的风风雨雨、晴波丽日的，一定会同意自己的审美观点，因而作者要请水仙王共同举杯了。

这一首的首句"艳"字下得十分精到，把晨曦的绚丽多姿形容得美不胜收。若只看第二首，则"浓抹"一层意思便失之抽象。

# 临江仙·夜到扬州席上作

### 【宋】 苏轼

尊酒何人怀李白，草堂遥指江东①。珠帘十里卷香风②。花开又花谢，离恨几千重。

轻舸渡江连夜到，一时惊笑衰容。语音犹自带吴侬③。夜阑对酒处，依旧梦魂中④。

## 【注 释】

①草堂：杜甫在成都时的住所。江东：杜甫在成都时李白正放浪江东，往来于金陵（今江苏南京）、采石（今属安徽）之间。杜甫《春日忆李白》诗："渭北春天树，江东日暮云。何时一尊酒，重与细论文。"

②"珠帘"句：杜牧《赠别二首》之一："春风十里扬州路，卷上珠帘总不如。"

③"语音"句：言友人说话时吴地口音未改。吴侬，吴地口音。

④"夜阑"二句：化用杜甫《羌村三首》之一："夜阑更秉烛，相对如梦寐。"

## 译 文

谁怀念李白而想和李白举酒论文呢？是杜甫，他在成都的草堂遥指江东的李白。夸说当时扬州的繁华富丽。从早春又到晚春初夏，离恨之情层层叠叠，有千层之厚重。

小船连夜渡江来到扬州，大家同时吃惊而又笑我经过旅途辛苦的疲困容颜。说的话仍然带着江东口音。夜深喝酒的地方，仍是像做梦一样。

## 〔赏析〕

上片写对友人怀念的深切，"尊酒何人怀李白"两句运用杜甫怀念李白的典故，抒写了对友人的深切思念之情。"何人"当然是指杜甫，故作设问，不仅增加了句法的变化，也使语言显得含蓄有味。"珠帘十，卷香风"用杜牧诗意写扬州，暗指东道主王存，与"怀李白""指江东"语意相承。词人怀念之情虽深，可是"花开又花谢，离恨几千重"。"花开又花谢"象征着时光的流逝，这是说离别之久；"离恨几千重"是夸说离恨之深，而且使抽象的感情有了形体感，似乎成了可以看得见摸得着的东西，从而增强了语言的形象性和表现力。

有了上片的铺垫，下片写扬州席上意外相逢时的惊喜和迷惘，就显得十分真实可信了。"轻舸渡江连夜到"，承"珠帘"句，点出题"夜到扬州"。词人是从江南京口渡江而来的，所以才如此便捷。"一时惊笑衰容"紧承前句，写出了与友人意外相逢时惊喜参半的复杂感情，彼此倾谈时，词人还发现对方"语音犹自带吴侬"。结尾二句写"席上"的情事："夜阑对酒处，依旧梦魂中"，这句话用杜甫写乱离中与亲人偶然重聚时深微感情的名句——"夜阑更秉烛，相对如梦寐"，来表现这次重逢时的迷惘心态，从而深化了与老友间的交谊。

# 醉落魄·离京口①作

【宋】苏轼

轻云微月，二更②酒醒船初发。孤城回望苍烟合③。记得歌时，不记归时节。

巾偏扇坠藤床滑④，觉来幽梦无人说。此生飘荡何时歇？家在西南，常作东南别⑤。

【注 释】

①京口：古城（今江苏镇江），为古代长江下游的军事重镇。
②二更：又称二鼓，指晚上九时至十一时。
③孤城回望苍烟合：孤城，指京口。苍烟，灰蒙蒙的雾气。此句意为回头遥望京口，孤城已经隐没在灰蒙蒙的雾气当中。
④巾偏扇坠藤床滑：巾，指头巾。此句与下句都是描述词人醉酒后的形态。酒醒后头巾偏斜，扇子坠落，藤床格外滑腻，连身子都快挂不住了。
⑤家在西南，常作东南别：苏轼的家乡在四川眉山，所以说"西南"。他这时正任杭州通判，经常来往于镇江、丹阳、常州一带，所以说"东南别"。此句写作者仕宦飘零。

译 文

云朵轻轻飘，月色微微亮，二更天时从酒醉中醒来，船刚开始出发。回头遥望京口，孤城已经隐没在灰蒙蒙的雾气当中。记得喝酒时欢歌笑语的场面，不记得上船时的情景。

酒醒后头巾偏斜，扇子坠落，藤床格外细腻，连身子都快挂不住了。一觉醒来，梦中的幽静无人可倾诉，此生的飘荡什么时候才能休止呢？家住西南眉山，却经常向东南道别。

[赏析]

上片写月色微微，云彩轻轻，二更时分词人从沉醉中醒来，听着咿咿呀呀的摇橹声，船家告诉他，船刚开。从船舱中往回望，只见孤城笼罩在一片烟雾迷蒙之中。这一切仿佛做梦一样。景和情的和谐，巧妙地烘托出了醉醒后的心理状态。

下片承上片，描写醉后的形态。他头巾歪一边，扇子坠落舱板上，藤床分外滑腻，仿佛连身子也挂不住似的。"巾偏扇坠藤床滑"，短短七个字，就将醉态刻画得惟妙惟肖。词人终于记起来了，他刚才还真做了个梦。但天地之间，一叶小舟托着他的躯体在迷蒙的江面上飘荡，朋友亲人们都已天各一方，向何人诉说呢？词人不禁有些愤慨了，这样飘荡不定的生活几时才能结束呢？最后两句，点明了词人心灵深处埋藏的思乡之情。但他究竟做了个什么样的梦，词中依然未明说。

# 醉落魄·席上呈元素①

**【宋】苏轼**

分携②如昨。人生到处萍飘泊③。偶然相聚还离索④。多病多愁，须信从来错。

尊前一笑休辞却。天涯同是伤沦落。故山犹负平生约⑤。西望峨眉⑥，长羡归飞鹤⑦。

## 【注 释】

①元素：杨元素，名绘，四川绵竹人，苏轼的同乡和友人。
②分携：分别。
③萍漂泊：浮萍无根，随波逐流，喻人生漂泊不定。
④离索：离群索居。索：孤独。
⑤故山：指故乡。平生约：早定下的归乡之愿。
⑥峨眉：四川名山，代指作者与杨绘的家乡（杨是四川绵竹人）。
⑦归飞鹤：飞回故里之鹤。

## 译 文

上次的分别还如昨天的情景一般清晰，感叹人生到处漂泊，就像浮萍一样。虽然偶尔会相聚，但终究朋友还是要离散各地。这多愁多病的身体，在等待朋友的消息中愈发消瘦了。

这杯离别的酒不要推却了，你我都是辗转外郡之人，漂泊不定。虽辜负了归隐故乡的约定，可我总是西望峨眉山，期盼着归隐的日子。

[赏析]

上片感慨人生，本如浮萍在水，为漂泊而"多病多愁"，一开始便是错误。词一开头，就点明离别，并交织着对往事的回忆："分携如昨。""分携"犹言分手，写出了临别依依、难舍难分的感情。说是"如昨"，即像昨天那样，那是因为苏轼出判杭州时，杨绘任御史中丞，二人曾在汴京相别。回忆旧日分离，则是为了强化当前别情，所以很自然地引发了人生感慨："人生到处萍飘泊。"接着便推出当前送别之事："偶然相聚还离索。"杨绘于本年八月才到杭州知州任，九月即被朝廷召还，所以说是"偶然相聚"。故人相聚匆匆，更使别情难堪。"离索"虽然是指当前的离别，却蕴蓄着一种深沉的感情，也与开头的"分携"相照应。紧接着，词人又与自己的身世联系起来，抒写了更深一层的感慨："多病多愁，须信从来错。"苏轼在熙宁六年、七年诗作中屡屡言"病"，可见当时健康情况不佳确是事实，但这里说"多病多愁"，毋宁说是道出了一种不得志的情绪，他与王安石政见不合以及在地方官任上沉沦多年，无疑都是产生这种情绪的原因。至于断言"须信从来错"。这里的"须信从来错"，是词人以夸大的过激的言辞来表现一种牢骚的情绪。由于杨绘是在党争中志同道合的朋友，所以词人能敞开心扉，放言无忌。

下片劝慰友人，同是天涯沦落人，不妨放怀一笑。换头两句写别筵情景："尊前一笑休辞却，天涯同是伤沦落。"词人故作达观，劝友人对饮，并用天涯沦落的共同遭遇来打动对方。当然，说"天涯""沦落"这样失意、丧气的话，并非果真如当年白居易那样遭到贬谪的不幸，而只是夸大其词地写仕途飘荡的身世之感，反映了一种厌倦的情绪。对仕途的厌倦与对故乡的怀念往往纠缠在一起，篇末三句折到抒发归隐故乡的意愿，是合乎心理逻辑的："故山犹负平生约。西

品读醉美酒文化诗词

望峨眉，长羡归飞鹤。"从当年兄弟相约早退到写此词时，已经过去了十四个年头，"犹""长"二字便写出了一种长久的期待与内心的渴望。词人把"峨眉"作为故乡及其美景的代表，从反面运用了"化鹤归辽"的神话故事，以"西望峨眉""长羡归飞鹤"的艺术形象，表达了归隐的夙愿以及对故乡的深情。不过，下片所写并非当时思想的全部，也不能因此引出词人向往恬退的结论。

# 占春芳①·红杏了

### 【宋】苏轼

红杏了②，夭桃尽③，独自占春芳。不比人间兰麝④，自然透骨⑤生香。

对酒莫相忘。似佳人、兼合明光⑥。只忧长笛吹花落，除是宁王。

【注　释】

①占春芳：词牌名。《万树词律》卷四注云："此体他无作者，想因第三句为题名。"《词式》卷二："苏轼咏杏花，制此调。"
②红杏了：红杏花开过了。
③夭桃尽：娇艳的桃花凋谢了。
④兰麝（shè）：兰草与麝香，即大自然生成的兰草香和人工制成的麝香。
⑤透骨：从骨子里沁出，极言深刻。
⑥兼合明光：占尽酒和花般的荼蘼的香艳。以颜色似之，故名。

## 译 文

红杏花开过了，娇艳的桃花凋谢了，梨花独自暮春开放，兰草麝香怎能和梨花相比呢？梨花的香气自然飘来，像是从骨子里深深地沁出来的。

饮酒赏花，忆起这酒似歌伎"佳人"的姿色，兼有荼蘼花般的香艳。梨花啊，不要因时令之笛吹落；否则，担心的便是开国受命之宁王。

### 〔赏析〕

与咏梅花、咏海棠一样，苏轼以梨花自况，袒露他贬居黄州后心胸仍像洁白梨花那样旷达的情怀。

上片，以反衬手法，从视角上写梨花的品格。"红杏了，天桃尽，独自占春芳。"开头三句，以"红杏"开过了，"天桃"谢"尽"了来衬托梨花盛开状态，交代梨花独放的暮春季节。"独"字一用，宛有万花皆离我独笑的孤姿；"占春芳"再无他花，只有此花独为大地占尽春芳，显示高洁。以红衬白，个性鲜明。"不比人间兰麝，自然透骨生香"，从嗅觉上和心态上，以反衬之笔，写梨花的自然清香和沁人心脾的魅力。兰草与麝香本是花中之王和香中之首，在此与梨花相比，自然逊色多了。但他并未贬低兰麝。然而，作者巧妙地指出：兰麝怎能和"自然透骨生香"的梨花相比，进一步突出了梨花的名贵地位和观赏价值。这为下片写人埋下了隐示性的一笔。

下片，运用了正喻手法，写包括作者在内的游黄州、武昌的友人梨花般的品格。"对酒莫相忘，似佳人、兼合明光"，突出他们饮酒赏花，酒花香醉的谐谑情景。"对酒莫相忘"为领起句，领起串连下文。喝上了酒，就会忆起这酒似歌伎"佳人"的姿色；还兼有或占尽那似酒似花的、"无花香自远"的"明光"荼蘼的韵味。酒、佳人与荼蘼的联系是从白色与麝香般的气味为媒体的。紧接着两句点题："只忧长笛吹花落，除了宁王。"由上面的写物而隐喻到写人，让人留恋的红杏、天桃最后凋谢了，但最担心的是梨花，不要因时令之笛吹落；否则，担心的便是开国受命之宁王。很显然，作者以此隐喻着贤明的神宗，能否像宁王那样，不要吹落他这"梨花"。

# 临江仙·夜归临皋

## 【宋】 苏轼

夜饮东坡①醒复醉，归来仿佛三更。家童鼻息已雷鸣。敲门都不应，倚杖听江声②。

长恨此身非我有，何时忘却营营③。夜阑风静縠纹④平。小舟从此逝，江海寄余生。

## 【注 释】

①东坡：在湖北黄冈市东。苏轼谪贬黄州时，友人马正卿助其垦辟的游息之所，筑雪堂五间。
②听江声：苏轼寓居临皋，在湖北黄县南长江边，故能听长江涛声。
③营营：周旋、忙碌，内心躁急之状，形容为利禄竞逐钻营。
④縠纹：比喻水波细纹。縠，绉纱。

## 译 文

夜里在东坡饮酒，醉而复醒，醒了又饮。回来的时候仿佛已经三更。家里的童仆早已睡熟鼾声如雷鸣。反复敲门里面全不回应，只好独自倚着藜杖倾听江水微波荡漾、舒缓扑退滩岸的隐约轻叹声。

长恨身在宦途，这身子已不是我自己所有。什么时候能忘却为功名利禄而竞逐钻营！趁着这夜深、风静、江波坦平，驾起小船从此消逝，泛游江河湖海寄托余生。

〔赏析〕

　　这首词作于神宗元丰五年，即东坡黄州之贬的第三年。全词风格清旷而飘逸，写作者深秋之夜在东坡雪堂开怀畅饮，醉后返归临皋住所的情景，表现了词人退避社会、厌弃世间的人生理想、生活态度和要求彻底解脱的出世意念，展现了作者旷达而又伤感的心境。

　　上片首句"夜饮东坡醒复醉"，一开始就点明了夜饮的地点和醉酒的程度。醉而复醒，醒而复醉，当他回临皋寓所时，自然很晚了。"归来仿佛三更"，"仿佛"二字，传神地画出了词人醉眼蒙眬的情态。这开头两句，先一个"醒复醉"，再一个"仿佛"，就把他纵饮的豪兴淋漓尽致地表现出来了。

　　接着，下面三句，写词人已到寓所、在家门口停留下来的情景："家童鼻息已雷鸣。敲门都不应，倚杖听江声。"走笔至此，一个风神潇洒的人物形象，一位襟怀旷达、遗世独立的"幽人"跃然纸上，呼之欲出。其间浸润的，是一种达观的人生态度，一种超旷的精神世界，一种独特的个性和真情。

　　上片以动衬静，以有声衬无声，通过写家童鼻息如雷和作者谛听江声，衬托出夜静人寂的境界，从而烘托出历尽官海浮沉的词人心事之浩茫和心情之孤寂，使人遐思联翩，从而为下片当中作者的人生反思做好了铺垫。

　　下片一开始，词人便慨然长叹道："长恨此身非我有，何时忘却营营？"这奇峰突起的深沉喟叹，既直抒胸臆又充满哲理意味，是全词枢纽。这两句颇富哲理的议论，饱含着词人切身的感受，带有深沉的感情，一任情性，发自衷心，因而自有一种感人的力量。以议论为词，化用哲学语言入词，冲破了传统词的清规戒律，扩大了词的表现力。

　　词人静夜沉思，豁然有悟，既然自己无法掌握命运，就当全身免祸。顾盼眼前江上景致，是"夜阑风静縠纹平"，心与景会，神与物游，为如此静谧美好的大自然深深陶醉了。

于是，他情不自禁地产生脱离现实社会的浪漫主义的遐想，唱道："小舟从此逝，江海寄余生。"他要趁此良辰美景，驾一叶扁舟，随波流逝，任意东西，他要将自己的有限生命融化在无限的大自然之中。

# 行香子·述怀

【宋】苏轼

清夜无尘，月色如银。酒斟时、须满十分①。浮名浮利，虚苦劳神。叹隙中驹②，石中火，梦中身③。

虽抱文章，开口谁亲④。且陶陶⑤、乐尽天真。几时归去，作个闲人。对一张琴，一壶酒，一溪云。

【注　释】

①十分：古代盛酒器。形如船，内藏风帆十幅。酒满一分则一帆举，十分为全满。
②叹隙中驹：感叹人生短促，如快马驰过隙缝。
③石中火，梦中身：比喻生命短促，像击石迸出一闪即灭的火花，像在梦境中短暂的经历。
④开口谁亲：有话对谁说，谁是知音呢？
⑤陶陶：无忧无虑，单纯快乐的样子。

【译　文】

夜气清新，尘滓皆无，月光皎洁如银。值此良辰美景，把酒对月，须尽情享受。名利都如浮云变幻无常，徒然劳神费力。人的一生只不过像快马驰过缝隙，像击石迸出一闪即灭的火花，像在梦境中短暂的经历一样短暂。

虽有满腹才学，却不被重用，无所施展。姑且借现实中的欢乐，忘掉人生的种种烦恼。何时能归隐田园，不为国事操劳，有琴可弹，有酒可饮，赏玩山水，就足够了。

## 〔赏析〕

作者首先描述了抒情环境：夜气清新，尘滓皆无，月光皎洁如银。此种夜的恬美，只有月明人静之后才能感到，与日间尘世的喧嚣判若两个世界。把酒对月常是诗人的一种雅兴：美酒盈樽，独自一人，仰望长空，遐想无穷。人们追求名利是徒然劳神费力的，万物在宇宙中都是短暂的，人的一生只不过是"隙中驹、石中火、梦中身"一样地须臾即逝。作者为说明人生的虚无，从古代典籍里找出了三个习用的比喻。

下片开头，以感叹的语气补足关于人生虚无的认识。"虽抱文章，开口谁亲"是古代士人"宏才乏近用"，不被知遇的感慨。苏轼在元祐年间虽受朝廷恩遇，而实际上却无所作为，"团团如磨牛，步步踏陈迹"，加以群小攻击，故有是感。他在心情苦闷之时，寻求着自我解脱的方法。善于从困扰、纷争、痛苦中自我解脱，豪放达观，这正是苏轼人生态度的特点。他解脱的办法是追求现实享乐，待有机会则乞身退隐。"且陶陶、乐尽天真"是其现实享乐的方式。只有经常在"陶陶"之中才似乎恢复与获得了人的本性，忘掉了人生的种种烦恼。但最好的解脱方法莫过于远离官场，归隐田园。看来苏轼还不打算立即退隐，"几时归去"很难预料，而田园生活却令人十分向往。弹琴、饮酒、赏玩山水，吟风弄月，闲情逸致，这是我国文人理想的一种消极的生活方式。他们恬淡寡欲，并无奢望，只需要大自然赏赐一点便能满足，"一张琴、一壶酒、一溪云"就足够了。这非常清高而富有诗意。

# 醉蓬莱·重九上君猷

【宋】苏轼

余谪居黄，三见重九，每岁与太守徐君猷会于栖霞①。今年公将去，乞郡湖南。念此惘然②，故作此词。

笑劳生一梦，羁旅三年，又还重九。华发萧萧③，对荒园搔首。赖有多情，好饮无事，似古人贤守。岁岁登高，年年落帽，物华依旧。

此会应须烂醉，仍把紫菊茱萸，细看重嗅。摇落霜风，有手栽双柳。来岁今朝，为我西顾④，酹羽觞⑤江口。会与州人⑥，饮公遗爱⑦，一江醇酎⑧。

## 【注 释】

①栖霞：栖霞楼，宋代黄州四大名楼之一，在黄冈市赤鼻矶上。
②惘（wǎng）然：恍惚、忧思的样子。
③华发：白发。萧萧：稀疏的样子。
④西顾：徐君猷赴任湖南在黄州之西，故名。
⑤酹（lèi）：饮酒前把酒洒在地上或水上以祭神祝福。羽觞（shāng）：酒器。
⑥州人：黄州人。
⑦饮：喝，这里指接受。遗爱：官员有德政，给后人留下仁爱。
⑧醇酎（chún zhòu）：反复酿造的醇厚老酒。

## 译 文

我贬谪到黄州，过了三次重九节，每年都与太守徐君猷相会于栖霞。今年太守要走了，去湖南任职。想到这里，内心惆怅，因此作了这首词。

自笑劳苦的生涯如一梦醒来，原是留在他乡流浪过三次重九节的人。发花白又稀疏，面对荒废的园圃搔头。幸运有多情谊的人，喜欢饮酒而无诉讼事，好像古代无为而治的贤明太守。年年登高，年年宴饮，那美好的景物依旧不变。

　　这次登高宴会按理要痛饮，照常佩带紫菊茱萸，还要细看多嗅。草木凋零，秋风为霜，其中有我俩雪堂前栽的两棵柳树。明年的今天，我为你移居潇湘，洒酒于江口。我将和黄州的人共同享受您留下的恩惠，如饮长江水般的美酒。

[赏析]

　　上片，从三年贬居生活体验着墨，写对徐守君猷的深厚情谊。开头三句，自嘲劳苦的生活如一场梦，贬居三年，成为他乡的游子。"笑"字一领对偶句，心思全出。接着两句，进深一层，写人生易老天也老。"华发""荒园"均是衰老的象征，"搔首"也无可奈何，抗御不住。"赖有"三句，笔锋一转，颂扬徐君猷的功德。值得庆幸的是：酒在肚里，事在心头，不因喝酒而糊涂误事。我遇到了徐守这样"多情"的人，"好饮无事"的人，"似古人贤守"的人。最后三句，照应序言"每岁"之笔，岁岁年年登高宴饮，"物华依旧"，情深谊长。

　　下片，以节传情，以酒寄情。在痛饮中淋漓尽致地一吐为快。酒中多少事，酒中多少诗。开头三句，就点明此次相会宴饮极不平凡。酒逢知己千杯少，"应须烂醉"；此次登高观赏"紫菊茱萸"也不一般，应须"细看重嗅"。此处他点化运用了杜甫"明年此会知谁健，醉把茱萸仔细看"诗句，不露痕迹，且把"烂醉"与"细雨""茱萸"的内在联系巧妙地糅合起来了：除祸免灾。接着二句，醉里吐真言，我们的友谊天长地久，有"摇落霜风"的物候做证，"有手栽双柳"做证。"来岁"三句，发出深深的祝愿与希冀："来岁今朝"，我为你西行而饯行，把酒洒满于江口来一个更大的"烂醉"。最后三句，总写徐守君猷的功绩，也是这首词的主题概括：我和黄州的人忘不了享受您的"遗爱"，如同痛饮"一江醇酎"的美酒，君子情谊，源远流长。

# 渔父①·渔父饮

### 【宋】 苏轼

渔父饮，谁家去。鱼蟹一时分付②。酒无多少醉为期③，
彼此不论钱数。

## 【注 释】

①渔父：原为《庄子》和《楚辞》篇名，
后用为词牌名。

②一时：同时。分付：交给。

③为期：为限。

## 译 文

渔父想饮酒，到哪一家去好呢？鱼和螃蟹同时交给了酒家换酒喝。
饮酒不计多少量，一醉方休。渔父的鱼蟹与酒家的酒彼此之间何必谈论
钱数。

## 〔赏析〕

作品一开头，就以发问的句式"渔父饮，谁家去"，突出
烘托渔父以鱼蟹换酒的宁静气氛，到底想去哪个酒家。其意有
二：一是哪一家能以鱼蟹换酒，二是哪一家的酒质最好。这从
一个侧面反映了渔父的贫苦状态，也隐含了作者对渔父的深深
同情之心。

紧接着写渔父与酒家的和谐与体贴的良好关系，"酒无多
少醉为期"，这是酒家发出的敬言，让渔父只管饮酒，饮多饮
少，酒家不在乎。

最后一句"彼此不论钱数"，是作者的评论，也是点题之
笔，充分反映了当地渔父与酒家这些社会底层的人民最宝贵的
品质：善良、纯真和质朴。用浅易的语言说世俗的生活，尽显
日常生活的状态与趣味。

# 渔父·渔父醉

【宋】苏轼

渔父醉，蓑衣舞①，醉里却②寻归路。轻舟短棹③任斜横，醒后不知何处。

## 【注 释】

①蓑（suō）衣舞：指渔父穿着蓑衣醉行之状。

②却：往回走。

③短棹（zhào）：小桨。

## 译 文

渔父酒醉了，披着蓑衣走路跌跌跄跄像跳舞。醉酒的渔父想寻找回去的归途。短桨小船无人执掌，任它随意漂流。酒醒以后，渔父不知身在何处。

## 赏析

前两句点化引用了唐代诗人孟郊"独迷舞短蓑"的诗意，写了渔父狂饮烂醉而忘形的神态。"渔父醉，蓑衣舞"，生动形象地刻画出了渔父狂饮烂醉以致神魂颠倒、身不由己的诙谐状态。"蓑衣舞"三字逼真传神，渔父醉后那跟跟跄跄的行走模样跃然纸上，富有浪漫主义色彩。

"醉里却寻归路"，进一步渲染了渔父醉后神不附体、欲归无路的昏沉状态。连东南西北都弄不清楚，回去的道路也找不到了，只好"轻舟短棹任斜横"，以至于"醉后不知何处"。最后两句为点题之笔，反映了渔父那种狂放不羁、自由自在的恬淡生活心态。

　　该词先描写后叙述，描写与叙述融会运用，集中渲染了渔父"醉"后百事皆空的心境。从某种意义上来说，此词隐含了道家崇尚自然、清净无为的思想，反映了词人随缘放旷、任天而动的达观胸怀。

# 渔父·渔父醒

## 【宋】苏轼

　　渔父醒，春江午①，梦断②落花飞絮。酒醒还醉醉还醒，一笑人间今古③。

**【注　释】**

①午：正午，晌午。　　　②梦断：梦醒，酒醒。　　　③今古：古往今来。

**译　文**

　　渔父酒醒以后，春江上时光已是正午。醒来只见阵阵落花飞絮。醒了以后还会再喝醉，醉了以后又会再醒。将古往今来人间的功名利禄付之一笑。

**〔赏析〕**

　　"渔父醒，春江午"，描叙渔父从醉到醒经历的时间。春江正午，生机勃勃，自然清新。由烂醉到沉睡，再到延醒，时间长达半天，表现了渔父的生活是自由自在、无拘无束、乐天而动的。"梦断落花飞絮"，渔父一觉醒来，只见杨柳依依，"落花飞絮"，一派春光满江滨，令渔父感到赏心悦目。

"酒醒还醉醉还醒，一笑人间今古"，为画龙点睛之笔。醉—醒，醒—醉，醉—醒，反复传递，刻画了醉翁渔父的处世形象，富有哲理性。此处点化运用了白居易关于诗人饮—醉—吟"循环"式的人生真谛的妙笔，道出了在封建社会里，世界上最清醒的人是渔父，是渔父一类的诗人。渔父们每饮一次、醉一次、醒一次、吟一次，认识世界、认识生活的境界就升华一次。循环往复，不断进行，最终自然精辟地发出"一笑人间今古"的深沉感叹。

# 对 酒

【宋】陆游

闲愁①如飞雪，入酒即消融。

好花如故人，一笑杯自空。

流莺②有情亦念我，柳边尽日啼春风。

长安不到十四载③，酒徒④往往成衰翁。

九环宝带⑤光照地⑥，不如留君双颊红⑦。

【注 释】

①闲愁：闲暇的忧愁。

②流莺：鸣声婉转的黄莺。

③"长安"句：陆游自隆兴元年（1163）被免去枢密院编修官离开临安，到写此诗时的淳熙三年（1176），已历14年。长安，代指南宋都城临安。

④酒徒：嗜酒者。

⑤九环宝带：古时帝王和官僚穿常服时用的腰带，这里指佩带此种"宝带"的权贵。

⑥光照地：兼用唐敬宗时臣下进贡夜明犀，制为宝带，"光照百步"的典故。

⑦双颊红：饮酒至醉，双脸发红。

## 作者名片

陆游（1125—1210），字务观，号放翁，越州山阴（今浙江绍兴）人，尚书右丞陆佃之孙，南宋文学家、史学家、爱国诗人。陆游一生笔耕不辍，诗词文具有很高成就。其诗语言平易晓畅、章法整饬谨严，兼具李白的雄奇奔放与杜甫的沉郁悲凉，尤以饱含爱国热情对后世影响深远。有手定《剑南诗稿》85卷，收诗9000余首。又有《渭南文集》50卷、《老学庵笔记》10卷及《南唐书》等。书法遒劲奔放，存世墨迹有《苦寒帖》等。

## 译 文

闲来的忧愁像飞雪一样，落入酒杯中就自然消融。

美丽的花朵像故人一样，一阵欢笑就自然而空。

婉转的黄莺似乎有情地眷恋我，从早到晚鸣叫在柳树边的春风中。

居住长安还不到十四年，嗜酒者常常变成了老翁。

纵然有权贵的宝带光芒照大地，还不如挽留您痛饮个双颊绯红。

## 赏析

诗开头四句为第一层，写饮酒的作用和兴致，是"对酒"的经验和感受。这一层以善于运用比喻取胜。"酒能消愁"是诗人们不知道说过多少遍的话了，陆游却借助于"飞雪"进入热酒即被消融作为比喻，便显得新奇。以愁比雪，文不多见；飞雪入酒，事亦少有；通过"雪"把"愁"与"酒"联结起来，便有神思飞来之感。对着"好花"可助饮兴，说来还觉平常，把花比为"故人"，便马上平添助饮之力，因为对着好友容易敞怀畅饮的事，是人们所熟悉的。通过"故人"，又把"好花"与"空杯"的关系联结起来，便更增助饮。这两个比喻的运用，新鲜、贴切而又曲折，表现了诗人有极丰富的想象力和生活经验，有极高的艺术创造才能，使诗篇一开始就有了新奇而又真切动人的气概。

"流莺"两句为第二层，补足上文，表自然景物使人"对酒"想饮之意，并为下层过渡。"流莺有情"，在"柳边"的"春风"中啼叫，承接上文的"好花"，显示花红柳绿、风暖莺歌的大好春光。春光愈好，即愈动人酒兴，写景是围绕"对酒"这一主题。这一层写景细腻、秀丽，笔调又有变化。

结尾四句为第三层，从人事方面抒写"对酒"想饮之故。第一句写自己的一段经历，慨叹年华飞逝。第二句不怀念首都的权贵，而只怀念失意纵饮的"酒徒"，则诗人眼中人物的轻重可知，这些"酒徒"，当然也包括了一些"故人"。身离首都，"酒徒""故人"转眼成为"衰翁"，自然诗人身体的变化也会大体相似，则"衰翁"之叹，又不免包括自己在内。"酒徒"中不无壮志难酬、辜负好身手的人，他们的成为"衰翁"，不仅有个人的身体变化之叹，而且包含有朝廷不会用人、浪费人才之叹。这句话外示似无关紧要，内涵深刻的悲剧意义。这两句在闲淡中发出深沉的感慨，下面两句就在感慨的基础上发出激昂的抗议之声了。"九环宝带光照地"，写权贵的光辉显耀；接下来一句，就用"不如"饮酒来否定它。用"留君双颊红"写饮酒，色彩绚丽，足以夺"九环宝带"之光，又与"衰翁"照应，法密而辞妍，既富力量，又饶神韵。

陆游写此诗侧重蔑视权贵而痛饮。陆游的醉酒是一种酣畅淋漓的解脱，解脱之后的清醒，清醒之后的超俗。他雄视千古、傲岸王侯的精神气质，不计前嫌、渴望进取的生命意志都在饮酒中得到充分张扬。

# 醉中感怀

【宋】陆游

早岁君王记姓名，只今憔悴<sup>①</sup>客边城。
青衫犹是鹓行<sup>②</sup>旧，白发新从剑外<sup>③</sup>生。
古戍旌旗秋惨淡，高城刁斗<sup>④</sup>夜分明。
壮心未许全消尽，醉听檀槽<sup>⑤</sup>出塞声。

## 【注 释】

①憔悴：忧貌。
②鹓（yuān）行：指朝官的行列。
③剑外：唐人称剑阁以南蜀中地区为剑外。
④刁斗：古代军中用具，白天用来烧饭，晚上敲击巡更。
⑤檀槽：用檀木做的弦乐器上的格子，这里指代军乐。

## 译 文

年轻时蒙君王记起陆游，现如今居边城憔悴哀愁。
依旧是穿青衫位列八品，早已剑阁门外白发满头。
古堡上飘旌旗秋色惨淡，深更夜响刁斗声震城楼。
怀壮志收失地此心未灭，醉梦中闻军乐出塞伐胡。

## 〔赏析〕

诗的一、二句于今昔变化之中自然流露出"感怀"之意，意犹未尽，于是再申两句——"青衫犹是鹓行旧，白发新从剑外生"。身上穿的还是旧日"青衫",那也就含有久沉下僚的感叹。青衫依旧,白发新生,形象真切,自成对偶。同时,第三句又回应了第一句,第四句又补充了第二句,怀旧伤今,抚今追昔,回肠千转,唱叹有情。

诗的前四句从叙事中写自己的遭遇和感慨,五、六两句转为写景——秋天,古堡上的旌旗在秋风中飘拂,笼罩着阴郁惨淡的气氛;夜深了,城头上巡更的刁斗声清晰可闻。这显然是一个战士的眼中之景,心中之情。这一联虽是写景,却是诗中承上启下的枢纽,所以接着便说"壮心未许全消尽,醉听檀槽出塞声"。诗人壮心虽在,欲试无由,唯有寄托于歌酒之中。尾联两句再经这样一层转折,就更深刻地反映了他那无可奈何的处境及其愤激不平的心情,也刻画出诗人坚贞倔强的性格。

全诗跌宕淋漓,有不尽之意,体现诗人七律造诣之深。

## 题醉中所作草书卷后

【宋】陆游

胸中磊落藏五兵①,欲试无路空峥嵘②。

酒为旗鼓笔刀槊③,势从天落银河倾。

端溪石池④浓作墨,烛光相射飞纵横。

须臾收卷复把酒,如见万里烟尘清⑤。

丈夫⑥身在要有立⑦,逆虏⑧运尽行当平。

何时夜出五原塞⑨,不闻人语闻鞭声!

## 【注 释】

①五兵：即古代戈、殳、戟、酋矛、夷矛等五种兵器，此处借指用兵韬略。

②峥嵘（zhēng róng）：山势高峻的样子，此处喻满怀豪情。

③槊（shuò）：长矛，古代兵器之一。

④端溪石池：指端砚，为名砚。端溪在今广东高要市，古属端州。

⑤烟尘清：比喻战斗结束。

⑥丈夫：大丈夫，陆游自指。

⑦立：指立身处世，即立德、立言、立功。

⑧逆虏：指金侵略者。

⑨五原塞：在今内蒙古自治区五原县，汉时曾从此处出兵，北伐匈奴。

## 译 文

　　胸中自有军事谋略，想要试炼一番却没有门路，空怀豪情。草书如同行军打仗，书写前喝酒，好似军中的旗鼓以壮声威，手中的笔好似战士的刀枪，其气势如同银河从天上倾泻而下。以端溪出产的砚台磨墨，在烛光的照耀下，下笔纵横如飞。瞬间就完成草书，又端杯饮酒，就像打了一场胜仗，消除国难，恢复了太平，感觉酣畅淋漓。有志男儿当建立功业，有所立身，金人侵略者的命数已尽，应当去平定他们。何时才能够像汉朝时在五原塞出兵讨伐匈奴那样北伐金人呢？我已能想象到我军队伍十分整肃的场景，只听到扬鞭催马的声音，而没有人语声。

## 〔赏析〕

　　陆游是南宋有名的书法家，由于胸藏五兵，欲试无路，因此引起下面借酒浇愁、作书泄愤的生动描绘。三至六句在我们面前展示了一幅醉中作草书的生动画面。诗人把为国平胡尘的战斗场面和整个草书的过程（蓄势、疾书、书成）以及高超的草书技巧自然而紧密地结合起来了。比喻的运用也十分成功。"须臾收卷复把酒，如见万里烟尘清"，写出扫除敌人、平逆虏后的清平景象和诗人的得意神情。"何时夜出五原塞，不闻人语闻鞭声"呼应开头，直接表达了诗人渴望参加收复国土战斗的迫切心情，向人展示了一幅夜袭敌营的生动画面，而诗人纵马疾驰、英勇矫健的身影也跃然在目。

诗中借醉中作草书的情况，表达了诗人为国立功的思想感情。诗中表明作者为国征战的愿望无法实现，便把豪情寄托于饮酒和写字当中。诗人从作草书联想到用兵，表现他时时处处不能忘情于收复国土。最后，诗人又从书、酒之中返回到现实，盼望着早日出关塞、平逆虏、立军功。

# 三月十七日夜醉中作

【宋】陆游

前年脍鲸东海上，白浪如山寄豪壮；
去年射虎南山秋，夜归急雪满貂裘。
今年摧颓①最堪笑，华发苍颜羞自照。
谁知得酒尚能狂，脱帽向人时大叫②。
逆胡③未灭心未平，孤剑床头铿④有声。
破驿梦回灯欲死⑤，打窗风雨正三更。

【注　释】

①摧颓：摧丧颓废，精神不振。
②"脱帽"句：写酒后狂态。杜甫《饮中八仙歌》："张旭三杯草圣传，脱帽露顶王公前。"
③逆胡：旧称侵扰中原地区的北方少数民族。
④铿：金属撞击声。
⑤灯欲死：灯光微弱，即将熄灭。

## 译 文

前些年在东海遨游，切细鲸鱼肉做羹汤，眼前是如山白浪，激起我豪情万丈。去年在终南山下射虎，半夜里回营，漫天大雪积满了我的貂裘。今年摧丧颓废真令人发笑，花白的头发，苍老的容颜，使人羞于取镜一照。谁能料到喝醉了酒还能做出狂态，脱帽露顶，向着人大喊大叫。金虏还没消灭我的怒气不会平静，那把挂在床头上的宝剑也发出铿然的响声。破败的驿站里一觉醒来灯火黯淡欲灭，风雨吹打着窗户，天气约莫是半夜三更。

## 〔赏析〕

诗前六句怀念过去，回视今日。诗说前些年在白浪如山的东海中遨游，把鲸鱼肉切细了做鱼羹；去年在南山射虎，晚上归来，雪满貂裘。这回忆过去的四句，脍鲸事是虚写，打虎事是实写，风格十分豪壮，气魄很是雄伟。写白浪、急雪，都寄托了自己勇往直前的大无畏精神。正因为前年、去年的生活都过得很有意义，尤其是去年在南郑，地处前沿，更符合他杀敌立功的抱负，比较下来，更加显得今年的不堪。他想到自己已年近五十，容颜苍老，颓唐失意，感到非常愁闷。"最堪笑""羞自照"是自我解嘲，中间埋藏着无限的不平与感伤。祖国的前途如何？自己的前途又如何？他痛苦地求索着。

于是，诗人借酒消愁，醉后，满腔的激愤都喷发了出来。表面上，他惊诧自己居然酒后能狂，脱略形骸，然而透视他的内心，这不是醉醺醺的狂态。其实诗人是在凭借醉酒，抒发心中强烈的不平，痛恨国家恢复无策，坐失良机，正如下面所说的，是"逆胡未灭心未平"，自己也同"孤剑床头铿有声"。这两句正面的叙述，正是诗人慷慨的誓词，与他在《长歌行》

中所说的"国仇未报壮士老，匣中宝剑夜有声"相同，都表现了赴沙场杀敌的渴望及蹉跎岁月的苦闷。

最后，诗人酒醒了，身在破败的驿站里，梦醒后，眼前是黯淡的灯光，窗外是风声雨声。这两句写得低沉郁闷，是写景，也是抒情。那昏昏灯火，那凄厉的风雨声，更使诗人心中扰乱不堪，更何况，这半夜的风雨，在诗人刚才的梦中，正像他在《十一月四日风雨大作》中所述"夜阑卧听风吹雨，铁马冰河入梦来"。

# 千年调·蔗酒向人时

### 【宋】辛弃疾

蔗庵①小阁名曰"厄言②"，作此词以嘲之。

厄③酒向人时，和气先倾倒。最要然然可可④，万事称好。滑稽坐上，更对鸱夷笑⑤。寒与热，总随人，甘国老⑥。

少年使酒⑦，出口人嫌拗。此个和合道理，近日方晓。学人言语，未会十会巧。看他们，得人怜，秦吉了⑧。

## 【注 释】

①蔗庵：指郑汝谐，字舜举，号东谷居士，浙江青田人。他力主抗金，稼轩称他"老子胸中兵百万"。郑汝谐在信州建宅院，取名"蔗庵"，并以此为号。

②卮（zhī）言：没有立场，人云亦云的话。
③卮：古时一种酒器，酒满时就倾斜，无酒时就空仰着。
④然然：对对。可可：好好。
⑤滑稽、鸱（chī）夷：古时的酒器。
⑥甘国老：指中药甘草。
⑦使酒：喝酒任性。
⑧秦吉了：鸟名。能言，尤胜鹦鹉，黑色，黄眉。

## 作者名片

辛弃疾（1140—1207），原字坦夫，改字幼安，别号稼轩，历城（今山东济南）人，南宋官员、将领、文学家，豪放派词人，有"词中之龙"之称。与苏轼合称"苏辛"，与李清照并称"济南二安"。宋恭帝时获赠少师，谥号"忠敏"。其词艺术风格多样，以豪放为主，风格沉雄豪迈又不乏细腻柔媚之处。其词题材广阔又善化用典故入词，抒写力图恢复国家统一的爱国热情，倾诉壮志难酬的悲愤，对当时执政者的屈辱求和颇多谴责；也有不少吟咏祖国河山的作品。现存词 600 多首，有词集《稼轩长短句》等传世。

## 译　文

郑汝谐给自己的小阁楼取名"卮言"，我因此作这首词来嘲笑他。

有些人就像那装满酒就倾斜的酒卮，处处是一副笑脸，见人就点头哈腰。他们最要紧的是唯唯诺诺，对什么事都连声说好。就像那筵席上滑稽对着鸱夷笑，它们都擅长整天旋转把酒倒。不管是寒是热，总有一味药调和其中，这就是那号称"国老"的甘草。

我年轻时常常饮酒任性，说起话来别人总嫌执拗。这个和稀泥的处世哲学直到近来我才慢慢知晓。可惜我对那一套应酬语言，还没有学得十分巧妙。瞧他们真会讨人喜欢，活像那跟人学舌的秦吉了！

[赏析]

开篇两句，辛弃疾将人比作酒器，形象生动地描绘出那些见风使舵、阿谀奉承之人的可笑姿态。一个"先"字将官场小人低眉顺目、争先恐后吹捧的动作充分表现出来。接下来两句，词人进一步从语言上描写官员们笑眯眯、点头哈腰顺从统治者，凡事都说"好、好、好"的谄媚之态。

"滑稽坐上，更对鸱夷笑"两句描绘出腐败官场上人们应酬中相互吹捧、言谈虚情假意的场面。"寒与热，总随人，甘国老"，词人在此用来指那些没有原则、一味跟从、和稀泥的人。

下片开头中的少年指词人自己。史书记载，辛弃疾22岁就在抗金前线冲阵杀敌，可称少年英雄，但因其为人正直、不善奉承而遭人排挤，正如其说的"出口人嫌拗"。"此个和合道理，近日方晓。学人言语，未会十会巧。"在官场中要顺从、虚伪才能讨得君主的欢心，这个道理，"我"现在才明白，但是要效仿这些人，"我"却正好不擅长。词人此处的自嘲和上文那些趋炎附势的小人形象形成鲜明对比，突出词人不与世俗同流合污、洁身自好的高尚品格。

结尾三句中，词人以幽默的笔调调侃：看他们那些得宠的人，都是像学舌鸟一样会唯命是从，攀附权势。

辛弃疾用诙谐的口吻描述了一场"物"的狂欢，这些物都有着南宋官场得宠之人相似的特质：随人俯仰、圆滑虚伪、碌碌无为。当时南宋正处于山河破碎、民不聊生之时，可朝廷却只一味偏安，宠信小人。词人正是通过揭露当时朝廷官员的丑恶嘴脸来反衬自己的正直和有为，但正是因为这样，他才得不到重用，因而内心充满悲痛与不甘。

# 沁园春·将止酒戒酒杯使勿近

【宋】辛弃疾

杯汝来前！老子今朝，点检形骸①。甚长年抱渴②，咽如焦釜③；于今喜睡，气似奔雷④。汝说"刘伶，古今达者，醉后何妨死便埋"⑤。浑如此，叹汝于知己，真少恩哉！

更凭歌舞为媒。算合作人间鸩毒猜⑥。况怨无小大，生于所爱；物无美恶，过则为灾。与汝成言，勿留亟退，吾力犹能肆⑦汝杯。杯再拜，道麾⑧之即去，招则须来。

【注　释】

①点检形骸：检查身体。
②甚：说什么。抱渴：得了酒渴病，口渴即想饮酒。
③焦釜：烧煳的锅。
④气似奔雷：鼾声如雷。
⑤"汝说"句：《晋书·刘伶传》载，刘伶纵酒放荡，经常乘一辆车，带一壶酒，令人带着锄头跟随，并说"死便掘地以埋"。
⑥算合作：算起来应该看作。鸩毒：用鸩鸟羽毛制成的剧毒，溶入酒中，饮之立死。古时常以鸩酒杀人。
⑦肆：原指处死后陈尸示众。这里指打碎酒杯。
⑧麾（huī）：同"挥"。

【译　文】

酒杯，你靠近我跟前来，老大今天要整饬自身，不使它再受到伤害。为什么我经年累月酒喝若狂，喉咙干得像焦釜，真不自在；现在我终于患病疏懒嗜睡，一躺下便鼾声如雷。你却说："刘伶是古今最通达的人，他说醉死何妨就地埋。"可叹啊，你对于自己的知心朋友，竟然会说出这样的话来，真是薄情少恩令人愤慨！

再加上以歌舞作饮酒的媒介，算起来应该把酒当作鸩毒疑猜。何况怨恨不管是大是小，都产生于人们过分的钟爱；事物无论多么美好，喜爱过度也会变成灾害。现在我郑重地与你约定："你不要再逗留，应当赶快离开，我的力量仍然可以将你摔坏。"酒杯惶恐地连连拜谢，说："你赶我走，我就离去；招我来，我也一定再回来。"

## 〔赏析〕

　　辛弃疾的词，素以风格多样而著称。他的这首《沁园春》，以戒酒为题，便是一首令人解颐的新奇滑稽之作。题目"将止酒戒酒杯使勿近"就颇新颖，似乎病酒不怪自己贪杯，倒怪酒杯紧跟自己，从而将酒杯人格化，为词安排了一主（即词中的"我"）一仆（即杯）两个角色。全词通过"我"与杯的问答，风趣而又委婉地表达了作者对南宋政权的失望与自己心中的苦闷。

# 贺新郎·和徐斯远下第谢诸公载酒相访韵

### 【宋】辛弃疾

　　逸气轩眉宇。似王良①轻车熟路，骅骝②欲舞。我觉君非池中物③，咫尺蛟龙云雨。时与命犹须天付。兰佩芳菲无人问，叹灵均④欲向重华⑤诉。空壹郁⑥，共谁语？

儿曹不料扬雄赋。怪当年《甘泉》误说，青葱玉树。风引船回沧溟阔，目断三山⑦伊阻。但笑指吾庐何许。门外苍官⑧千百辈，尽堂堂八尺须髯⑨古。谁载酒，带湖去。

## 【注 释】

①王良：一名孙无政，晋之善御马者，为赵简子御。
②骅骝（huá liú）：良马名，相传为周穆王八骏之一。
③池中物：喻蛰居一隅、无远大抱负之人。
④灵均：即屈原。
⑤重华：舜的别号。
⑥壹郁：忧闷。
⑦三山：指传说中的蓬莱、方丈、瀛洲。
⑧苍官：松柏的别称。
⑨须髯（rán）：络腮胡子。

## 译 文

徐斯远眉宇间的气度风采超逸轩昂。我想您赴试就应该像王良驾驭马车一样轻车熟路，怎能不一试而中？我认为友人本来就不是池中之物，应该像蛟龙得云雨一样能够大展宏图。但是时机和命运的好坏还需要看天意如何。想那屈原的才华与人品就如同兰芷一样，却同样感慨时运不济，何况是我们这样的人呢？

主考官就像是当年左思误评扬雄的《甘泉赋》一样，不识徐斯远文章之妙，以致使其落第。友人徐斯远落第，其报国理想难以实现，就像是乘船去寻找传说中的仙山，因其虚无缥缈，所以总是难以到达。我只是笑着指着我的茅庐问道：看看如何？谓住所外长有千百株挺拔苍健的松柏，他们也都隐居山林，尚未得志。劝解友人暂时载酒带湖，乐而忘忧。

〔赏析〕

起韵先以一单句，勾勒出友人超逸轩昂的精神风采，是为起端定性，为下文的当遇而不遇张本。接韵顺势而下，写自己当初以为他的出试，就像善于驾车的王良驾着骏马拉着的车子上路一样，既是轻车熟路，想是必然高中。三韵再行渲染铺张，表明自己曾以为友人此番出试，定如暂时蜷缩于池中的蛟龙将要得雨一样，腾飞指日可待，高中是必然之势。在以王良和蛟龙为比，做了这样尽情地渲染之后，四韵忽然一跌，以时命犹待天意为辞，暗示出朋友的落第事实和落第的原因。这原因不是因为文才不足，而是因为时命不济。五韵以屈原犹且不遇为喻，表达他对友人落第的宽慰和不平感。屈原是个品性高洁、才华过人的古代志士，他尚且无人过问，怀抱冷落，为此曾经激愤地向重华（舜）陈辞，那么友人的不遇岂不可以理解？这里的用典，既包含着词人对天下才士收场一例凄凉的悲愤感，又表达了他以重比轻、要友人看轻自己的落第的用意。上片末韵，由屈原和友人的不平遭遇而来，写出了他的同情式的理解。这里的"空"字、"共谁语"的反问，包含着浓烈的感情，表达的是才人在历史上总不得志的郁闷和孤独感。这是一石三鸟，既写出了落第友人的当下感受，也兼点出了屈原的感受，还隐含着词人自己的生命感受。

过片由己及人，或者不如说由朋友及于考官，表达他对于考官无才乏学、埋没人才的讽刺。词人用"儿曹"称呼他们，就有鄙视之意。又以"扬雄赋"来形容友人妙文，措辞之间，褒贬立见。接韵讽刺考官看到友人妙文而不识其妙，反而觉得它很可怪。并判友人落第的无才无识。三韵运用典故，表明因为落第，友人的理想变成了可望而不可即之境的大恨。这里的典故运用几于妙化：事实的沧溟即大海，可以象征人生；海上三山望之在前、即之在下、寻访者被"风引船回"的神话，可以象征人对于理想追求的难以实现；人对于理想的仰望与被阻绝，与访求三山之人终究不得接近三山的情形相同。同时，这个典故特别能说明友人下第后的心理感受。四韵与上片四韵一样，在尽情地铺张后一笔掉转，形成词情的跌宕起伏。它一笔写出了友人抖落悲哀和怅恨、抖落人世浮尘而襟怀高朗、冲淡的新状态。这是一个摆落尘网、归心自然的高人散士的神态。"笑指"一词，尤为传神。以下由此引发，一气直下，仿佛久郁的心胸豁然开朗似的，写出友人归心带湖、载酒忘忧的风采。"门外"一韵，人与境谐。其门外千百株高大、古老的苍松翠柏，与门内不阿附屈曲的堂堂须眉，形成了异类同情的互喻。词首"逸气轩眉宇"的友人形象，再次得到了呼应。同时，松柏环聚的处所，也是幽人雅士的隐身之地，这就显出了友人淡泊功名的趣味。结韵暗扣题面"谢诸公载酒相访"，以邀请朋友们来到这门外有松柏、门内有高士的清幽带湖饮酒作乐，归结全篇。

# 水调歌头·和马叔度游月波楼①

### 【宋】辛弃疾

客子久不到，好景为君留。西楼著意吟赏，何必问更筹②？唤起一天明月，照我满怀冰雪，浩荡百川流。鲸饮未吞海，剑气已横秋。

野光浮。天宇迥，物华③幽。中州④遗恨，不知今夜几人愁。谁念英雄老矣，不道功名蕞尔⑤，决策⑥尚悠悠。此事费分说，来日且扶头⑦。

**【注　释】**

①和：以诗歌酬答；依照别人诗词的题材作诗。马叔度：稼轩友人，生平不详。月波楼：宋时有两个月波楼，一在黄州，今湖北黄冈，一在嘉禾，今福建建阳。不知词人所游何处。
②更筹：古时夜间计时工具，即更签。此指时间。
③物华：泛指美好景物。
④中州：指当时沦陷的中原地区。
⑤蕞（zuì）尔：微小。
⑥决策：指北伐大计。
⑦扶头：形容醉后状态，谓头须人扶。

**译　文**

　　远方的客人已经很久没到这里漫游，可是美丽的风景似乎专门为你保留。我们特意登上西楼吟诗赏月，何必问今夜已是什么时候！我们呼唤出满天皎洁的月光，照见我们的心地像冰雪一样明透。我们的胸襟宽广浩荡，好似百川融汇奔流。我们的豪饮还赶不上巨鲸吞海，腰间的宝剑已光闪闪照耀清秋。

　　原野上银白色的月光到处飘浮，天空高远更显得风景十分清幽。可是想起丢失中原的遗恨，不知今夜有多少人在发愁！那些手握权柄的大人物们，有谁想起有志的英雄已成老朽？不料抗战的功勋还建立得很小很少，朝廷的决策遥遥无期，叫人没盼头。这件事没法分说清楚，让我们明天再喝个大醉方休。

**〔赏析〕**

　　该词上片重在写景，在写景中言情抒怀，情和景很好地做到了统一；下片词人由眼前景想到了心头事，重在抒怀言志，层次清晰，语意层层递进。全篇情景交融，物我两忘，体现了词人忧国忧民的爱国情怀；感情悲壮苍凉，表达了词人对朝廷投降政策的无限愤慨。词人欲抑先扬，行文一波三折，写景形象生动，议论中肯，抒情真实感人。以一种低诉哀迴的语气结尾，别有一种感人的韵味。

# 水调歌头·我饮不须劝

**【宋】辛弃疾**

淳熙丁酉①，自江陵移帅隆兴②，到官之三月被召，司马监、赵卿、王漕饯别。司马赋《水调歌头》，席间次韵。时王公明枢密薨，坐客终夕为兴门户之叹③，故前章及之。

我饮不须劝，正怕酒樽空。别离亦复何恨？此别恨匆匆。头上貂蝉④贵客，苑外麒麟高冢⑤，人世竟谁雄？一笑出门去⑥，千里落花风⑦。

孙刘辈，能使我，不为公。余发种种如是，此事付渠侬⑧。但觉平生湖海⑨，除了醉吟风月，此外百无功。毫发皆帝力⑩，更乞鉴湖东。

## 【注　释】

①淳熙丁酉：淳熙四年（1177）。

②自江陵移帅隆兴：指这年冬天，作者由知江陵府兼湖北安抚使迁知隆兴府（今江西南昌）兼江西安抚使。

③兴：兴起、产生。兴门户之叹：为朝中权贵各立门户、互相倾轧而叹息。王炎先与宰相虞允文有矛盾，允文推荐吏部侍郎王之奇代替王炎的官职；后来朝廷又任命王炎为枢密使。其后王炎以观文殿学士太中大夫知潭州，被汤邦彦论欺君之罪，因而落职。再后，考宗恢复资政殿大学士之职。

④貂蝉：即貂蝉冠，三公、亲王在侍奉天子祭祀或参加大朝时穿戴。貂蝉贵客：这里实指当朝权贵王炎。

⑤苑外麒麟高冢：由杜甫《曲江》的"江上小堂巢翡翠，苑边高冢卧麒麟"化出。意谓王炎划为当朝权贵，今已化为墓中异物。

⑥一笑出门去：由李白的《南陵别儿童入京》"仰天大笑出门去"化出。

⑦千里落花风：因作者被召离任，在淳熙五年晚春，故云。

⑧此事：指富贵之事。渠侬：他们、别人。

⑨湖海：湖海豪气，即豪放的意气。

⑩毫发皆帝力：言自己的一丝一毫都是皇帝恩赐的。

## 译 文

淳熙丁酉年，我从江陵调任隆兴，到官后的二月又被召为大理寺卿，司马监、赵卿、王漕等人为我饯别。司马作《水调歌头》词，我在宴席上作了和词。当时王公明枢密去世，座上客人整体为朝中权贵各立门户、互相倾轧而叹息，所以在词的前阕提到这件事。

我饮酒不需要劝杯，反而担心酒杯空了。分别相离也是可恨的事情，这次的分别是那么匆忙。酒席上美女贵宾云集，花园外豪富高门坟冢，人世间谁能算是英雄？一笑出门而去，千里外的风吹得花落。

孙权刘备这样的人物，才能指使我做事，而不是阁下。我发出种种的感慨，这些交心于你知道。只是感觉自己一生游遍湖海，除了喝醉吟些风花雪月，便是一事无成。身上的所有东西都是陛下赐予，希望我在湖北的作为能使君王明鉴。

## 〔赏析〕

根据词序，可知此词是为两件事而发：一是频繁的调任；二是朝廷内部的门户之争。而究其深意，词所要表现的，实是宦迹不定、人事掣肘使词人壮志难酬的牢骚不平之情。

词的上片从眼前饯别之情切入，点出别恨匆匆的遗憾。但从其"正怕酒樽空"的心理活动来看，词人心中积郁的愁情，绝不仅仅是离别僚友们的感情。这一起句，就有包藏万有之力，为下文进一步抒发各种人生忧思立好了基调。"头上"三句，以旁观者的洞达，对争名争利而兴门户私计的朝廷政要做出讽刺，言纵使生前为"贵客"，死后立"高累"，终不能称雄一世。这是对兴门户争私利者的无情嘲笑和无比蔑视，而又以旷达的语气出之，显示出词人不同流俗的思想境界。因为有这样旷达的思想托底，在上片末句，词人就能以清丽飘逸的意境，表现出词人不虑俗情的潇洒放逸怀抱。"一笑"句，虽是借用李白"仰天大笑出门去，我辈岂是蓬蒿人"的典故，可是用典浑化无迹，直如冲口而出；"落花风"将时令特征以丽辞写出；而"千里"的形容，则更使落花美景由宴前而宕开无际，由实返虚，合实与虚，使词境显得更为深邃、灵活、摇荡。从章法上讲，结句又将离隆兴而赴行都的词作"本事"做出了必要的交代。上片就这样，由开头的别恨匆匆转到无恨可遣，意路多变，笔法摇曳。

　　下片首句，从小处说，是承接上片末句"出门去"而来，是写此番去朝廷为官的态度。从大处说，则词人之所以要考虑这个问题，是与上文所讽刺的朝廷政要兴门户私计的政治现状分不开的，所以是上文主旨的一个顺承和延展。这里的"孙刘辈"，应有所指下二句，以退为进，明看是写词人衰老憔悴之态，说任凭朝中权贵结党营私、大兴门户。实际上，这是对庸俗世风的有力抨击。究其含意，则稼轩之所以会如此衰老，都是因朝廷政要热衷于门户私斗、党派斗争，而对稼轩所向往的恢复大计则不仅不予理睬，反而对词人猜忌有加，频繁调动。全词开头词人"正怕酒樽空"即想要借酒浇愁的心理活动，在此也找到了部分解释。以下五句，看起来渐近颓唐萧瑟。词人这一生，除了湖海漂流、醉吟风月之外，根本无所建树。既然一切都由天子之力，词人真想乞求退休，归隐于镜湖东边的山水之中去。但反过来看，这里面却充满了爱国者的牢骚不平、悲愤与讽刺。因为词人的"此外百无功"，是由于生在这样一个不给机会的政治时代，处处受人掣肘之故。既然词人只手难挽狂澜，倒不如归隐林泉，以免受人倾轧。是对理想受阻的再一次纾愤，是对朝廷政治气氛的辛辣讽刺。这样的"反话"，也能显示出稼轩词气豪健、慷慨内敛的抒情风格。

# 最高楼·醉中有索四时歌者为赋

【宋】辛弃疾

长安道，投老①倦游归。七十古来稀②。藕花雨湿前湖夜，桂枝风澹小山时。怎消除？须瘨酒③，更吟诗。

也莫向竹边孤负雪。也莫向柳边孤负月。闲过了，总成痴。种花事业无人问，惜花情绪只天知④。笑山中：云出早，鸟归迟⑤。

## 【注 释】

①投老：垂老，临老。
②"七十"句：语出杜甫《曲江二首》诗："酒债寻常行处有，人生七十古来稀。"
③瘨（tì）酒：困于酒。瘨，沉溺，困倦。
④"惜花"句：辛弃疾《摸鱼儿·更能消几番风雨》："更能消、几番风雨。匆匆春又归去。惜春长恨花开早，何况落红无数。"
⑤"云出早"二句：语出陶渊明《归去来兮辞》："云无心以出岫，鸟倦飞而知还。"

## 译 文

从长安告老回家了，在一直待过了七十年之后；多么不易呀，七十年，这自古以来都少有！——我倦了，与其闲置，不如归来。归来好啊。夏天，看荷花：凉雨过后，池塘的夜多美。秋天，看桂花：淡淡的风里，小山也不错。别问怎么打发这日子？——喝酒，喝酒；再不，写写诗吧。

冬天，不要辜负了那竹上的雪。春天，不要辜负了那柳边的月。过闲的人，总有些痴。种花之事无人问津，与花相对的意味，只有老天明了。好笑的是在那山中：云，早早的出去；鸟，迟迟地归来——竟是这般的忙碌！

[赏析]

　　此词本是以寓有四时景物为游戏的。然而于祖国，一片报效不得之忠心，却于字里行间，处处流露了出来。口里说是要用诗酒来打发生活，准备在花月丛中度过自己的余生，而实际却痛苦于种花的事业无人问，而惜花的心情也没有人知道。这"花"分明是有所指的。作为主战派的他们来说，大约也就是指他们统一的大业无人问，而徒有报效之热忱，竟只有天知道了。"无人问""只天知"，对于他们来说，这是无比巨大的悲哀和寂寞。无怪乎他要笑云儿出去这么早，鸟儿归来这么迟，放着大事不干，如此匆匆，所为何来。结合上面的"种花事业"看，则这也就是那一些蝇营狗苟之辈，为自己的利禄而紧张忙碌得可笑罢了。这一"笑"字，写出了诗人多么高尚的情怀，也写出了诗人无比的悲愤之情。

## 鹧鸪天·游鹅湖醉书酒家壁

### 【宋】辛弃疾

　　春入平原①荠菜花，新耕雨后落群鸦。多情白发春无奈，晚日青帘②酒易赊。

　　闲意态，细生涯。牛栏西畔有桑麻③。青裙缟袂④谁家女，去趁蚕生看外家⑤。

【注　释】

①平原：广阔平坦的原野。
②青帘：旧时酒店门口挂的幌子，多用青布制成。这里借指酒家。
③桑麻：桑树和麻。植桑饲蚕取茧和植麻取其纤维，同为古代农业解决衣着的最重要的经济活动。亦泛指农作物或农事。

④青裙缟袂（gǎo mèi）：青布裙、素色衣。谓贫妇的服饰。此处借指农妇，贫妇。
⑤外家：泛指母亲和妻子的娘家。

## 译　文

　　春天来临，平原之上恬静而又充满生机，白色的荠菜花开满了田野。土地刚刚耕好，又适逢春雨落下，群鸦在新翻的土地上觅食。忽然之间适才令人心情舒爽的春色不见了，愁绪染白了头发。心情沉闷无奈，只好到小酒店去饮酒解愁。

　　村民们神态悠闲自在，生活过得井然有序，牛栏附近的空地上也种满了桑和麻。春播即将开始，大忙季节就要到来，不知谁家的年轻女子，穿着白衣青裙，趁着大忙前的闲暇时光赶着去走娘家。

## 〔赏析〕

　　这是一首借景抒情的小词。词的前两句"春入平原荠菜花，新耕雨后落群鸦"，寥寥数笔，把一幅乡间春色栩栩如生地描绘了出来。由荠菜开花而说"春入"，对平凡微贱的荠菜花寄予了极大的感情，又把"群鸦"写得充满生意，一点不像平时人们所见的那副使人讨厌的聒噪相。词人留意和刻画这些细物细事，可见其意态闲适。但是，接下来两句"多情白发春无奈，晚日青帘酒易赊"，情绪陡变，适才令人心情舒爽的春色不见了，万种愁绪染白了的头发。词中说的是"白发"，实际上讲的是"愁绪"。这里"多情"二字写得诙谐，恰如其分地传递出词人那种带有苦味的诙谐。词人想借酒浇愁，可这酒又不能解除他内心的愁。

　　下阕写的是一幅农村景象：与词的开篇几句不同，下片词人从近处落笔，一个"闲"字，一个"细"字，一个"有"字，一个"趁"字，把农村生活的闲适与古朴活脱脱地展现在人们的面前。然而，词人越是写闲适、古朴，越是让人联想到"多情白发春无奈，晚日青帘酒易赊"所流露出来的那种烦闷和无可奈何的情绪。词人无一字写自己，尽情描写客观景象，着力描绘了一个"无我之境"，实际上"我"尽在其中。词人采用这种高超的艺术手法，把烦乱复杂的失意之情在这闲适的氛围中凸显得淋漓尽致。透过农家们恬然自安的心态，可以更真切地看到英雄无用武之地的词人那种无奈背后的不甘闲居的进取之心，那种追求祖国统一的执着。

## 朝中措·长年心事寄林扃

**【宋】范成大**

长年心事寄林扃①，尘鬓已星星②。芳意不如水远，归心欲与云平。

留连一醉，花残日永③，雨后山明。从此量船载酒，莫教闲却春情。

【注　释】

①长年心事寄林扃（jiōng）：指长久以来希望隐居的心愿。
②星星：鬓发花白貌。
③花残日永：花已凋谢，白日也更显漫长。

【作者名片】

范成大（1126—1193），字至能（《宋史》等误作"致能"），一字幼元，早年自号此山居士，晚号石湖居士，平江府吴县（今江苏苏州）人。南宋名臣、文学家、中兴四大诗人之一。范成大素有文名，尤工于诗。他从江西派入手，后学习中、晚唐诗，继承白居易、王建、张籍等诗人新乐府的现实主义精神，终于自成一家。风格平易浅显、清新妩媚。诗题材广泛，以反映农村社会生活内容的作品成就最高。与杨万里、陆游、尤袤合称南宋"中兴四大诗人"（又称南宋四大家）。其作品在南宋时已产生了显著的影响，到清初影响更大，有"家剑南而户石湖"的说法。今有《石湖集》《揽辔录》《吴船录》《吴郡志》《桂海虞衡志》等著作传世。

## 译 文

　　向往归居的心已有多年，仕途上风尘仆仆，人已疲倦，双鬓如今已经白发点点。想想看追逐名利怎如平淡之水长远，我隐野的决心之大能比得上天。

　　到那时将有无数一醉方休的流连，看花开花落，每日都是快乐的一天，更喜爱那雨后明媚的青山。我将用我的小船装满美酒，邀好友相聚畅饮不断，再不让美好的情景溜走，徒将我的时光空闲。

## 赏析

　　这首词表现了范成大对仕宦生涯的厌倦、淡漠和对归隐山林的向往之情。上片，就云水写怀。"芳意"当指仕宦之情，"归心"则是摆脱官场的退隐之心。词人认为前者"不如水远"，后者却"欲与云平"，所以他才会"长年心事寄林扃"，无时无刻不心向往之。下片，写归隐山林的乐趣。过片三句，设想春景明媚之时，携酒出游，流连一醉，山林间必也其乐陶陶。结尾二句发誓说，从此以后我要载酒船中随意漂游，绝不把大好春光白白错过。全篇表现了一种恬淡的心境，呈现了一个散漫疏阔、洒脱不羁的抒情主人公的形象。这首词与辛弃疾那些豪放纵横的词相比较，便会明显地感受到另一种美。

## 朝中措·清明时节

### 【宋】 张炎

清明时节雨声哗。潮拥渡头沙。翻①被梨花冷看，人生苦恋天涯②。

燕帘莺户，云窗雾阁③，酒醒啼鸦。折得一枝杨柳④，归来插向谁家。

### 【注　释】

①翻：却，表示转折。
②天涯：远离家乡的异地。
③燕帘莺户，云窗雾阁：借指歌楼舞榭。
④杨柳：古时清明节有家家户户门上插柳以驱邪的风俗。

### ▌作者名片

张炎（1248—1320），字叔夏，号玉田，晚年号乐笑翁。祖籍陕西凤翔。六世祖张俊，宋朝著名将领。父张枢，"西湖吟社"重要成员，妙解音律，与著名词人周密相交。张炎是勋贵之后，前半生居于临安，生活优裕，而宋亡以后则家道中落，晚年漂泊落拓。著有《山中白云词》，存词302首。张炎另一重要的贡献在于创作了中国最早的词论专著《词源》，总结整理了宋末雅词一派的主要艺术思想与成就，其中以"清空""骚雅"为主要主张。

## 译文

清明时节，雨声响成一片。江水上涨淹没了渡口的沙滩。路旁，雪白的梨花冷冷地看着我走过，仿佛责怪我这个时候还不思故土，而对他乡的山水花木如此痴情苦恋。

只有到那莺啼燕舞的珠帘绣户，云裳雾鬓的琐窗朱阁，在欢歌曼舞中一醉消愁。酒醒时只听得归鸦啼鸣。归去时随手折了一枝杨柳，走到客舍门前，这才恍然醒悟：此处哪有自己的家门！

### 〔赏析〕

这首词作于宋亡以后，抒发漂泊沦落之悲情。此词写情愁，选景独出心裁，写情愁言愁之精妙，表达之条理。这使在词中平素并不显眼的词语，在词人笔下却显得幽默，有韵味。

"清明时节"二句，描写清明时的雨，不是毛毛细雨，而成了哗哗大雨。恰在此时作者冒雨寻春，却被大雨所困，见到江边水急，浪潮翻涌。

"翻被梨花冷看，人生苦恋天涯。"雨洒梨花，本也是极美妙而又难得的一景，可是张炎并没有照实写来，而是反过来写梨花看人，而且是"冷看"。并且从她那冷淡的眼神中，词人还感受到一种责怪之意——人生于世能像你这样不思故土，而对他乡的山水花木如此痴情苦恋吗！这"遭遇"，这"责怪"，与词人冒雨出游之意，真是适得其反。而又有口难辩，上片至此也就戛然而止，可是无限辛酸，无限悲恨，尽在不言之中。

"燕帘莺户，云窗雾阁，酒醒啼鸦。"雨中寻景不成，因而只能到莺啼燕舞的珠帘玉户消磨时光，一醉解千愁。然而醉乡虽好，难以久留，醉醒客散，只见归鸦啼鸣，人去楼空。

"折得一枝杨柳"二句，杨柳，古时清明节中家家户户门上插柳以驱邪。归去的途中，作者也随手折了一枝杨柳，但走至住所才恍然醒悟——浪流之人羁驻之旅，哪会有自己的家门呢？作者不禁感叹一枝杨柳"归来插向谁家"。一种天涯游子欲归无处、欲住无家的悲哀，猛然袭向心头。一枝无处可插的杨柳，满腹悲怨溢于词中，幽默中见无奈。词人用笔举重若轻，不见着力，是那么自然，用笔之巧，用意之妙，叫人拍案叫绝。

# 除夜对酒赠少章①

**【宋】** 陈师道

岁晚②身何托？灯前客未空③。
半生忧患里，一梦有无④中。
发短愁催白，颜衰酒借红⑤。
我歌君起舞，潦倒⑥略相同。

**【注　释】**

①少章：名秦觏，字少章，北宋著名词人秦观之弟，与诗人交往颇密。
②岁晚：一年将尽。
③未空：（职业、事业）没有落空（即言"有了着落"）。
④有：指现实。无：指梦境。
⑤酒借红：即是"借酒红"的倒装。
⑥潦倒：颓衰，失意。

## 作者名片

陈师道（1053—1102）字履常，一字无己，号后山居士，徐州彭城（今江苏徐州）人，北宋时期大臣、文学家，"苏门六君子"之一，江西诗派重要作家。元祐初年，苏轼等荐其文行，起为徐州教授，历仕太学博士、颍州教授、秘书省正字。一生安贫乐道，闭门苦吟，有"闭门觅句陈无己"之称。陈师道亦能作词，其词风格与诗相近，以拗峭惊警见长。但其诗、词存在着内容狭窄、词意艰涩之病。著有《后山先生集》，词有《后山词》。

## 译　文

一年又将过去，灯下的客人，事业理想都未落空，我却是无所依托。我的前半生都在忧患里度过，梦中的东西在现实中却无法实现。忧愁烦恼催短催白了头发，憔悴的容颜凭借酒力发红。我唱起歌来，你且跳起舞，我俩潦倒的景况大致相同。

[赏析]

这首诗头两句写自己除夕夜孤单，有客来陪，自感十分快慰。中间四句回忆自己半生穷愁，未老已衰。结尾两句与开首呼应，由于主客潦倒略同，同病相怜，于是一人吟诗，一人踏歌起舞。诗中体现了诗人不幸的遭遇和愁苦的心境，也体现了诗人对理想执着追求的精神。

"岁晚身何托？灯前客未空"，是说在明亮的油灯前，客人们正在兴高采烈地喝酒猜拳。这些客人们大都已得到了一官半职，生活有了着落，所以他们是那样无忧无虑。而诗人这一年又过去了，依然像无根的浮萍，随风飘荡，无所依托。除夕之夜，本应合家团聚，可妻子儿女却在远方，难以相见；一年终了，诗人托身何处仍无结果，心中感到抑郁不平。

"半生忧患里，一梦有无中。"这一年，诗人已三十四岁。古人说："三十而立。"而诗人的半辈子却在忧患中度过，虽有才华，却无处施展；虽有抱负，却无法实现，只好在梦中寻求理想，寻求安慰。可梦境和现实截然相反。

"发短愁催白，颜衰酒借红"，是说严酷无情的现实粉碎了诗人美好的梦幻。眼见光阴流逝，愁白了头。这里说"发短愁催白"，他的头上不一定真有白发；说"颜衰酒借红"，他的颜面也不一定真的如此衰老。诗人此处写愁催白发，酒助红颜，无非是表示愁之深、心之苦罢了。

"我歌君起舞，潦倒略相同。"愁不能胜，苦不堪言，满腹牢骚，无人诉说。座中只有当时也是"布衣"的秦少章与诗人遭遇处境略同，可以作为他的知音了。所以在发泄了一肚子的不平之气后，诗人和秦少章一起唱和，两个"潦倒略相同"的人，用歌声来排遣满腹愁绪。这一晚是除夕之夜，他们只希望来年再努力了。全诗针对题目收住，把前面的意思放开，在低沉压抑的气氛中透露出一丝亮光，却正衬出诗人无可奈何的心情。

# 对 酒

【宋】 陈与义

新诗<sup>①</sup>满眼不能裁，鸟度云移落酒杯。
官里<sup>②</sup>簿书<sup>③</sup>无日了，楼头风雨见秋来。
是非衮衮<sup>④</sup>书生老，岁月匆匆燕子回。
笑抚江南竹根枕，一樽呼起鼻中雷。

## 【注　释】

①新诗：新的诗作。
②官里：衙门里，官府里。
③簿书：官府的文书。
④衮衮（gǔn）：相继不绝。

## 作者名片

陈与义（1090—1138），字去非，号简斋，其先祖居京兆，自曾祖陈希亮迁居洛阳，故为宋代河南洛阳人（现在属河南）。他生于宋哲宗元祐五年（1090），卒于南宋宋高宗绍兴八年（1138）。北宋末、南宋初年的杰出诗人，同时也工于填词。其词存于今者虽仅十余首，却别具风格，尤近于苏东坡，语意超绝，笔力横空，疏朗明快，自然浑成，著有《简斋集》。

## 译　文

眼前都是新诗的材料，可我一时无法表达；鸟儿从眼前飞掠，云儿在天上飘浮，都倒映进我的酒杯。做着小官，文书堆案没完没了，使人厌倦；猛抬头，楼前又是一番风雨，秋天已经到来。是是非非，接踵不绝，书生渐渐老去；岁月匆匆，翩翩燕子，已仓促回归。我把一切烦恼都抛到脑后，含笑抚摸着用江南竹根做的枕头，喝醉了酒，美美地睡上一觉，鼾声如雷。

賞析

　　诗首联切题，但以倒装出之。诗人对着酒杯，只见飞鸟掠过，浮云缓移，这一切都倒映在杯中，于是心中若有触动，觉得这是极好的诗料，想写出来，又似乎找不到适当的诗句来表达。

　　颔、颈联写现实生活，抒发感慨。两联都一句说情，一句写景做陪衬，进一步阐发抒情。诗人当时官符宝郎，到这年冬天，即以王黼事罢，出监陈留酒税。这时候，他或许已对官场的倾轧感到了厌恶，而自己已是35岁，官低位贱，展望未来，前程似漆，于是在这两联诗的出句中感叹自己整天忙忙碌碌，周旋于案牍文书之中，没有出头的日子；没完没了的是非恩怨，又缠绕着自己，伴随着自己渐渐老去。与所抒发的心理动态相呼应，两联的对句便写相应的景物，自成连续，说眼见到楼头阵阵风雨，秋天已经来到，满目苍凉萧瑟，使人感伤；燕子已经离开，飞往南方的故巢，令人感到岁月在匆匆地流逝。

　　在发了一通感慨后，诗进入尾声，回应题目，说自己含笑把这些人世间的烦恼都远远地抛开，痛快地喝上一通酒，醉后往床上一躺，进入梦乡。尾联虽然是故作达语，力求轩豁，但气势与上不称。

# 虞美人·张帆欲去仍搔首

【宋】陈与义

　　张帆欲去仍搔首①，更醉君家酒。吟诗日日待春风，及至桃花开后却匆匆。

　　歌声频为行人咽，记著樽前雪。明朝酒醒大江流，满载一船离恨向衡州。

## 【注　释】

①搔首：以手搔头，意为有所思的样子。

## 译　文

　　船已经挂起帆来了准备离去，可作者却搔首踟蹰不忍离去，一杯杯地饮着好友送别之酒。以前天天写诗作词翘首盼望春天的到来，可等到了春天桃花刚开了却要与友人匆匆离别。

　　歌姬的歌声常常因离别之人而呜咽，还清楚记着离别席上的情形。明天酒醒后就要随着大江行舟离去，只能带着一船满满的离别之恨驶向衡州。

## 〔赏析〕

　　这首词的写法是：紧扣别宴，思前想后。他把离别的情绪融贯到对过去的回忆和对前途的想象之中去，不同一般，别有一番风味。

　　词的上片由别宴写起，进而追忆到过去相聚的时日。一开篇就说船已经挂起帆来了准备离去，久久不能离去，只是一杯杯地饮着好友送别的酒。这就把不得不离去又不忍离去的矛盾的心理形象地表现出来。词人在战乱之中，携家南奔，屡次寄居，终非长策，但却非走不可。为什么"仍搔首"？因为与义和大光友情诚笃，不忍分别，所以搔首踟蹰。这里词人很自然地追忆起在腊月间相聚的时日，朋友们饮酒赋诗；同时，更盼望着春天的到来，以与友人更好地流连吟咏，然而春天到了，桃花才吐蕊，而自己却要与友人告别了！"匆匆"之中，包含了无限惜别之意。

　　词的下片仍写别宴。写过了酒，紧接着从歌上落笔。宋代州郡长官设宴，有官伎陪侍，歌舞酒声远远飘去，可见宴会的盛大，此"歌声"就是歌伎所唱。"歌声频为行人咽"，临别之际，歌伎也为之动情，几度呜咽不能成声。因此感动了词人："记著樽前雪。""雪"为"雪儿"省略，而"雪儿"又是指代歌伎的。雪儿为隋末李密歌姬，善歌舞，能够根据音律填词而歌，称"雪儿歌"，后来泛指歌伎。词人因歌而记着歌者，即记着此别，记着饯别的主人，一语而三得。酒醉人，而歌声也足以醉人。"明朝酒醒大江流"，此笔回旋一转，想到明朝酒醒之后，此身已随舟漂到湘江。此行何去？相距一百二十里的衡州（今衡阳）是第一站。"满载一船离恨向衡州"：载人而曰"载离恨"，"离恨"而曰"一船"，"一船"而且"满载"，即满载离恨表达了作者不忍惜别的情意，与首句"张帆欲去仍搔首"紧密关联，也同作者《别大光》诗的"滔滔江受风，耿耿客孤发"相补衬。这最后两句，化用苏轼在扬州别秦观的《虞美人·波声拍枕长淮晓》词的"无情汴水自东流，只载一船离恨向西州"，而这里情感更为丰富。运用前人成句时切忌字句意义完全相同，但又不可距原句意思过远。陈与义此处构句可谓运用前人之后，却自然切合己事，变化处又别出心裁，较之上片之结，艺术上也不相上下。

# 浣溪沙·一曲新词酒一杯

【宋】晏殊

一曲新词酒一杯，去年天气旧亭台①。夕阳西下几时回？

无可奈何花落去，似曾相识燕归来②。小园香径独徘徊③。

【注　释】

①去年天气旧亭台：是说天气、亭台都和去年一样。去年天气：跟去年此日相同的天气。
旧亭台，曾经到过的或熟悉的亭台楼阁。旧，旧时。

②似曾相识：好像曾经认识。形容见过的事物再度出现。后用作成语，即出自晏殊此句。
燕归来：燕子从南方飞回来。燕归来，春中常景，在有意无意之间。

③小园香径：花草芳香的小径，或指落花散香的小径。因落花满径，幽香四溢，故云香径。
香径，带着幽香的园中小径。独：副词，用于谓语前，表示"独自"的意思。徘徊：来回走。

**作者名片**

晏殊（991—1055），字同叔，抚州府临川城（今江西进贤县文港
镇沙河）人，是当时的抚州籍第一个宰相，北宋著名词人、诗人、散
文家。晏殊与其第七子晏几道，在当时北宋词坛上，被称为"大晏"和
"小晏"。

**译　文**

听一支新曲喝一杯美酒，还是去年的天气旧日的亭台，西落的夕阳
何时才能回来？

花儿总要凋落让人无可奈何，似曾相识的春燕又归来，独自在花香
小径里徘徊。

**〔赏析〕**

这是晏殊词中最为脍炙人口的篇章。此词虽含伤春惜时之
意，却实为感慨抒怀之情。词之上片绾合今昔，叠印时空，重
在思昔；下片则巧借眼前景物，重在伤今。

上片中"一曲新词酒一杯，去年天气旧亭台"，写对酒听歌
的现境。从复叠错综的句式、轻快流利的语调中可以体味出，词
人面对现境时，开始是怀着轻松喜悦的感情，带着潇洒安闲的意
态的，似乎主人公十分醉心于宴饮涵咏之乐。作者边听边饮，这

现境触发了对"去年"所经历类似境界的追忆：也是和"今年"一样的暮春天气，面对的也是和眼前一样的楼台亭阁，一样的清歌美酒。然而，似乎一切依旧的表象下又分明感觉到有的东西已经起了难以逆转的变化，这便是悠悠流逝的岁月和与此相关的一系列人事。此句中正包蕴着一种景物依旧而人事全非的怀旧之感。在这种怀旧之感中又糅合着深婉的伤今之情。这样，作者纵然襟怀冲淡，又怎么能没有些微的伤感呢？

"夕阳西下几时回"？夕阳西下，是眼前景。但词人由此触发的，却是对美好景物情事的流连，对时光流逝的怅惘，以及对美好事物重现的微茫的希望。这是即景兴感，但所感者实际上已不限于眼前的情事，而是扩展到整个人生，其中不仅有感性活动，而且包含着某种哲理性的沉思。夕阳西下，是无法阻止的，只能寄希望于它的东升再现，而时光的流逝、人事的变更，却再也无法重复。细味"几时回"三字，所折射出的似乎是一种企盼其返却又情知难返的纤细心态。

下阕仍以融情于景的笔法申发前意。"无可奈何花落去，似曾相识燕归来"，为天然奇偶句，此句工巧而浑成，流利而含蓄，声韵和谐，寓意深婉，缠绵哀感，用虚字构成工整的对仗，唱叹传神方面表现出词人的巧思深情，宛如天成，也是这首词出名的原因。但更值得玩味的倒是这一联所含的意蕴。花的凋落，春的消逝，时光的流逝，都是不可抗拒的自然规律，虽然惋惜流连也无济于事，所以说"无可奈何"，这一句承上"夕阳西下"；然而这暮春天气中，所感受到的并不只是无可奈何的凋衰消逝，而是还有令人欣慰的重现，那翩翩归来的燕子不就像是去年曾在此处安巢的旧时相识吗？这一句应上"几时回"。花落、燕归虽也是眼前景，但一经与"无可奈何""似曾相识"相联系，它们的内涵便变得非常广泛，意境非常深刻，带有美好事物的象征意味。惋惜与欣慰的交织中，蕴含着某种生活哲理：一切必然要消逝的美好事物都无法阻止其消逝，但消逝的同时仍然有美好事物的再现，生活不会因消逝而变得一片虚无。

# 诉衷情·青梅煮酒斗时新

### 【宋】晏殊

青梅煮酒斗时新①。天气欲残春。东城南陌花下，逢著意中人。

回绣袂，展香茵②。叙情亲。此情拼作，千尺游丝，惹住朝云③。

## 【注　释】

①青梅煮酒：古人于春末夏初，以青梅或青杏煮酒饮之。斗：趁。时新：时令酒食。
②茵：垫子。泛指铺垫的东西。
③朝云：相恋的女子。

## 译　文

又是残春天气，青梅煮酒，好趁时新，春游时，与意中人不期而遇，欣喜之情，溢于言表。

他招呼她转过身来，铺开了芳美的茵席，一起坐下畅叙情怀。游丝悠扬不定，若有还无，仿佛自己心中缥缈的春思，欲来还去。

## 〔赏析〕

"青梅"二句写又是残春天气，青梅煮酒，好趁时新，以闲笔入题。古人春末夏初时，好用青梅、青杏煮酒，取其新酸醒胃。"斗时新"，犹言"趁时新"。接下来，"东城"二句写抒情主人公春游时，与意中人不期而遇，欣喜之情，溢于言表。

　　过片三句，描述两人相遇后的情景，"展香茵，叙情亲"写词人铺开了芳美的茵席，一起坐下畅叙情怀。其亲密无间，殷勤款洽，说明词人跟他的意中人缠绵深长的情爱。正由于词人能够跟这位意中人"叙情亲"，所以才动了他的非分之想："此情拼作，千尺游丝，惹住朝云。"这三句是说词人这时甘愿化身为千尺游丝，好把那朝云牵住。可是，这柔弱袅娜的游丝，未必真能把那易散的朝云留住，这十二字中，有着"象外之象"，蕴含了丰富的潜信息：偶然的相会，短暂的欢娱，最终还是不可避免的离散；多少怅惘，多少怀思，尽在不言之中了。

　　这首词感情深挚，虽写丽情，但不纤佻，而文笔纯净，有一种幽细、含蓄之美，是一首颇有品格的小令。

# 鹧鸪天·醉拍春衫惜旧香

### 【宋】晏几道

　　醉拍春衫惜旧香①。天将离恨恼疏狂。年年陌上生秋草，日日楼中到夕阳。

　　云渺渺，水茫茫。征人归路许多长。相思本是无凭语②，莫向花笺费泪行。

【注　释】

①旧香：指过去欢乐生活遗留在衣衫上的香泽。
②无凭语：没有根据的话。

## 作者名片

晏几道（1038—1110），字叔原，号小山，抚州临川文港沙河（今属江西省南昌市进贤县）人，晏殊第七子，北宋著名词人。历任颍昌府许田镇监、乾宁军通判、开封府判官等。性孤傲，中年家境中落。与其父晏殊合称"二晏"。词风似父而造诣过之。工于言情，其小令语言清丽，感情深挚，尤负盛名。表达情感直率。多写爱情生活，是婉约派的重要作家。有《小山词》留世。

## 译文

借着醉意拍春衫，回想着，旧日春衫上的香。天将离愁与别恨，折磨我这疏狂人。路上年年生秋草，楼中日日进夕阳。登楼望，云渺渺，水茫茫。征人归路在哪方。相思话语无诉处，又何必，写在信纸上，费了泪千行。

## 赏析

此词在对作者往日欢歌笑乐的回忆中，流露出他对落拓平生的无限感慨和微痛纤悲。上片于室内的角度写离恨。起首两句抒写离恨的无法排遣。"旧香"是往日与伊人欢乐的遗泽，乃勾起"离恨"之根源，其中凝聚着无限往昔的欢乐情事，自觉堪惜，"惜"字饱含着对旧情的深切留念。而"醉拍春衫"则是产生"惜旧香"情思的活动，因为"旧香"是存留在"春衫"上的。句首用一"醉"字，可使人想见其纵恣情态，"醉"，更容易触动心怀郁积的情思。次句乃因"惜旧香"而激起的无可奈何之情。"疏狂"二字是作者个性及生活情态的自我写照。"疏"为阔略世事之意。这句意谓以自己这个性情疏狂的人却被离恨所烦恼而无法排遣，而在句首着一"天"字，使人觉得他的无

211

可奈何之情是无由开解的。"年年"两句选取最常见的秋草、夕阳，烘托思妇日复一日、年复一年的思念之情。路上秋草年年生，实写征人久久不归；日日楼中朝暮独坐，实写为离恨折磨之苦。过片承"夕阳"而写云、水，将视野扩展，从云水渺茫、征人归路难寻中，突出相见无期。此二句即景生情，以景寓情，道出了主人公于楼上怅望时的情思。结尾两句是无可奈何的自慰，措辞无多，然而读之使人更觉哀伤。"莫向花笺费泪行"虽是决绝之辞，却是情至之语，从中带出已往情事，当是曾向花笺多费泪行。既然离恨这般深重，非言辞所能申写，如果再"向花笺费泪行"，那便是虚枉了。

# 蝶恋花·醉别西楼醒不记

【宋】晏几道

醉别西楼①醒不记。春梦秋云②，聚散真容易。斜月半窗还少睡。画屏闲展吴山③翠。

衣上酒痕诗里字。点点行行，总是凄凉意。红烛自怜无好计。夜寒空替人垂泪④。

【注　释】

①西楼：泛指欢宴之所。
②春梦秋云：喻美好而又虚幻短暂、聚散无常的事物。
③吴山：画屏上的江南山水。
④"红烛"二句：化用唐杜牧《赠别二首》之二："蜡烛有心还惜别，替人垂泪到天明。"将蜡烛拟人化。

## 译 文

醉中告别西楼，醒后全无记忆。犹如春梦秋云，人生聚散实在太容易。半窗斜月微明，我还是缺少睡意，彩画屏风空展出吴山碧翠。

衣上有宴酒的痕迹，聚会所赋的诗句，点点行行，总唤起一番凄凉意绪。红烛自悲自怜也无计解脱凄哀，寒夜里空替人流下伤心泪。

## 〔赏析〕

开篇忆昔，写往日醉别西楼，醒后却浑然不记。这似乎是追忆往日某一幕具体的醉别，又像是泛指所有的前欢旧梦，实虚莫辨，笔意殊妙。二、三句用春梦、秋云做比喻，抒发聚散离合不常之感。春梦旖旎温馨而虚幻短暂，秋云高洁明净而缥缈易逝，用它们来象征美好而不久长的情事，最为真切形象而动人遐想。

"聚散"偏义于"散"，与上句"醉别"相应，再缀以"真容易"三字，好景轻易便散的感慨便显得非常强烈。这里的聚散之感，似主要指爱情方面，但与此相关的生活情事，以至整个往昔繁华生活，也自然包括在内。

上片最后两句，转写眼前实境。斜月已低至半窗，夜已经深了，由于追忆前尘，感叹聚散，却仍然不能入睡，而床前的画屏却在烛光照映下悠闲平静的展示着吴山的青翠之色。这一句似闲实质，正是传达心境的妙笔。心情不静、辗转难寐的人看来，那画屏上的景色似乎显得特别平静悠闲，这"闲"字正从反面透露了他的郁闷伤感。

过片三句承上"醉别""衣上酒痕"，是西楼欢宴时留下的印迹："诗里字"，是筵席上题写的词章。它们原是欢游生活的表征，只是此时旧侣已风流云散，回视旧欢陈迹，翻引起无限凄凉意绪。前面讲到"醒不记"，这"衣上酒痕诗里字"却触发他对旧日欢乐生活的记忆。至此，可知词人的聚散离合之感和中宵辗转不寐之情由何而生了。

结拍两句，直承"凄凉意"而加以渲染。人的凄凉，似乎感染了红烛。它虽然同情词人，却又自伤无计消除其凄凉，只好在寒寂的永夜里空自替人长洒同情之泪了。

# 汴岸置酒赠黄十七①

【宋】黄庭坚

元丰三年授太和发汴京作。

吾宗②端居丛百忧，长歌劝之肯出游。

黄流不解浣明月③，碧树为我生凉秋。

初平群羊置莫问④，叔度⑤千顷醉即休。

谁倚柁楼⑥吹玉笛，斗杓⑦寒挂屋山头。

【注　释】

①汴岸：汴河。黄十七：黄介，字几复，与黄庭坚同宗族，同辈兄弟中排行第十七。

②吾宗：我的同宗，指黄几复。

③黄流：浑浊的流水。解：懂。浣（wò）：污染。

④"初平"句：《神仙传》记，汉有皇初平，丹溪人，年十五，家使牧羊，在山上遇道士而携至金华石室中。四十余年后，其兄寻至山上，问羊何在，羊皆已化为白石。初平叱之，白石俱起而化为羊群，有数万头。皇初平，或作黄初平。

品读醉美酒文化诗词

⑤叔度：东汉黄宪，字叔度，家世贫寒，志向高洁，不应官府征辟。时人叹曰："时月之间不见黄生，则鄙吝之萌复存乎心。"赞之曰："叔度汪汪若千顷陂，澄之不清，淆之不浊，不可量也。"

⑥柁（duò）楼：即舵楼，掌舵处的船楼。

⑦斗杓（biāo）：北斗七星成勺形，其柄部三星称杓星，或称斗柄。

## 作者名片

黄庭坚（1045—1105），字鲁直，号山谷道人、涪翁，洪州分宁（今江西修水）人，北宋著名文学家、书法家、江西诗派开山之祖。早年以诗文受知于苏轼，与张耒、晁补之、秦观并称"苏门四学士"。与苏轼齐名，世称"苏黄"。诗以杜甫为宗，有"夺胎换骨""点铁成金"之论，风格奇硬拗涩，开创江西诗派，在宋代影响颇大。又能词。兼擅行书、草书，为"宋四家"之一。

## 译文

元丰三年改官太和知县，在从汴京出发时作。

我的同宗平日总是心中集满忧愁，我作长歌劝他才肯出来小游。

浑浊的流水并不能污染天上明月，碧树荫浓为我带来凉秋。

黄初平点石成羊且莫问，黄叔度胸怀千顷醉便休。

谁靠着汴岸的舵楼吹奏玉笛，北斗七星的斗柄转动寒夜挂在屋山头。

## 〔赏析〕

诗的首联表示对黄介愁虑繁深的理解，因而邀他出行以消忧。

颔联宕开写景，而景中寓情。澄明的秋月倒映在汴河之中，河水一片浑黄，而澄明者依然澄明；岸边绿树如碧，风拂叶摇，凉气袭来，让人感到一阵阵的秋意。这两句描写，由天

215

而地，由河而树，画面开阔而清爽，在明月高秋的景色描写里展现的是澄澈明洁的人格境界，而这正是作者与朋友的共同向往与追求。

颈联上承首句的"吾宗"，连用两个黄姓人物的典故劝说朋友：神仙之事，虚诞渺茫，应放在一边，不妨酒中陶醉而心中澄澈，一如东汉黄宪的怀抱。此时，船楼上笛声悠悠，夜空里星斗横移。

尾联的转而写景，是作者将难以言尽的劝勉之意，惜别之情，都化入这静夜的笛声里。

# 鹧鸪天·座中有眉山隐客史应之①和前韵即席答之

【宋】黄庭坚

黄菊枝头生晓寒。人生莫放②酒杯干。风前横笛斜吹雨，醉里簪花倒著冠③。

身健在，且加餐④。舞裙歌板尽清欢。黄花白发相牵挽⑤，付与时人冷眼看。

【注 释】

①史应之：据黄庭坚《山谷诗内集》卷十三《戏答史应之三首》任渊注：史应之，名铸，眉山人，落魄无检，喜作鄙语，人以屠僧目之。客泸、戎间，因得识山谷。

②莫放：勿使，莫让。

③簪（zān）花：以花插头。倒著冠：倒戴着冠儿。此句暗用山简典故，表现不拘世俗、风流自赏的生活态度。

④且加餐：《古诗十九首》："弃捐勿复道，努力加餐饭。"李白《代佳人寄翁参枢先辈》："直是为君餐不得，书来莫说更加餐。"

⑤黄花：同黄华，指未成年人。白发：指老年人。牵挽：牵拉，牵缠。

## 译 文

深秋的清晨，黄菊枝头显露出了阵阵寒意，人生短促，今朝有酒今朝醉。冒着斜风细雨吹笛取乐，酒醉里倒戴帽子、摘下菊花簪在头上。

要趁着身体健康努力加饭加餐，在佳人歌舞的陪伴下尽情欢乐。头上黄花映衬着斑斑白发，兀傲的作者就要以这副疏狂模样展示在世人面前，任他们冷眼相看。

### 〔赏析〕

此词是黄山谷与甘居山野、不求功名的"眉山隐客"史应之互相酬唱之作，全词通过一个"淫坊酒肆狂居士"的形象，展现了山谷从坎坷的仕途得来的人生体验，抒发了自己胸中的苦闷和激愤。词中所塑造的狂士形象，是作者自己及其朋友史念之的形象，同时也是那一时代中不谐于俗而怀不平傲世之心的文人的形象。

# 醉蓬莱

### 【宋】黄庭坚

对朝云叆叇①，暮雨霏微，乱峰相倚。巫峡高唐②，锁楚宫朱翠③。画戟④移春，靓妆⑤迎马，向一川都会。万里投荒⑥，一身吊影，成何欢意。

尽道黔南，去天尺五⑦，望极神州，万重烟水。樽酒公堂，有中朝佳士。荔颊红深，麝脐香满，醉舞裀⑧歌袂。杜宇⑨声声，催人到晓，不如归是⑩。

## 【注 释】

①叆叇（ài dài）：云气浓重之貌。

②高唐：战国时楚王在云梦泽中所建的高台。

③朱翠：朱颜翠发，本是形容女子的美貌，这里代指美女。

④画戟：涂画彩饰的戟，是古代的仪仗用物。

⑤靓（liàng）妆：指盛装华服的女子。

⑥投荒：贬谪放逐到偏荒之地。

⑦去天尺五：以距天之近而言地势之高。

⑧舞裀（yīn）：舞衣。

⑨杜宇：即杜鹃。传说古蜀帝杜宇，死后化为杜鹃鸟。

⑩不如归是：相传杜宇死后思念故乡，化为杜鹃，啼叫着"不如归去"，声音悲苦。

## 译 文

朝云暮雨，烟雾氤氲，微露云端的乱峰互相偎依。站在巫山县城楼上，遥望楚阳台，想象楚襄王梦与神女相会的情景。春光明媚之中，宫府的仪仗队行进，盛装艳服之人迎接着马队，迤逦向城中走去。被贬谪放逐到偏荒之地，对影自怜，有什么值得高兴的。

到达黔州之后，山愈高，势愈险，而距中原更远，隔断了眺望京城的视线，但乡愁却越过千山万水飞向神州。有贬谪之地的地方官摆酒接风、欢宴公堂。醉舞欢腾，满堂香气，声歌盈室，美人容颜娇艳，香气氤氲馥郁。听着那杜鹃一声一声地到天明，直唤着"不如归去"。

## 〔赏 析〕

此词当是作者赴黔途中经过夔州巫山县时所作。词通过乐与悲的多层次对比烘托，突现出他贬谪途中去国怀乡的忧闷之情。

词的开头以"对"字直领以下三句，描绘出一幅烟雨凄迷的峡江图：有时云蒸霞蔚，有时微雨蒙蒙，云雨迷离之中，只见错落攒立的群峰互相依傍。这里既是肖妙的写景，又是贴切的用典，"朝云""暮雨"镶嵌于句中，化而不露，"乱峰"则指巫山群峰，其中神女峰尤为峭丽，相传即为神女的化身。这样便营造出一个惝恍迷离、凄清悠远的境界。这种意境与他去国怀乡的怅惘心情是十分协调的。如以"暖靆"状云，表现云气浓重，更有日色昏暗之意。又如以"乱"字表现群峰的攒拥交叠，暗示他遭贬后神乱意迷的心境。"巫峡高唐，锁楚宫朱翠"，是由神话生发出来的联想。一个"锁"字也隐约透露出自叹身世的感慨。这里感情的流露是含蓄深婉的，词人只是创造一种情绪和氛围，给人以感染。接着作者笔锋一转，描绘出一幅热闹的仪仗图。春光明媚之中，官府的仪仗队行进，盛装艳服之人迎接着马队，迤逦向城中行去。面对如此盛况，作者的内心却是一片悲凉。"万里投荒，一身吊影，成何欢意"与开头呼应，一腔忧闷喷涌而出。

下片开头四句承上片最后一层意思而加以生发。作者巧妙地越过眼前的情景，而设想贬谪之地的望乡之苦，这是用未来的乡愁反过来烘托现实的离情。"去天尺五"极言黔南地势之高，旧有"城南韦、杜，去天尺五"的谚语，此处借来形容山高摩天。尽管这样的高处，但是眺望神州，还是隔着千山万水。那乡愁就像那万重烟水，一直延伸到天地的尽头，绵绵不绝。"神州"指中原，这里意同"神京"。古代的逐臣常通过回望京城来表达其哀怨之情。

"樽酒"五句是一个大的转折，展现了地方官为作者摆酒接风、欢宴公堂的热烈景象。为了渲染欢快的气氛，这里用了一些色彩富丽的词，如用"荔颊红深"形容美人容颜的娇艳之色，用"麝脐香满"描写香气的氤氲馥郁。轻歌曼舞，醉意朦胧，场面越是写得热烈，越能反衬出山谷心头的悲凉孤寂。置身于高堂华宴，面对着主宾的觥筹交错，作者独品苦味，唯有那杜鹃"不如归去"的声声啼鸣陪伴着他通宵达旦。

# 水调歌头·中秋

【宋】米芾

砧声①送风急，蟏蟀②思高秋。我来对景，不学宋玉解悲愁③。收拾凄凉兴况，分付④尊中醽醁⑤，倍觉不胜幽。自有多情处，明月挂南楼。

怅襟怀，横玉笛，韵悠悠。清时⑥良夜，借我此地倒金瓯⑦。可爱一天风物，遍倚阑干十二⑧，宇宙若萍浮。醉困不知醒，欹⑨枕卧江流。

【注 释】

①砧（zhēn）声：也作"碪声"，捣衣声。元好问《短日》：短日碪声急，重云雁影深。
②蟏蟀：蟋蟀的一种，宋代顾逢曾作《观斗蟏蟀有感》。
③宋玉解悲愁：宋玉《九辩》："悲哉秋之为气也，萧瑟兮草木摇落而变衰。"
④分付：分别付予，这里指给酒樽分别倒酒。
⑤醽醁（líng lù）：古代的一种美酒。
⑥清时：清平之时，也指太平盛世。
⑦金瓯（ōu）：酒杯的美称。瓯，杯子。
⑧阑干十二：曲曲折折的栏杆。阑干，即栏杆。十二，形容曲折之多。
⑨欹（qī）：斜倚着，斜靠。

作者名片

米芾（1051—1107），初名黻，后改芾，字元章，自署姓名米或为芈，湖北襄阳人，时人号海岳外史，又号鬻熊后人、火正后人。北宋书法家、画家、书画理论家，与蔡襄、苏轼、黄庭坚合称"宋四家"。曾任校书郎、书画博士、礼部员外郎。米芾书画自成一家，枯木竹石，山水画独具风格特点。在书法也颇有造诣，擅篆、隶、楷、行、草等书体，长于临摹古人书法，达到乱真程度。主要作品有《多景楼诗》《虹县诗》《研山铭》《拜中岳命帖》等。

中秋的时候，捣衣声混杂着风声，蟠蟀好像在思索高爽的秋天。我面对着这样的景象，是不会学宋玉去纾解悲愁的。把凄凉的心意收拾起来，给每个酒樽里都倒上美酒，内心更加觉得抵不过这样的幽静。明月挂在南楼正是我觉得充满情趣的地方所在。

怅惘这样的胸怀，于是拿起笛子吹奏，笛声的韵律悠悠扬扬。在这清平之时，良美之夜，就把这块地方借给我让我痛饮。看着这一天可爱的风景，我倚着曲曲折折的栏杆，宇宙在我眼里也只是小小的浮萍。喝醉困乏了就靠着枕头临江而睡，不知道什么时候会醒来。

赏析

米芾写中秋赏月，反其道而行之，故意撇开月亮，上片先写自己晚来的秋意感受。"砧声送风急，蟠蟀思高秋"，古人有秋夜捣衣，远寄征人的习俗，砧上捣衣之声表明气候转寒了。墙边蟋蟀鸣叫，亦是触发人们秋思的。米芾这两句着重写自己的直觉，他是先听到急促的砧声而后感到飒飒秋风之来临，因此，才觉得仿佛是砧声送来了秋风。同样，他是先听到蟋蟀悲鸣，而后才意识到时令已届高秋了。"我来对景，不学宋玉解悲秋"，表现出他的旷逸豪宕的襟怀。他这句拗折刚健之笔使文气为之一振。因为砧声和蟋蟀等秋声，会给人带来一种凄凉的秋意，而倔强的词人不愿受其困扰。所以，接着他要"收拾凄凉兴况，分付尊中醽醁"了。可是"凄凉兴况"偏不那么容易收拾，酒后反而心里加倍感到不胜其幽僻孤独。才说"不学宋玉解悲愁"，强作精神，是一扬，这里"倍觉不胜幽"，却是一跌，如此一来，作者闻秋声而引起的内心感情上的波澜起伏，就充分表露了出来。"自有多情处，明月挂南楼"。就在这个时候，一轮明月出来了。月到中秋分外明，此时，明月以它皎洁的光辉，把宇宙幻化为一个银色的世界，也把作者从低沉压抑的情绪中解救出来，于是词笔又一振。至此，词人才托出一轮中秋月点明题意。"多情"二字是在词人的感情几经折腾之后说出的，极其真切自然，使人感到明月的确多情。反复渲染中秋节令的秋意，从反面为出月铺垫，以"自有"二字转折，使一轮明月千呼万唤始出来，用笔颇为奇妙。

下片写赏月时自己在月光下"横玉笛""倒金瓯""倚阑干"乃至"醉困不知醒"的情景。"怅襟怀"的"怅"字承接上下片，巧妙过渡，既照应上片"不胜幽"的"凄凉兴况"，又启下片的赏月遣怀。"横玉笛，韵悠悠"，玉笛声本富有优美情韵的，而在大放光明的中秋月下吹奏，那更是妙不可言，可是词人马上想到要借此清时良夜，痛痛快快大饮一场。"遍阑栏干十二"，说明他赏月时间之长，赏览兴致之高，于是他不由神与物游，生发出对宇宙对人生的遐想。"宇宙若浮萍"是说宇宙如此之大，作者却视之若浮萍，不只见出他心胸神思飘逸，更是物我合一之际内心的真实感受，读来令人心驰神往。境界如此之美，兴致自然更高，于是词人不觉豪饮大醉。结句"醉困不知醒，欹枕卧江流"，不再写赏月饮酒之后的种种，以不结之语收束了全词，给人留下巨大的想象余地。这首词自东坡著名的同题词之后，能独树一帜，勇于创新，确有其独特的妙处：赏月不写月华，偏道个人"对景"之感，清景之中见出清趣，颇值用心玩味。

这首词借中秋赏月之机，表白了词人为人的高洁，也流露了他对"从仕数困"的些许幽恨。词的上片反复渲染中秋节令的秋意，并从反面为出月铺垫，以"自有"二字转折，使一轮明月千呼万唤始出来，用笔颇为奇妙。词的下片，侧重抒发词人向往隐居生活之意，发出对宇宙对人生的遐想。全篇用笔空灵回荡，而自有清景无限，清趣无穷，表现出米芾"为文奇险，不蹈袭前人轨辙"的特有风格。

# 八声甘州·摘青梅荐酒

【宋】汤恢

摘青梅荐酒，甚残寒，犹怯苎萝衣①。正柳腴花瘦，绿云冉冉②，红雪霏霏③。隔屋秦筝④依约，谁品春词⑤？回首繁华梦，流水斜晖。

寄隐孤山⑥山下，但一瓢饮水⑦，深掩苔扉。羡青山有思，白鹤忘机。怅年华、不禁搔首，又天涯、弹泪送春归。销魂远，千山啼鴂⑧，十里荼蘼⑨。

## 【注 释】

①苎（zhù）萝衣：苎蔗藤罗制的衣，山野隐士所穿。
②冉冉：缓缓流动貌。
③红雪：指凋落的红花。霏霏：形容雨雪之密。
④秦筝：指宝筝。战国时流行秦国的一种弦乐器，似瑟，传为秦代蒙恬所造。
⑤春词：男女之间的情词或咏春之词。
⑥孤山：在杭州西湖中，孤峰独耸，秀丽清幽。宋代林逋隐居于此。
⑦一瓢饮水：喻生活俭朴。
⑧啼鴂（jué）：杜鹃的叫声。
⑨荼（tú）蘼（mí）：也作"酴醾"，春末夏初开花。

## ▌作者名片▐

汤恢，字充之，号西邮，眉山人。或作杨恢，疑误。

## 译 文

摘下青涩的梅子来佐酒，但酒薄不足以抵御暮春的残寒，更何况穿的是单薄的苎萝衣。正是绿肥红瘦的暮春时节，杨柳枝叶婆娑，如团团绿云，柔软披垂。落花纷纷，远望去像是降下的红雪。沉思静想间，又隐约听到邻里的歌伎正低按秦筝，唱春词吟新诗。回首往昔，那曾经的风流繁华，恍然如梦，只剩下斜晖脉脉，流水悠悠，一切俱已消逝，令人无限感伤。

我隐居在孤山山下，每日长掩苔扉，深居简出，一箪食、一瓢水足矣。我常常羡慕青山安详宁静，好像在凝神沉思似的；也羡慕以前的隐士们以鹤、梅为伴，因忘记了人世的权谋机变，而能时刻保持着一颗恬然自得的心。远望天涯，看看又是一年春尽，不禁黯然销魂，搔首踟蹰，想到自己的青春年华也正随着春天匆匆流逝，眼泪便在不知不觉间轻弹暗洒。这时耳边又传来了杜鹃的声声悲啼，那凄惨的叫声回荡在山间，仿佛在说着"不如归去"；荼蘼花正盛开，布满十里山谷。

## 赏析

这首词表现的是南宋江湖词客的矛盾心态。他们是一群处于才与不才、仕与不仕之间的所谓的名流。在他们的性格中，有浪漫恬淡的一面，另一方面又无法割舍对功名、爱情等的渴望，这一切使他们经常会处于焦虑、惆怅之中。本词便是他们无奈的轻叹低语。

前片写隐居者的举止行为，后片写隐居者的心灵世界；前片逐层衔接而下：因摘青梅佐酒而赏花，却见绿叶如云冉冉飘动，红花如同飞雪纷纷凋谢，沉思静想中又隐约听到邻里歌伎唱词弹筝，唤醒了他记忆深处的繁华旧梦：后片的抒情全从上片饮酒、观花，听琴中来。他羡慕青山白鹤，惆怅年华消逝，弹泪送春，销魂伫立……末三句中，啼鴂是送春之鸟，荼蘼是殿春之花，词人送春，象征着送走了自己的一切青春和追求。

# 虞美人·雨后同干誉才卿置酒来禽花下作①

【宋】叶梦得

　　落花已作风前舞。又送黄昏雨。晓来庭院半残红。惟有游丝②千丈、罥③晴空。

　　殷勤花下同携手。更尽杯中酒。美人不用敛蛾眉④，我亦多情无奈、酒阑⑤时。

【注　释】

①干誉、才卿：皆叶梦得友人，生平事迹不详。来禽：林檎别名，南方称花红，北方称沙果。

②游丝：飘荡在空中的蜘蛛丝。

③罥（juàn）：缠绕。

④蛾（é）眉：螺子黛，乃女子涂眉之颜料，其色青黑，或以代眉毛。眉细如蛾须，乃谓蛾眉。更有以眉代指美人者。

⑤酒阑（lán）：酒已喝干。阑，尽。

【作者名片】

　　叶梦得（1077—1148），字少蕴，苏州吴县人，宋代词人。绍圣四年（1097）登进士第，历任翰林学士、户部尚书、江东安抚大使等官职。晚年隐居湖州弁山玲珑山石林，故号石林居士，所著诗文多以石林为名，如《石林燕语》《石林词》《石林诗话》等。绍兴十八年卒，年七十二。死后追赠检校少保。

【译　文】

　　落花已在风中旋舞飘飞，黄昏时偏又阴雨霏霏。清晨，庭院里一半铺着残红，只有蛛丝千丈，飘荡缠绕在高高的晴空。

我盛情邀请他们在花下同游，为爱赏这最后的春光频频劝酒。美人啊，请你不要因着伤感而双眉紧皱。当春归、酒阑、人散，多情的我正不知该如何消愁。

## 〔赏析〕

　　这首小词以健笔写柔情，以豪放衬婉约，颇得东坡婉约词之妙。

　　上片写景，景中宴情。昨夜一场风雨，落花无数。晓来天气放晴，庭院中半是残花。内容极为简单，写来却有层次，且有气势。从时间来看，重点清晨，也即"晓来"之际；昨夜景象是从回忆中反映出来的。晓来残红满院，本易怅触愁情，然词人添上一句"惟有游丝千丈、罥晴空"，情绪遂随物象扬起，高骞明朗，音调也就高亢起来。

　　下片抒情，情真意切。前二句正面点题，写词人雨后同干誉、才卿两位友人来禽花下饮酒。"殷勤花下同携手"，写主人情意之厚，友朋感情之深，语言简练通俗而富于形象性，令人仿佛看到这位贤主人殷勤地拉着干誉、才卿入座。还"更尽杯中酒"，一方面见出主人殷勤劝饮，一方面也显出词情的豪放。结尾二句写得最为婉转深刻，曲折有味。古代达官、名士饮酒，通常有侍女或歌伎侑觞。此云"美人不用敛蛾眉，我亦多情无奈、酒阑时"，"美人"即指侍女或歌伎而言，意为美人愁眉不展，即引起我不欢。其中"酒阑时"乃此二句之规定情境。酒阑意味着人散，人散必将引起留恋、惜别的情怀，因而美人为此而敛起蛾眉，词人也因之受到感染，故而设身处地，巧语宽慰，几有同其悲欢慨。

# 摸鱼儿·酒边留同年①徐云屋

**【宋】刘辰翁**

怎知他、春归何处？相逢且尽尊酒。少年袅袅天涯恨，长结西湖烟柳。休回首，但细雨断桥，憔悴人归后。东风似旧。问前度桃花，刘郎②能记，花复认郎否？

君且住，草草留君剪韭③。前宵更恁④时候。深杯欲共歌声滑⑤，翻湿春衫半袖。空⑥眉皱，看白发尊前，已似人人有。临分把手。叹一笑论文⑦，清狂⑧顾曲⑨，此会几时又？

## 【注 释】

①同年：古代科举考试同科中试者之互称。
②刘郎：词人自指。
③剪（jiǎn）韭：古人以春初早韭为美味，故以"剪春韭"为召饮的谦辞。
④恁（nèn）：如此，这样。为宋时口语。
⑤歌声滑：指歌声婉转流畅。
⑥空：白白地，徒劳。
⑦论文：评论文人及其文章。
⑧清狂：放逸不羁。
⑨顾曲：指欣赏音乐、戏曲等。

## 作者名片

刘辰翁（1232—1297），字会孟，别号须溪。又自号须溪居士、须溪农、小耐，门生后人称须溪先生。庐陵灌溪（今江西省吉安市吉安县梅塘乡小灌村）人。南宋末年著名的爱国诗人。他一生致力于文学创作和文学批评活动，为后人留下了可贵的丰厚文化遗产。风格取法苏辛而又自成一体，豪放沉郁而不求藻饰，真挚动人，力透纸背。作词数量位居宋朝第三，仅次于辛弃疾、苏轼。代表作品《兰陵王·丙子送春》《永遇乐·璧月初晴》等。遗著由其子刘将孙编为《须溪先生全集》，《宋史·艺文志》著录为一百卷，已佚。

## 译 文

　　怎么知道他，春天归到哪儿？朋友相逢聚宴，且将杯中酒饮干。年轻时便尝到天涯漂泊的悠悠恨怨，这恨怨悠悠，永远和西湖边烟雾朦胧的垂柳缠绵。不要回首往事，眼前只见细雨迷蒙的断桥，待人重归西湖之后，已然是一张憔悴的脸。东风已然如旧日暖软，面对着前度开放的桃花鸿雁，刘郎尚能记得，那桃花可否记得刘郎的容颜？

　　请君暂且停留，让我草草准备一顿蔬菜淡饭，前晚也正是这样的时辰朋友聚宴。斟满深深的酒杯，想共同高歌一曲圆亮婉转，打翻酒杯洒湿了春衫袖子的半边。空自皱紧眉端，看斑斑白发守在离宴之前，仿佛人人都曾有过这种忧烦。临到分别执手相看，可叹往日谈笑间评点文心，清高疏狂地鉴赏乐曲，这等聚会不知何时才能重见！

### 〔赏析〕

　　这是一首送别友人的词作，作者送别的对象是与自己同榜中进士的友人徐云屋。该词不同于一般的送别词，除写离愁别绪以外，还将当时的世事与境遇融入其中，因而内容更为深广。

　　上片写自己客中送客的愁思。"怎知他、春归何处"为首句，点明饯别时间在暮春，同时渲染出春光不再的惜春惆怅之感，为抒写离情作铺垫。"少年裘裘天涯恨，长结西湖烟柳"两句入回忆。"天涯恨"即是漂泊他乡之恨。自初识"西湖烟柳"至今，不觉已过多年，不料仍是漂泊天涯，仍逢西湖烟柳，故云天涯恨"长结"于"西湖烟柳"之上。两句关合双方前后情事，由一"长"字表时间跨度又转回目前。"休回首"三字，文情顿挫，令人嗟叹不已。二人共谓不要去观看那迷蒙的烟柳，摆脱掉积郁于怀的天涯沦落之感；接下又谓但又不能不看细雨迷迷中的断桥，憔悴之人却又旧地重归。"憔悴"反衬上文"少年"，昔日的"少年"而今已至于"憔悴"，补足"天涯恨"之深。"东风"四句，用刘禹锡诗语。刘禹锡《再游玄都观》说："种桃道士归何处？前度刘郎今又来。"

下片写依依送客之情，同时又兼及自己。"君且住"两句，表明挽留惜别之意。"前宵"三句，是追叙昨晚宴别的情景：豪饮放歌，酒湿春衫，狂放、慷慨中得见与友人情谊之深厚。既刻画出两人性格的豪放，又表现出心情的悲苦。"空眉皱"三句又转到今日酒宴：筵席上两人都已生白发，徒然浩叹伤怀。"白发"承前"少年"和"憔悴"，但一为反衬，一为正衬，如此笔法在于强调主客双方都已年华不再，而都又事业不成，让人扼腕嗟叹。"临分"四句，写宴散作别。这句说握手作别而又恋恋不舍，又道情谊之重。"论文""顾曲"用两个典故。最后一句一方面写临别时的感叹，重逢何期，道出分别的珍重；另一方面又补写宴会的内容，论文、听曲，出生本色尽现。特别需要指出的是，"叹"字以下是一个领字句，十三个字都是"叹"的内容。用这样长句煞尾，气脉通贯，情感上感慨不已，思绪起伏。

# 柳梢青·病酒心情

### 【宋】黄简

病酒①心情。唤愁无限，可奈流莺②。又是一年，花惊寒食，柳认清明。

天涯翠巘③层层。是多少、长亭短亭。倦倚东风，只凭好梦，飞到银屏。

【注 释】

①病酒：醉酒。
②流莺：流莺亦作"流鹭"，即莺。流，谓其鸣声婉转。
③翠巘（yǎn）：青翠的山峰。

**作者名片**

黄简，宋建宁建安人，字元易，号东浦。工诗。隐居吴郡光福山。理宗嘉熙中卒。有《东浦集》《云墅谈隽》。

**译 文**

醉酒后的心情。那黄莺的叫声唤起心中无限愁思，听得烦闷，却又无可奈何。转眼又是一年，光阴荏苒，时不我待，连花柳之物都因时序惊心。

望尽天涯，青翠的山峰重重叠叠，要经历多少长亭短亭。疲倦了就倚着东风，任凭它将我带入梦中，飞回到我的家中。

**赏析**

这首词中的主人公喝了闷酒，醉得有些近乎病态（"病酒"即醉酒，俗谓"醉酒如病"）；黄莺鸟的叫声，本来是悦耳动听的，所以博得了"流莺"的雅号，杜甫也有"自在娇莺恰恰啼"的诗句。可是对这首词中的主人公来说，却只能"唤愁无限"，听得心烦，却又无法封住那流莺的嘴巴，真是无可奈何！主人公的愁从何而来？细细想来，既不是源于病酒，也不是因为流莺。伤春？倒有些相似。你看，"又是一年，花惊寒食，柳认清明"，光阴荏苒，逝者如斯，转眼"又是一年"！春光如许，年复一年，时不我待，触景生情，感到时序惊心，慨叹流年暗换，从而"愁"上心头。

上片的流莺、花柳，皆眼前身边之景，对于词境皆止于描述而没有开拓意义，"天涯"一句却既融入了上片诸景，又高瞻远瞩，意象博大，更重要的是它开拓出了"长亭短亭"一境，遂使全词豁然开朗，转出了一片新天地，这是一个成功的过片。"长亭短亭"句接踵"天涯"句而来，是词中主人公望尽天涯的直接所得，是揭示全词情感实质的关键处。"长亭""短亭"皆系行人休止之所，后来它就成了天涯羁旅、游子思归的象征。显然，这一句揭示了全词的抒情实质：乡关之思。读到这里，读者才能省悟到，上片所写的"病酒心情"以及流莺唤愁等，都是主人公内心的乡关之思的外部流露，绝不仅仅是因为春天即将逝去而感伤。结拍的"倦倚东风"三句，都是在思归而不能归的情况下的思想活动。实际上的"归"既不可能，只得寄希望于梦，在梦中"飞到"故乡的"银屏"，与亲人团聚，这自然是"好梦"了。虽是梦，也给人以希望和安慰。这三句把思归的心情做了更深一层的抒发。至此，全词所曲曲折折表达的思想感情，就凸显出来了。

# 将进酒·城下路

**【宋】** 贺铸

城下路，凄风露，今人犁田古人墓。岸头沙，带蒹葭，漫漫昔时流水今人家。黄埃赤日长安道，倦客无浆马无草。开函关①，掩函关，千古如何不见一人闲？

六国扰②，三秦扫③，初谓商山遗四老④。驰单车，致缄书，裂荷焚芰接武曳长裾。高流⑤端⑥得酒中趣，深入醉乡安稳处。生忘形，死忘名。谁论二豪初不数刘伶⑦？

## 【注 释】

①函关：即函谷关，在今河南灵宝市东北，函关为战国秦之东方门户，时平则开，时乱则闭。

②六国扰：指秦末复起之齐、楚、燕、韩、赵、魏。

③三秦扫：指刘邦灭项羽，建立汉朝。

④商山遗四老：又称"商山四皓"。西汉初立，他们四人隐居商山，不为汉臣。这四人是东园公、绮里季、夏黄公、甪里先生。

⑤高流：指阮籍、陶渊明、刘伶、王绩等。

⑥端：真。

⑦"二豪"句：指贵介公子、缙绅处士。

## 作者名片

贺铸（1052—1125），字方回，号庆湖遗老，卫州（今河南卫辉）人，北宋词人。宋太祖贺皇后族孙，所娶亦宗室之女。自称远祖本居山阴，是唐贺知章后裔，以知章居庆湖（即镜湖），故自号庆湖遗老。

## 译 文

城下的道路，凄冷的风露，今人的耕田原是古人的坟墓。岸边滩头的白沙，连接着成片的蒹葭。昔日漫漫江河流水如今已成陆地，住满了人家。通往长安的大道，黄尘滚滚，烈日炎炎，疲倦的过客人无水饮马无料草。天下太平又变乱，函谷打开又关闭。千百年来怎见不到一人有空闲？

秦末时群雄纷争国家大扰，汉高祖刘邦把天下横扫。本以为世风转好，出了不慕荣华的商山四皓。谁知派一介使臣，送一封邀请书，他们就撕下伪装忙不迭地到侯门居住。只有高人名士才能真正领会酒的情趣，沉入醉乡睡到安稳宁静之处。活着放浪忘形，死后无须留名。谁说公子、处士胜过潇洒爱酒的刘伶。

〔赏析〕

　　此词是作者在饱经人生忧患之后对历史、社会的沉思和对人生的抉择。历史、社会是虚幻变化的：古人的坟墓变成了今人的耕田，昔日的江河流水如今变成了村落住上了人家，社会动乱又太平，太平了又动乱。整个人生又是那么劳碌奔忙，疲惫不堪，就像长安道上人无水马无草的倦客。在这虚幻变化的社会历史中，摆在作者面前的只有两条路：一是遁入深山做隐士，一是沉入醉乡做酒徒，因为仕进之路早已堵塞。而追思往古，历史上的所谓高人隐士多属虚伪，君不见秦末汉初的商山四皓，一度以隐居深山不仕新朝而名扬四海，可不久就撕下伪装住进了侯门。看来唯一的人生选择只有像刘伶那样沉入醉乡；放浪形骸，且尽生前一杯酒，也不管死后有无名。不过，作者表面上看破红尘，实质上他难以看破，也难以真正忘名，不然他就不会这么激愤了。

## 醉中真·不信芳春厌老人

### 【宋】 贺铸

　　不信芳春厌老人①，老人几度②送余春，惜春行乐莫辞频③。

　　巧笑艳歌皆我意④，恼花颠酒拚君瞋⑤，物情惟有醉中真⑥。

## 【注　释】

①芳春：指春天。厌：厌弃，抛弃。
②几度：几回，几次。
③莫辞频：不要因太多而推辞。
④巧笑：娇媚的笑容。艳歌：美妙的歌喉，有说指描写有关爱情的歌辞。皆我意：都合我的意思。
⑤恼：引逗撩拨。颠：癫狂。拚( pàn )：宁愿，甘愿。瞋( chēn )：同"嗔"，指怒目而视。
⑥物情：物理人情。真：真情，纯真。

## 译　文

　　我不相信春天会讨厌老年人，老年人还能送走几个残春？尽情地惜春行乐吧。且不要嫌沉溺行乐太多太频。

　　美丽的笑容，艳情的歌曲，都特别符合我的情味。我爱花爱酒简直要爱得发狂，也不怕你瞋怪责备。因为物性人情，只有在大醉中才最纯真实惠。

## 〔赏析〕

　　这首小令以乐观豁达的态度表现了年老心不老、珍惜春日、及时行乐的豪情。但是在佯狂的腔调中，似也有愤懑不平的声音，寄寓着无尽的壮志难酬之情。

　　上片写暮年惜春的情怀，寓有垂老之叹。起笔写"不信芳春厌老人"言辞耿直率真："我不相信春天真的会讨厌老人，其实年华已逝的老人，还能拥有几个春天呢？"率性的表白韵味十足。"厌"字将春天拟人化，形象生动。"老人几度送余春"，写老人每年都是依依不舍地送走了春天，深入地表达了老人对春天的热爱与惋惜。"惜春行乐莫辞频"写老人要用实际的行动来珍惜春光，在春天里要及时行乐。只有这样，才能让自己的晚年生活更快乐。在倡导及时行乐的同时，也表现出作者在现实生活中无所作为的愤慨和无奈。

下片写惜春行乐之态。"巧笑艳歌皆我意，恼花颠酒挤君嗔"，写作者回忆起了自己年轻时的风流快活，听歌观舞，赏花饮酒，不亦乐乎。"恼""颠""挤"三个字则表现出了作者在行乐中癫狂的状态，以至于忘乎所以，直到赏花赏得花恼，饮酒饮得酒癫。这种忘我的状态暗喻作者对现实的失意，借行乐饮酒麻醉自己，更添了几许无奈与悲凉。末句"物情惟有醉中真"一句点明自己醉酒癫狂的原因，只有这样，才能使自己获得超脱于尘俗的乐趣。这是呼吁人们去从酒杯中寻找感情释放的乐趣。但透过词人表面上沉溺于醉乡的佯狂姿态，不难体会其内心升腾起的一股愤懑不平之气，不难看出他对人生不得志的无奈和挣扎。

# 行路难·缚虎手

【宋】贺铸

缚虎手①，悬河口，车如鸡栖马如狗②。白纶巾③，扑黄尘④，不知我辈可是蓬蒿人？衰兰⑤送客咸阳道，天若有情天亦老。作雷颠，不论钱，谁问旗亭美酒斗十千？

酌大斗，更为寿，青鬓长青古无有。笑嫣然，舞翩然，当垆秦女十五语如弦⑥。遗音能记秋风曲⑦，事去千年犹恨促。揽流光，系扶桑⑧，争奈愁来一日却为长。

## 【注 释】

①缚虎手：即徒手打虎。
②车如鸡栖马如狗：车盖如鸡栖之所，骏马奔如狗。
③白纶（guān）巾：白丝头巾。
④扑黄尘：奔走于风尘之中。
⑤"衰兰"二句：李贺《金铜仙人辞汉歌》中的句子。
⑥当垆秦女：用辛延年《羽林郎》诗："胡姬年十五，春日独当垆。"语如弦：韦庄词《菩萨蛮》："琵琶金翠羽，弦上黄莺语。"这里指胡姬的笑语像琵琶弦上的歌声。
⑦遗音：遗留下的歌曲。秋风曲：指汉武帝《秋风辞》，其结尾云："欢乐极兮哀情多，少壮几时兮奈老何！"感叹欢乐不长，人生苦短。
⑧扶桑：神话中神树，古谓为日出处。《淮南子》："日出于旸谷，浴于咸池，拂于扶桑。"系扶桑，即要留住时光，与"揽流光"意同。

## 译 文

徒手搏猛虎，辩口若悬河，车像鸡窝驰马如狗窜。头戴平民白丝巾，黄尘追着飞马卷。谁知我们这些人，是否来蓬蒿草民间？道边衰兰泣落送我出京城，苍天有情也会衰老不忍把眼睁。谁管旗亭美酒一杯值万钱？

我要痛快淋漓倾酒坛。睡如雷鸣行如癫，只管将来，搬，搬，搬！倒大杯，满，满，满！为我们健康，干，干，干！鬓发常青古未有，转眼红颜变苍颜。你看卖酒秦地女，嫣然一笑有多甜。翩翩起舞赛天仙，刚刚十五如花年，莺歌燕语如琴弦。还记得汉武帝遗音《秋风辞》，千年过去，至今犹恨人生短！抓住流逝光阴不松手，把太阳拴在扶桑颠。哎，无奈，忧愁袭来，一天一天长一天。

## 〔赏析〕

贺铸这首词抒写了词人报国无门、功业难成的失意情怀。"缚虎手，悬河口"均借代人才。手能暴虎者为勇士，可引申为有军事才能的人；口若悬河者为谋士，可引申为有政治才干的人。倘若逢时，这样的文武奇才当高车驷马，上黄金台，封万户侯。可眼前却穷愁潦倒，车不大，像鸡窝，马不壮，像饿狗。"车如鸡栖马如狗"形容车敝马瘦，与"缚虎手，悬河口"的夸张描写造成强烈对照，不平之气溢于言表。以下正面申抱负，写感慨："白纶巾，扑黄尘，不知我辈可是蓬蒿人？"词径取李诗末句，而易一字增二字作"不知我辈可是蓬蒿人"，虽自负而带一种彷徨苦闷情态，与李白的仰天大笑、欣喜如狂不同，读来别有意味。以下"衰兰送客咸阳道，天若有情天亦老"，则袭用李贺《金铜仙人辞汉歌》原句。但原辞是通过汉魏易代之际铜人的迁移，写盛衰兴亡之悲感，言天若有感情天也会衰老，何况乎人？此处则紧接上文抒写不遇者奔走风尘，"天荒地老无人识"的悲愤。以上从志士之困厄写到志士之牢骚，继而便写狂放饮酒。"作雷颠，不论钱，谁问旗亭美酒斗十千"，写出不趋名利，纵酒放歌，乘醉起舞，一种狂放情态。其中含有无可奈何的悲愤，但写得极有气派，使词情稍稍上扬。

　　过片极自然。不过上片所写的愁，主要是志士失路的忧愁；而下片则转出另一重愁情，即人生短促的忧愁："酌大斗，更为寿，青鬓长青古无有。"词情为之再抑。以下说到及时行乐，自非新意，但写得极为别致。把歌舞与美人打成一片来写，写笑以"嫣然"，写舞以"翩然"，形容简妙；"当垆秦女十五"云云是从乐府《羽林郎》"胡姬年十五，春日正当垆"化出，而"语如弦"三字，把秦女的声音比作音乐一样动人，新鲜生动，而且不必写歌已得歌意。这里极写生之欢愉，是再扬，同时为以下反跌出死之可悲作势。秋风曲虽成"遗音"，但至今使人记忆犹新，觉"事去千年犹恨促"。由于反跌的作用，此句比"青鬓长青古无有"句更使人心惊。于是作者遂生出"揽流光，系扶桑"的奇想。这种超现实的奇想，都恰好反映出作者无法摆脱的现实苦闷。只有怀才不遇的人最易感到生命短促、光阴虚掷的痛苦。所以下片写生命短暂的悲愁，与上片写志士失路的哀苦也就紧密联系在一起。"行路难"的题意也已写得淋漓尽致了。不料最末一句却来了个大转折："争奈愁来一日却为长。"前面说想留驻日光，使人长生不死，这里却说愁人情愿短命；前面说"事去千年犹恨促"，这里却说一天的光阴也长得难过。一句几乎翻转全篇，却更深刻地反映出志士苦闷而且矛盾的心情，将"行路难"的"难"字写得入木三分。

# 玉楼春·春景

### 【宋】宋祁

东城①渐觉风光好。縠皱波纹迎客棹②。绿杨烟外晓寒轻③，红杏枝头春意闹④。

浮生⑤长恨欢娱少。肯爱⑥千金轻一笑。为君持酒劝斜阳，且向花间留晚照⑦。

## 【注　释】

①东城：泛指城市之东。

②縠（hú）皱波纹：形容波纹细如绉纱。縠皱：即绉纱，有皱褶的纱。棹（zhào）：船桨，此指船。

③烟：指笼罩在杨柳稍的薄雾。晓寒轻：早晨稍稍有点寒气。

④春意：春天的气象。闹：浓盛。

⑤浮生：指漂浮无定的短暂人生。

⑥肯爱：岂肯吝惜，即不吝惜。一笑：特指美人之笑。

⑦晚照：夕阳的余晖。

## 作者名片

宋祁（998—1061），字子京，安州安陆（今湖北安陆）人，后徙居开封雍丘（今河南杞县），北宋文学家。天圣二年进士，官翰林学士、史馆修撰。与欧阳修等合修《新唐书》，书成，进工部尚书，拜翰林学士承旨。卒谥景文，与兄宋庠并有文名，时称"二宋"。诗词语言工丽，因《玉楼春》词中有"红杏枝头春意闹"句，世称"红杏尚书"。

## 译 文

信步东城感到春光越来越好，绉纱般的水波上船儿慢摇。条条绿柳在霞光晨雾中轻摆曼舞，粉红的杏花开满枝头春意妖娆。

总是抱怨人生短暂欢娱太少，怎肯为吝惜千金而轻视欢笑？让我为你举起酒杯奉劝斜阳，请留下来把晚花照耀。

## 赏析

此词上片从游湖写起，讴歌春色，描绘出一幅生机勃勃、色彩鲜明的早春图；下片则一反上片的明艳色彩、健朗意境，言人生如梦，虚无缥缈，匆匆即逝，因而应及时行乐，反映出"浮生若梦，为欢几何"的寻欢作乐思想。

起首一句泛写春光明媚。第二句以拟人化手法，将水波写得生动、亲切而又富于灵性。"绿杨"句写远处杨柳如烟，一片嫩绿，虽是清晨，寒气却很轻微。"红杏"句专写杏花，以杏花的盛开衬托春意之浓。词人以拟人手法，着一"闹"字，将烂漫的大好春光描绘得活灵活现，呼之欲出。

过片两句，意谓浮生若梦，苦多乐少，不能吝惜金钱而轻易放弃这欢乐的瞬间。此处化用"一笑倾人城"的典故，抒写词人携妓游春时的心绪。结束两句，写词人为使这次春游得以尽兴，要为同时冶游的朋友举杯挽留夕阳，请它在花丛间多陪伴些时候。这里，词人对于美好春光的留恋之情，溢于言表，跃然纸上。

# 如梦令·昨夜雨疏风骤

**【宋】** 李清照

昨夜雨疏风骤①，浓睡不消残酒②。试问卷帘人，却道海棠依旧。知否，知否？应是绿肥红瘦③。

## 【注　释】

①雨疏风骤：雨点稀疏，晚风急猛。
②浓睡不消残酒：虽然睡了一夜，仍有余醉未消。浓睡：酣睡。残酒：尚未消散的醉意。
③绿肥红瘦：绿叶繁茂，红花凋零。

## 作者名片

李清照（1084—1155），号易安居士，齐州济南（今山东省济南市章丘区）人。宋代女词人，婉约词派代表，有"千古第一才女"之称。前期所作词多写其悠闲生活，后期多悲叹身世，情调感伤。形式上善用白描手法，自辟途径，语言清丽。论词强调协律，崇尚典雅，提出词"别是一家"之说，反对以作诗文之法作词。能诗，留存不多，部分篇章感时咏史，情辞慷慨，与其词风不同。有《李易安集》《易安居士文集》《易安词》，已散佚。后人辑有《漱玉集》《漱玉词》。今有《李清照集》辑本。

### 译 文

昨夜雨虽然下得稀疏，但是风却劲吹不停，酣睡一夜仍有余醉未消。问那正在卷帘的侍女，外面的情况如何，她却说海棠花依然和昨天一样。知道吗？知道吗？这个时节应该是绿叶繁茂，红花凋零了。

### 〔赏析〕

李清照这首《如梦令》是受"天下称之"的不朽名篇。这首小令，有人物，有场景，还有对白，充分显示了宋词的语言表现力和词人的才华。小词借宿酒醒后询问花事的描写，曲折委婉地表达了词人的惜花伤春之情，语言清新，词意隽永。

## 醉花阴①·薄雾浓云愁永昼

【宋】李清照

薄雾浓云愁永昼②，瑞脑消金兽③。佳节又重阳，玉枕纱厨④，半夜凉初透⑤。

东篱把酒黄昏后，有暗香盈袖。莫道不销魂⑥，帘卷西风，人比黄花瘦⑦。

【注 释】

①醉花阴：词牌名，又名"九日"，双调小令，仄韵格，五十二字，上下阕各五句三仄韵。
②云：一作"雾"，一作"阴"。愁永昼：愁难排遣觉得白天太长。永昼，漫长的白天。
③瑞脑：一种薰香名。又称龙脑，即冰片。消金兽：香炉里香料逐渐燃尽。消，一作"销"，一作"喷"。金兽，兽形的铜香炉。
④纱厨：即防蚊蝇的纱帐。厨，一作"窗"。
⑤凉：一作"秋"。

⑥销魂：形容极度忧愁、悲伤。销，一作"消"。
⑦比：一作"似"。黄花：指菊花。

## 译 文

　　薄雾弥漫，云层浓密，日子过得郁闷愁烦，龙脑香在金兽香炉中缭绕。又到了重阳佳节，卧在玉枕纱帐中，半夜的凉气刚将全身浸透。

　　在东篱边饮酒直到黄昏以后，淡淡的黄菊清香溢满双袖。此时此地怎么能不令人伤感呢？风乍起，卷帘而入，帘内的人儿因过度思念身形竟比那黄花还要瘦弱。

## [赏析]

　　这首词是作者婚后所作，抒发的是重阳佳节思念丈夫的心情。传说清照将此词寄给赵明诚后，惹得明诚比试之心大起，遂三夜未眠，作词数阕，然终未胜过清照的这首《醉花阴》。

　　"薄雾浓云愁永昼"，这一天从早到晚，天空都是布满着"薄雾浓云"，这种阴沉沉的天气最使人感到愁闷难挨。外面天气不佳，只好待在屋里。永昼，一般用来形容夏天的白昼，这首词写的是重阳，即农历九月九日，已到秋季时令，白昼越来越短，还说"永昼"，这只是词人的一种心理感觉。李清照结婚不久，就与相爱至深的丈夫赵明诚分离两地，这时她正独守空房，怪不得感到日长难挨了。这里虽然没有直抒离愁，但仍可透过这层灰蒙蒙的"薄雾浓云"，窥见女词人的内心苦闷。"瑞脑消金兽"一句，便是转写室内情景：她独看着香炉里瑞脑香的袅袅青烟出神，真是百无聊赖。又是重阳佳节了，天气骤凉，睡到半夜，凉意透入帐中枕上，对比夫妇团聚时闺房的温馨，真是不可同日而语。上片寥寥数句，把一个闺中少妇心事重重的愁态描摹出来。她走出室外，天气不好；待在室内又闷得慌；白天不好过，黑夜更难挨；坐不住，睡不宁，真是难以将息。"佳节又重阳"一句有深意。古人对重阳节十分重视。这天亲友团聚，相携登高，佩茱萸，饮菊酒。李清照写出"瑞脑消金兽"的孤独感后，马上接以一句"佳节又重阳"，显然有弦外之音，暗示当此佳节良辰，丈夫不在身边。"佳节又重阳"一个"又"字，是有很浓的感情色彩的，突出地表达了她的伤感情绪。紧接着两句"玉枕纱厨，半夜凉初透"写的是丈夫不在家，玉枕孤眠，纱帐内独寝，又会有什么感触？"半夜凉初透"，不只是时令转凉，而是别有一番凄凉滋味。

下片写重阳节这天赏菊饮酒的情景。把酒赏菊本是重阳佳节的一个主要节目，大概为了应景吧，李清照在屋里闷坐了一天，直到傍晚，才强打精神"东篱把酒"来了。可是，这并未能宽解一下愁怀，反而在她的心中掀起了更大的感情波澜。重阳是菊花节，菊花开得极盛极美，她一边饮酒，一边赏菊，染得满身花香。然而，她又不禁触景伤情，菊花再美，再香，也无法送给远在异地的亲人。"有暗香盈袖"一句，化用了《古诗十九首》"馨香盈怀袖，路远莫致之"句意。"暗香"，通常指梅花。这里则以"暗香"指代菊花。菊花经霜不落，傲霜而开，风标与梅花相似，暗示词人高洁的胸襟和脱俗的情趣。同时也流露出"馨香满怀袖，路远莫致之"的深深遗憾。这是暗写她无法排遣对丈夫的思念。她实在情不自禁，再无饮酒赏菊的意绪，于是匆匆回到闺房。"莫道不销魂"句写的是晚来风急，瑟瑟西风把帘子掀起了，人感到一阵寒意。联想到刚才把酒相对的菊花，菊瓣纤长，菊枝瘦细，而斗风傲霜，人则悲秋伤别，消愁无计，此时顿生人不如菊之感。以"人比黄花瘦"作结，取譬多端，含蕴丰富。

# 沁园春·斗酒彘肩

【宋】刘过

斗酒彘肩，风雨渡江，岂不快哉！被香山居士<sup>①</sup>，约林和靖<sup>②</sup>，与坡仙老<sup>③</sup>，驾勒吾回<sup>④</sup>。坡谓西湖，正如西子，浓抹淡妆临镜台。二公者，皆掉头不顾，只管衔杯。

白云天竺去来，图画里、峥嵘楼观开。爱东西双涧，纵横水绕；两峰南北，高下云堆。逋曰不然，暗香浮动，争似孤山先探梅<sup>⑤</sup>。须晴去，访稼轩未晚，且此徘徊。

【注 释】

①香山居士：白居易晚年自号香山居士。
②林和靖：林逋，字和靖。
③坡仙老：苏轼自号东坡居士，后人称为坡仙。
④驾勒吾回：强拉我回来。
⑤孤山先探梅：孤山位于里、外两湖之间的界山，山上种了许多梅花。

作者名片

刘过（1154—1206），字改之，号龙洲道人，南宋文学家。吉州太和（今江西泰和）人，长于庐陵（今江西吉安），去世于江苏昆山，今其墓尚在。四次应举不中，流落江湖间，布衣终身。曾为陆游、辛弃疾所赏，亦与陈亮、岳珂友善。词风与辛弃疾相近，抒发抗金抱负狂逸俊致，与刘克庄、刘辰翁享有"辛派三刘"之誉，又与刘仙伦合称为"庐陵二布衣"。有《龙洲集》《龙洲词》。

译 文

想着你将用整斗酒和猪腿将我款待，在风雨中渡过钱塘江到绍兴与您相会岂能不愉快？可半道中被白居易邀约，被林逋、苏东坡强拉回来。苏东坡说，西湖如西施，或浓妆或淡妆自照于镜台。林逋、白居易两人都置之不理，只顾畅饮开怀。

白居易说，到天竺山去啊，那里如画卷展开，寺庙巍峨，流光溢彩。可爱的是东西二溪纵横交错，南北二峰高低错落白云霭霭。林逋说，并非如此，梅花的馨香幽幽飘来，怎比得上先到孤山探访香梅之海。待到雨过天晴再访稼轩不迟，我暂且在西湖边徘徊。

〔赏析〕

词的上片写他想赴辛弃疾之邀，又不能去。"斗酒彘肩，风雨渡江，岂不快哉"起势豪放，奠定了全文的基调。这三句用典，使风俗之气变为豪迈阔气。"被香山居士，约林和靖，与东坡老，驾勒吾回"，就在他要出发之时，却被白居易、林逋、苏轼拉了回来。"驾勒吾回"四字写出了他的无可奈何。接着词人概括三位诗人诗意，说明他不能前去的理由。作者把本不相干的三人集于同一场景进行对话，构思巧妙新奇，"二公者，皆掉头不顾，只管衔杯"，林逋、白居易两人只顾着喝酒，对苏东坡的提议丝毫不感兴趣。

下片开端打破了两片的限制，紧接着上文写白居易的意见。"白云天竺去来，图画里、峥嵘楼观开。爱东西双涧，纵横水绕；两峰南北，高下云堆。"白居易在杭州做郡守时，写过不少歌咏杭州的诗句，其中《寄韬光禅师》就有"东涧水流西涧水，南山云起北山云"之语。这六句也是化用白诗而成，用"爱"字将天竺美景尽情描绘而出，给人以如临其境之感。"暗香浮动，争似孤山先探梅"，词人化用三位诗人描写杭州风景的名句，更为杭州的湖光山色增添了逸兴韵致和文化内涵，再现了孤山寒梅的雅致与芬芳，给人美好的想象。词人笔意纵横，虽然没有正面写杭州之美，但却使我们看到了杭州的旖旎风光。不同时代的诗人跨越了时空的界限，相聚一堂。他们的音容笑貌、言谈口吻鲜活地呈现在我们面前，体现出作者丰富的想象力。"须晴去，访稼轩未晚，且此徘徊"三句顺势而出了，这里"须晴去"的"晴"字，当然与上片的"风雨渡江"遥相呼应，可当作"晴天"讲。但是，从词旨总体揣摩，它似含有"清醒"的意味，其潜台词中似乎是说自己目前正被杭州湖山胜景所迷恋，"徘徊"在"三公"争辩的诱惑之中。那么，赴约之事，且待"我""清醒"过来，再做理会吧！这样理解，可能更具妙趣。这几句也回应开头，使全词更显得结构严谨，密不可分。

# 天仙子·水调①数声持酒听

## 【宋】张先

水调数声持酒听，午醉醒来愁未醒。送春春去几时回？临晚镜，伤流景②，往事后期空记省③。

沙上并禽池上暝④，云破月来花弄影⑤。重重帘幕密遮灯，风不定，人初静，明日落红⑥应满径。

【注　释】

①水调：曲调名。
②流景：像水一样的年华，逝去的光阴。景，日光。

③后期：以后的约会。记省：记志省识。记：思念。省（xǐng）：省悟。
④并禽：成对的鸟儿。这里指鸳鸯。暝：天黑，暮色笼罩。
⑤弄影：谓物动使影子也随着摇晃或移动。弄，摆弄。
⑥落红：落花。

## 作者名片

　　张先（990—1078），字子野，乌程（今浙江湖州吴兴）人。北宋时期著名的词人，曾任安陆县的知县，因此人称"张安陆"。天圣八年进士，官至尚书都官郎中。晚年退居湖杭之间。曾与梅尧臣、欧阳修、苏轼等游。善作慢词，与柳永齐名，造语工巧，曾因三处善用"影"字，世称张三影。

## 译　文

　　手执酒杯细听那《水调歌》声声，一觉醒来午间醉意虽消，愁却未曾消减。送走了春天，春天何时再回来？临近傍晚照镜，感伤逝去的年景，如烟往事在日后空自让人沉吟。

　　天黑后，鸳鸯在池边并眠，花枝在月光下舞弄自己的倩影。一重重帘幕密密地遮住灯光，风还没有停止，人声已安静，明天落花应该会铺满园中小径。

## 赏析

　　上片写作者的思想活动，是静态；下片写词人即景生情，是动态。静态得平淡之趣，而动态有空灵之美。作者在暮色降临时到小园中闲步，借以排遣从午前一直滞留在心头的愁闷。天很快就暗下来了，水禽已并眠在池边沙岸上，夜幕逐渐笼罩着大地。这个晚上原应有月的，作者的初衷未尝不想趁月色以赏夜景，才步入园中的。不料云满夜空，并无月色，既然天已昏黑那就回去吧。恰在这时，意外的景色变化在眼前出现了。风起了，刹那间吹开了云层，月光透露出来了，而花被风所吹动，也竟自在月光临照下婆娑弄影。这就给作者孤寂的情怀注入了暂时的欣慰。此句之所以传诵千古，不仅在于修辞炼句的功夫，主要还在于词人把经过整天的忧伤苦闷之后，在一天将尽品尝到即将流逝的盎然春意这一曲折复杂的心情，通过生动妩媚的形象传绘出来，让读者从中也分享到一点欣悦和无限美感。

# 解连环·怨怀无托

【宋】周邦彦

怨怀无托。嗟情人断绝，信音辽邈①。纵妙手、能解连环②，似风散雨收，雾轻云薄。燕子楼空③，暗尘锁、一床④弦索。想移根换叶⑤。尽是旧时，手种红药⑥。

汀洲渐生杜若。料舟依岸曲，人在天角。谩记得、当日音书，把闲语闲言，待总烧却。水驿春回，望寄我、江南梅萼⑦。拚⑧今生，对花对酒，为伊泪落。

【注 释】

①辽邈（miǎo）：辽远。

②解连环：此处借喻情怀难解。

③燕子楼空：楼名，在今江苏省徐州市。相传为唐贞元时尚书张建封之爱妾关盼盼居所。张死后，盼盼念旧不嫁，独居此楼十余年。后以"燕子楼"泛指女子居所。这里指人去楼空。

④床：放琴的架子。

⑤移根换叶：比喻彻底变换处境。

⑥红药：芍药花。

⑦梅萼：梅花的蓓蕾。

⑧拚：不顾惜，舍弃。

## 作者名片

周邦彦（1056—1121），字美成，号清真居士，汉族，钱塘（今浙江杭州）人，北宋末期著名的词人。作品多写闺情、羁旅，也有咏物之作。格律严谨，语言典丽清雅，长调尤善铺叙，为后来格律派词人所宗。作品在婉约词人中长期被尊为"正宗"。旧时词论称他为"词家之冠"或"词中老杜"，是公认"负一代词名"的词人，在宋代影响甚大。有《清真居士集》，已佚，今存《片玉集》。

## 译 文

幽怨的情怀无所寄托，哀叹情人天涯远隔，音书渺茫无着落。纵使有妙手，能解开连环一般感情中的种种烦恼疑惑，但在两人的感情云散雨收之后，还是会残留下轻雾薄云一般淡淡的情谊和思念。佳人居住的燕子楼已成空舍，灰暗的尘埃封锁了，满床的琵琶琴瑟。楼前花圃根叶全已移载换过，往日全是她亲手所种的红芍药香艳灼灼。

江中的沙洲渐渐长了杜若。料想她沿着弯曲的河岸划动小舟，人儿在天涯海角漂泊。空记得，当时情话绵绵，还有音书寄我，而今那些闲言闲语令我睹物愁苦，倒不如待我全都烧成赤灰末。春天又回到水边驿舍，希望她还能寄我，一枝江南的梅萼。我不惜一切对着花，对着酒，为她伤心流泪。

[赏析]

　　《解连环·怨怀无托》是北宋词人周邦彦寻访情人旧居抒写怨情之词。词的上片由今及昔，再由昔而今，写去昔日聚会的燕子楼不见伊人的怅惘。下片由对方而己方，再写己方期待对方，对伊人的怀念和矢志不移的忠贞。此词以曲折细腻的笔触，婉转反复地抒写了词人对于昔日情人无限缱绻的相思之情。全词直抒情怀，一波三折，委曲回宕，情思悲切，悱恻缠绵。

## 大有·九日

**【宋】潘希白**

　　戏马台前，采花篱下①，问岁华、还是重九。恰归来、南山翠色依旧。帘栊昨夜听风雨，都不似、登临时候。一片宋玉情怀②，十分卫郎③清瘦。

　　红萸佩、空对酒。砧杵④动微寒，暗欺罗袖。秋已无多，早是败荷衰柳。强整帽檐欹侧⑤，曾经向、天涯搔首。几回忆，故国莼鲈⑥，霜前雁后⑦。

**【注　释】**

①采花篱下：用陶潜"采菊东篱下"诗意。

②宋玉情怀：即悲秋情怀，宋玉作《九辩》悲愁。

③卫郎：即卫玠，字叔宝，河东安邑（今山西夏县北）人，晋朝玄学家、官员，中国古代四大美男之一。

④砧杵（zhēn chǔ）：捣衣石和棒槌。亦指捣衣。

⑤"帽檐"句：用孟嘉龙山落帽事。欹（qī），倾斜。

⑥莼鲈（chún lú）：鲈鱼与莼菜。南朝宋刘义庆《世说新语·识鉴》载：晋张翰在洛，见秋风起而思故乡莼鲈，因辞官归。后因以"莼鲈"为思乡之典。

⑦霜前雁后：杜甫诗云："故国霜前北雁来。"

## 作者名片

潘希白，字怀古，号渔庄，永嘉人（今浙江湖州人）。南宋理宗宝祐元年（1253）中进士。存词1首。

## 译　文

古老的戏马台前，在竹篱下采菊酿酒，岁月流逝，我问今天是什么时节，才知又是重九。我正好归来，南山一片苍翠依旧，昨夜在窗下听着风雨交加，都不像登临的时候。我像宋玉一样因悲秋而愁苦，又像卫玠一般为忧时而清瘦。

我佩戴了红色的茱萸草，空对着美酒，砧杵惊动微寒，暗暗侵逼衣袖。秋天已没有多少时候，早已是满目的残荷衰柳。我勉强整理一下倾斜的帽檐，向着远方连连搔首。我多少次忆念起故乡的风物。莼菜和鲈鱼的味道最美时，是在霜冻之前，鸿雁归去之后。

## 〔赏析〕

这首词写重阳节。词上片开头用宋武帝重阳登戏马台及陶潜重阳日把酒东篱的事实点明节令。接着表达向往隐逸生活的意趣。"昨夜"是突现未归时自己悲秋的情怀和瘦弱身体，以及"归来"的及时和必要。下片第一句承开头咏重阳事，暗含自叹老大伤悲之意。"几回忆"三句亦是尚未归来时心情。反复推挪与呼应，最后归结于"天涯归来"者对当年流落时无限愁情的咀嚼。

# 骤雨打新荷·绿叶阴浓

【金】元好问

绿叶阴浓，遍池亭水阁，偏趁凉多。海榴①初绽，朵朵簇红罗。乳燕雏莺弄语，有高柳鸣蝉相和。骤雨过，似琼珠乱撒②，打遍新荷。

人生百年有几③，念良辰美景，休放虚过。穷通前定④，何用苦张罗。命友⑤邀宾玩赏，对芳樽⑥浅酌低歌。且酩酊，任他两轮日月，来往如梭。

【注释】

①海榴：即石榴。
②撒：撒落。
③几：几许，此处指多长时间。
④穷通前定：意为失意得意、命运的好坏由前生而定。
⑤命友：邀请朋友。
⑥芳尊：美酒。尊，即樽，酒杯。

## 作者名片

元好问（1190—1257），字裕之，号遗山，世称遗山先生，太原秀容（今山西忻州）人，金末至大蒙古国时期著名文学家、历史学家。元好问是宋金对峙时期北方文学的主要代表、文坛盟主，又是金元之际在文学上承前启后的桥梁，被尊为"北方文雄""一代文宗"。他擅作诗、文、词、曲。其中以诗作成就最高，其"丧乱诗"尤为有名；其词为金代一朝之冠，可与两宋名家媲美；其散曲虽传世不多，但当时影响很大，有倡导之功。有《元遗山先生全集》《中州集》。

## 译　文

绿叶繁茂一片浓阴，绿荫布满池塘中的水阁，这里最凉快。石榴花刚开，妖娆艳丽散发扑鼻的香气。雏燕幼莺叽叽地说着话，高高的柳枝上有蝉鸣相和。骤雨霎时飞来，像珍珠一般乱洒，打遍池塘里一片片新荷。

人生能有多长时间，想想那良辰美景，好像刚刚做了一场梦一样。命运的好坏是由前生而定的，何必要自己苦苦操劳呢。邀请宾客朋友玩赏，喝酒唱歌，暂且喝个酩酊大醉，任凭它日月轮转，来往像穿梭。

## 赏析

上片写盛夏纳凉，流连光景的赏心乐事，主写景。看作者铺叙的层次，可说是渐入佳境：作者先用大笔着色，铺写出池塘水阁的一片绿荫，并以"偏趁凉多"四字，轻轻点出夏令。然后，在此万绿丛中，点染上朵朵鲜红如罗的石榴花，令读者顿觉其景照眼欲明，进而写鸟语蝉鸣。而这鸟儿，专指"乳燕雏莺"，是在春天诞生、此时刚刚孵出的新雏，其声稚嫩娇软而可喜。那蝉儿也是刚出虫蜕，踞高柳而长鸣。在这一片新生命的合唱中，池塘水阁平添生趣。到此，作者妙笔生花，在热烈、喧闹的气氛中特别叙写了一场骤雨。这雨绝非煞风景，它是过路的阵雨，既给盛夏带来凉意，又替画面做了润色。骤雨持续时间不长，却刚好"打遍新荷"，引人联想到"琼珠乱撒"的景照，真是"人在画图中"。

下曲即景抒怀，宣扬浅斟低唱、及时行乐的思想。主调既是低沉的，又是旷达的。在用笔上，作者一洗上片的丹青色彩，换作白描抒写。"良辰美景"句总括前文，言如此好景，应尽情欣赏，不使虚过。"穷通前定"（命运的好坏乃前世注定）是一种宿命论的说法，作者这样说，旨在"何苦用张罗"，即反对费尽心机的钻营。这种旷达的外表，仍掩饰不住作者内心的苦闷，"命友邀宾玩赏"二句，谓人生乐趣在流连光景、杯酒，这是从六朝以来，封建士大夫在无所作用之际典型的人生态度。因为光阴似箭，日月如梭，会使他们感到心惊，而沉浸在"酩酊"大醉中，庶几可以忘怀一时，取得片刻的麻醉。

# 临江仙·自洛阳往孟津①道中作

【金】元好问

今古北邙②山下路，黄尘③老尽英雄。人生长恨水长东。幽怀④谁共语，远目送归鸿。

盖世功名将底⑤用，从前错怨天公。浩歌一曲酒千钟⑥。男儿行处⑦是，未要论穷通。

## 【注 释】

①孟津：黄河渡口名。在今河南孟津县东，洛阳东北。

②北邙（máng）山：即邙山，在洛阳北，黄河南。王公贵胄多葬于此。

③黄尘：指岁月时光。

④幽怀：隐藏在内心的情感。

⑤底：何，什么。

⑥钟：同"盅"。

⑦行处：做官或退隐。

## 译 文

　　古往今来北邙山下的道路，黄尘滚滚不知老尽了多少英雄。人生令人遗憾的事情太多，就像那东逝的江水，永无尽头。心中的苦痛能和谁说，放眼把空中的归雁远送。

　　那举世显赫的功名有什么用？过去实在是错怪了天公。放声高唱一曲饮尽千杯酒。身为男子汉，关键在于言行的正确性，而不是以困厄与显达来论定成败。

## 〔赏析〕

　　该词上片触景兴感，重在抒情，在志士悲慨之中，流露出孤寂之感。下片重在说理，既表现他以英雄自许，渴望建功立业的情怀，又表明他面对现实，在无可奈何中，聊以旷达自遣苦闷。全词通过寓情于景的手法，借"地"兴怀，由北邙山这一特定地点，引出吊古伤今之情，抒发了作者对"今古英雄"怀才不遇的感慨。

# 鹧鸪天·只近浮名不近情

【金】元好问

只近浮名不近情①。且看不饮更何成。三杯渐觉纷华②远，一斗都浇块磊③平。

醒复醉，醉还醒。灵均④憔悴可怜生。《离骚》读杀⑤浑无味，好个诗家阮步兵⑥！

## 【注 释】

①情：人情，指好饮乃人之常情。
②纷华：纷扰的尘世浮华。
③块磊：即城垒，胸中的抑郁不平。
④灵均：屈原的字。
⑤读杀：读完。
⑥阮步兵：魏晋之间的著名诗人。

## 译 文

只追求世间的功名利禄而不近酒的人，就算他不喝酒，也未必能有什么成就！我喝了三杯后，渐渐地就觉得远离了尘世；喝光了一斗，更觉得把心头的不平都给浇没了！

我酒醒了又喝醉，喝醉了却又醒。屈原说自己"众人皆醉我独醒"，可真让人觉得憔悴可怜！他的《离骚》，读来读去也没什么意思，还是像爱酒的诗人阮籍那样痛饮美酒图一醉，才算是最好！

## 〔赏析〕

　　这是一首借酒浇愁、感慨激愤的小词，盖作于金源灭亡前后。当时，元好问作为金源孤臣孽子，鼎镬余生，栖迟零落，满腹悲愤，无以自吐，不得不借酒浇愁，在醉乡中求得片刻排解。这首词就是在这种背景和心境下产生的。

　　词的上片四句，表述了两层意思。前两句以议论起笔，为一层，是说只近浮名而不饮酒，也未必有其成就。元好问在金亡前后，忧国忧民，悲愤填膺，既无力挽狂澜于既倒，乃尽弃"浮名"，沉湎于醉乡。此词上片第二层意思，便是对酒的功效的赞颂："三杯渐觉纷华远，一斗都浇块磊平。"三杯之后，便觉远离尘世。然后再用"一斗"句递进一层，表现酒的作用和自己对酒的需要。用这种特大的酒杯盛酒，全部"浇"入胸中，才能使胸中的郁愤平复，也就是说，在大醉之后，才能暂时忘忧，而求得解脱。词人就是要在这种"醒复醉，醉还醒"不断浇着酒的情况下，才能在那个世上生存。"灵均"以下三句，将屈原对比，就醉与醒，饮与不饮立意，从而将满腹悲愤，更转深一层。这里词人对屈原显然也是同情的，但对其虽独醒而无成，反而落得憔悴可怜，则略有薄责之意。因而对其《离骚》，尽管"读杀"，也总觉得全然无味了。"浑无味"，并非真的指斥《离骚》无味，而是因其太清醒、太悲愤，在词人极其悲痛的情况下，这样的作品读来只能引起更大的悲愤；而词人的目的，不是借《离骚》以寄悲愤，而是要从悲愤中解脱出来，这个目的，是"读杀"《离骚》也不能达到的。以"好个诗家"独赞阮步兵，显然，词人在屈阮对比亦即醒醉对比之中，决然选中了后者，词人也走了阮步兵的道路。

# 沉醉东风·对酒

### 【元】卢挚

对酒问人生几何，被无情日月消磨。炼成腹内丹<sup>①</sup>，泼煞<sup>②</sup>心头火。葫芦提<sup>③</sup>醉中闲过。万里云山入浩歌，一任旁人笑我。

【注　释】

①腹内丹：即"内丹"。宋元之际的道教主张以体内的"精""气"为药物，以"神"去炼，认为这样人就会忘却人间是非和私心杂念。这里借指修养性情。
②泼煞：扑灭。
③葫芦提：当时的俗语，指稀里糊涂。

**作者名片**

卢挚（1242—1314），字处道，一字莘老；号疏斋，又号蒿翁。元代涿郡（今河北涿州）人。至元五年（1268）进士，任过廉访使、翰林学士。诗文与刘因、姚燧齐名，世称"刘卢""姚卢"。与白朴、马致远、珠帘秀均有交往。散曲如今仅存小令。著有《疏斋集》（已佚）、《文心选诀》、《文章宗旨》，传世散曲120首。有的写山林逸趣，有的写诗酒生活，而较多的是"怀古"，抒发对故国的怀念。今人有《卢疏斋集辑存》《全元散曲》录存其小令。

译　文

一边饮酒一边想着这样的日子在人的一生中也是很难得的。岁月无情，时时刻刻，都在消磨着短暂的人生。只希望有一天能修身养性，跳出尘世，扑灭郁积在心中的火气，才能告别烦恼。在酒中过着稀里糊涂的生活，我渴望着有朝一日，纵情高歌，进入万里云山，回归到大自然的怀抱里去，任凭你怎样的嘲讽讥刺或不能理解，我也是听之任之，由它去吧！

## 〔赏析〕

　　散曲第一句借用曹操"对酒当歌，人生几何"，表达对人寿易尽、生命短促的深沉感叹。"消磨"句是进一步的补充，给人以惆怅的感觉。二句指皈依道家炼丹修道，以扑灭心头之火。道家丹鼎派主认为，内丹炼成即成仙，就能扑灭心头火。依此可以推想作者对当时社会现实似有许多愤慨和不平，又只能强自压抑，这里不过是借助道教语言表达内心的痛苦罢了。"葫芦提"句转回醉酒，要在稀里糊涂中"闲过"——这仍可理解为是对现实的不满和谋求摆脱的方法。最后二句，幻想唱着浩歌进入万里云山，置旁人讪笑于不顾。说明他超脱的愿望是何等强烈。

　　全曲字面表现得旷放通脱，但读者可以感悟到作者的感情是压抑的。由于使用了一些衬字，曲子显得通俗和流畅。这首曲写诗人借酒浇愁，透露出自己虽然官居高位，但有无数的烦恼，希望有一天能远离官场，修养自己的品行，过着悠闲自得的生活。语言浅白，自然流畅，表现了作者的人生理想和一种潇洒的人生态度。

# 水仙子·西湖探梅

【元】杨朝英

　　雪晴天地一冰壶，竟往西湖探老逋[1]，骑驴踏雪溪桥路。笑王维作画图，拣梅花多处提壶[2]。对酒看花笑，无钱当剑[3]沽，醉倒在西湖！

## 【注 释】

①老逋：指北宋诗人林逋，因其爱梅，故此代指梅花。
②提壶：倒酒。
③当剑：把佩剑典当掉。

## 作者名片

　　杨朝英（生卒时间不详），字英甫，号澹斋，青城（今山东高青）人，元代散曲家，曾任郡守、郎中，后归隐。与贯云石、阿里西瑛等交往甚密，相互酬唱。时人赞为高士。他最重要的贡献是选录元人散曲，辑为《乐府新编阳春白雪》《朝野新声太平乐府》二集，人称"杨氏二选"。

## 译 文

　　雪后初霁，天地仿佛一个巨大的冰壶，一片皎洁晶莹。我前往西湖去看梅，骑着小驴踏着雪渡过溪上的小桥，嘲笑王维的《雪中骑驴图》与这境界相差太远。拣几处好的梅景，在那里提壶饮酒。对着壶中的美酒，看着眼前花如笑颜般的倒影，倘若无钱饮酒，自然可以典当自己的宝剑来换酒喝，尽可醉倒在这西湖！

## 赏析

　　湖山雪霁，皎洁晶莹，犹如玲珑剔透之冰壶，在此清寒之境探寻梅花，可谓清雅之至。而探梅目的，又在寻求林逋诗意和王维画境的同时，流露出作者追攀古人高远超脱的风雅。"雪晴天地一冰壶"，以比喻手法写出了湖山雪霁的皎洁晶莹。"竟往西湖探老逋"，"老逋"，以人代花，显得别有情味。"对酒"三句，复以不负好景的豪兴，抒写了与唐代诗人李白"五花马，千金裘，呼儿将出换美酒"相似的情怀，表现出鲜明的个性特点。"醉倒在西湖"，是诗人摆脱一切拘束而沉湎于极乐境界的写照。

曲中作者写到两次"笑"——"笑王维作画图"是说作者踏雪寻梅之美景雅趣远非王维画笔所能形容，是自我得意之笑。"对酒看花笑"是说自己与梅花相对，两情相悦，是花下饮酒陶醉的笑。

# 殿前欢·次酸斋韵

## 【元】张可久

钓鱼台①，十年不上野鸥猜。白云来往青山在，对酒开怀。欠伊周②济世才，犯刘阮③贪杯戒，还李杜吟诗债。酸斋④笑我，我笑酸斋。

晚⑤归来，西湖山上野猿哀。二十年多少风流怪⑥，花落花开。望云霄拜将台⑦。袖星斗⑧安邦策，破烟月迷魂寨。酸斋笑我，我笑酸斋。

【注　释】

①钓鱼台：指东汉严子陵隐居的钓台。
②伊周：伊尹和周公，伊尹是商朝开国名臣；周公姓姬名旦，是周朝的辅佐大臣。
③刘阮：即刘伶与阮籍，同是"竹林七贤"中人物。刘伶字伯伦，常乘鹿车，携一壶酒，使人荷锸而随之，谓曰："死便埋我。"阮籍字嗣宗，与刘伶同是"竹林七贤"之士，两人都嗜酒如命。
④酸斋：贯云石号酸斋，这首曲子是和贯云石（殿前欢·畅幽哉）所作。

⑤晚：作"唤"，通假字。

⑥风流：风流人物，俊杰。怪：异常人物。

⑦拜将台：借用东汉显宗时代二十八位中兴名将图像绘画于云台之事。

⑧袖星斗：袖藏满天繁星。这句的意思是，怀有安邦兴国妙策，喻指辅国大臣。

## 作者名片

张可久（约 1270—1348），一说名伯远，字可久，号小山（《尧山堂外纪》）；一说名可久，字伯远，号小山（《词综》）；又一说字仲远，号小山（《四库全书总目提要》）。庆元（治所在今浙江宁波鄞州区）人，元朝重要散曲家，剧作家，与乔吉并称"双璧"，与张养浩合为"二张"。

## 译 文

严子陵隐居的钓鱼台已经十年都没去了，野鸥想我到那儿去了。白云飘忽在青山上面，我对着美酒开怀畅饮。虽没有伊尹周公的济世之才，但对酒的嗜好却超过了刘伶阮籍等竹林七贤。对吟诗的爱好不在李白杜甫之下。贯云石嘲笑我，我羡慕贯云石。

在西湖的孤山上，野猿不断地嚎哀，叫我赶快回家乡。二十年来有多少异常杰出的人物，随风雨花落花开。遥望那高耸云霄，中兴名将拜将台。袖藏满天星斗，心怀安邦妙策，攻破那烟花风月迷魂寨。贯云石讥笑张可久，张可久讥笑贯云石。

## 赏析

"钓鱼台，十年不上野鸥猜"。此句有自愧之意，自己为了生活，长期寄身官场潜规则的想法，不如酸斋清俊脱俗。

"白云来往青山在，对酒开怀。"今日终于重上钓鱼台，只见白云悠悠，青山隐隐，忍不住开怀畅饮。"欠伊周济世才，犯刘阮贪杯戒，还李杜吟诗债。"畅饮过后，张可久审视平生，觉得自己俗心未绝，尚称不上真正的隐士。扪心自问，尽管自己长期寄身官场之中，却并无伊尹、周公那样的安邦济世之才；尽管喜欢饮酒，却又不如刘伶、阮籍那样忘情；尽管终生填词作曲，但那些"清词丽句"早被李白、杜甫用完了，自己仅能拾其牙慧、替其还"债"而已。这三句的"自我检讨"，看似自嘲意味甚浓，实则暴露了张可久内心深处说不出来的酸楚：回首人生，竟无一事可引以自得！

"晚归来，西湖山上野猿哀。"猿啼，声嗷嗷，又高又急，似哭似号，为哀音。西湖山上，野猿哀啼，声音急切，唤我归去。"二十年多少风流怪，花落花开。"二十年来，多少风流人物辈出。但时间兀自向前，不论是谁，都如花落花开般消长，没有什么会永垂不朽。因此，生命从来无须固执。"望云霄拜将台。袖星斗安邦策，破烟月迷魂寨。"然而，当目光转向那高耸入云的中兴名将拜将台时，终难抑制内心充溢的壮志。星汉灿烂，皆藏我袖；安邦妙策，皆着我心；而那烟花风月迷魂寨，能奈我何！"酸斋笑我"，酸斋早已体会到退隐之乐，看到我此时既羡慕又扭捏的样子，心领神会，故而不免"笑我"。"我笑酸斋"，这个"笑"字里隐含的情感很复杂。它既是一种畅快的笑，自己受酸斋影响，欲步酸斋之后，自然也就笑出声来。它又是一种羡慕的笑，有多少人能像酸斋那样无忧生活，顺应自己的内心做自己喜欢的事呢？它还是一种含而不露的苦笑，自由是酸斋的，我什么都没有，还必须为了生活继续在宦海淹留。张可久只在笑，不着一言，却胜千书。

# 人月圆·山中书事

【元】张可久

兴亡千古繁华梦，诗眼①倦天涯。孔林②乔木，吴宫③蔓草，楚庙④寒鸦。

数间茅舍，藏书万卷，投老⑤村家。山中何事？松花酿酒，春水煎茶。

## 【注 释】

①诗眼：诗人的洞察力。
②孔林：指孔丘的墓地，在今山东曲阜。
③吴宫：指吴国的王宫，也可指三国东吴建业（今南京）故宫。
④楚庙：指楚国的宗庙。
⑤投老：临老，到老。

## 【译 文】

千古岁月，兴亡更替就像一场幻梦。诗人用疲倦的眼睛远望着天边。孔子家族墓地中长满乔木，吴国的宫殿如今荒草萋萋，楚庙中只有乌鸦飞来飞去。

临到老回到了村中生活，几间茅屋里，珍藏着万卷诗书。山中有什么事呢？用松花酿酒，用春天的河水煮茶。

## 〔赏析〕

这首曲借感叹古今的兴亡盛衰表达自己看破世情、隐居山野的生活态度。全曲上片咏史，下片抒怀。开头两句总写历来兴亡盛衰，都如幻梦，自己早已参破世情，厌倦尘世。接下来三句，以孔林、吴宫与楚庙为例，说明往昔繁华，如今只剩下凄凉一片。下片转入对眼前山中生活的叙写，虽然这里仅有简陋的茅舍，但有诗书万卷。喝着自酿的松花酒，品着自煎的春水茶，幽娴宁静，用诗酒自娱，自由自在。

# 锦津舟中对酒别刘善充①

【明】 杨慎

锦江烟水星桥②渡，惜别愁攀江上树。
青青杨柳故乡遥③，渺渺征人大荒去④。
苏武匈奴十九年⑤，谁传书札上林边⑥。
北风胡马南枝鸟⑦，肠断当筵蜀国弦⑧。

## 【注　释】

①锦津：指锦江发舟处，即望江楼附近，为刘善充对其送别处。刘善充：作者友人，其事迹未详。

②星桥：原成都西南西江上，又名"七星桥"。

③故乡遥：杨慎回云南贬所，故离故乡遥远。

④征人：杨慎自指。大荒：指云南贬所。

⑤苏武：西汉武帝时苏武出使匈奴不屈，被留十九年。十九年：此杨慎以苏武借指自己遭贬十九年。

⑥"谁传"句：相传汉昭帝索求苏武不得，乃遣使者谓单于天子射雁上林中，得雁足帛书，言武等在泽，乃得放还。此处言"上林无书"，指自己还期渺茫，遭遇比苏武还不好。

⑦"北风"句"：古诗有"胡马依北风，越鸟巢南枝"之句，此处借喻自己遭遇还不如鸟兽。

⑧蜀国弦：属乐府相和旧曲名。此指思乡之曲。

## 作者名片

杨慎（1488—1559），字用修，号升庵，后因流放滇南，故自称博南山人、金马碧鸡老兵，杨廷和之子，四川新都（今成都市新都区）人，祖籍庐陵，明代文学家，明代三大才子之首。其诗虽不专主盛唐，仍有拟古倾向。贬谪以后，特多感愤。又能文、词及散曲，论古考证之作范围颇广。著作达百余种。后人辑为《升庵集》。

## 译 文

船儿停泊在烟波朦胧的锦江码头星桥旁边，朋友难舍我离去，惆怅地折柳相赠。杨柳颜色仍绿，故乡却离我越来越遥远，前途茫茫的征人去往那荒凉之地了。苏武被匈奴拘禁了十九年得以放还，又有谁从皇帝的身边为我带来赦免的诏书！胡马越鸟尚且怀恋故土，自己此刻听着思乡之曲，又怎能不肠断心碎！

## 赏析

此诗前两句写叙别的地点，送行者的情谊；三、四句写辞离故乡，远行边荒；五、六句写感慨，借用苏武传札得归事，表达诗人对赦免的期待；最后两句以动物恋故土设喻，道出诗人无法排解、无法抑制的恋乡情愁。全诗一气呵成，浑成自然，且情真意切，凄婉动人。

# 桃花庵①歌

### 【明】唐寅

桃花坞②里桃花庵，桃花庵下桃花仙。
桃花仙人种桃树，又折花枝当酒钱。

酒醒只在花前坐，酒醉还须花下眠。

花前花后日复日，酒醉酒醒年复年。

不愿鞠躬③车马前，但愿老死花酒间。

车尘马足贵者趣，酒盏花枝贫者缘。

若将富贵比贫贱，一在平地一在天。

若将贫贱比车马，他得驱驰我得闲。

世人笑我忒风颠，我咲世人看不穿。

记得五陵豪杰墓④，无酒无花⑤锄作田。

## 【注　释】

①庵：屋舍。

②桃花坞：坞为四面高中间低的地方，今江苏省苏州市有地名"桃花坞"。

③鞠躬：恭敬谨慎的样子，表示屈从，屈服。

④五陵豪杰墓：汉代五个皇帝的陵墓，即长陵、安陵、阳陵、茂陵、平陵，都在长安附近，后人也用"五陵"指富贵人家聚居长安的地方。

⑤无酒无花：指没有人前来祭祀，摆花祭酒是祭祀的礼俗。

## 作者名片

　　唐寅（1470—1523），字伯虎，一字子畏，号六如居士、桃花庵主、鲁国唐生、逃禅仙吏等，南直隶苏州吴县人，明代著名画家、文学家。据传他于明宪宗成化六年庚寅年寅月寅日寅时生。他玩世不恭而又才气横溢，诗文擅名，与祝允明、文徵明、徐祯卿并称"江南四大才子（吴门四才子）"，画名更著，与沈周、文徵明、仇英并称"吴门四家"。

## 译　文

　　桃花坞里有桃花庵，桃花庵下有桃花仙。桃花仙人种了桃树，又折下桃花枝去抵酒钱。酒醒了也只是坐在桃花前，喝醉了就要在桃花下睡觉。日复一日地在桃花旁，年复一年地酒醉又酒醒。不愿意在华贵的车马前弯腰屈从，只希望在赏花饮酒中度日死去。车马奔波是富贵人的乐趣所在，而无财的人追寻的是酒盏和花枝。如果将富贵和贫贱相比，那是天壤之别。如果将清贫的生活与车马劳顿的生活相比，他们得到的是奔波之苦，我得到的是闲适之乐。世间的人笑我太疯癫了，我笑他们都太肤浅。还记得五陵豪杰的墓前没有花也没有酒，如今都被锄作了田地。

## 〔赏析〕

　　全诗画面艳丽清雅，风格秀逸清俊，音律回风舞雪，意蕴醇厚深远。虽然满眼都是花、桃、酒、醉等香艳字眼，却毫无低俗之气，反而笔力直透纸背，让人猛然一醒。唐寅诗画得力处正在于此，这首诗也正是唐寅的代表作。

　　诗歌前四句是叙事，说自己是隐居于苏州桃花坞地区桃花庵中的桃花仙人，种桃树、卖桃花沽酒是其生活的写照，这四句通过顶真的手法，有意突出"桃花"意象，借桃花隐喻隐士，鲜明地刻画了一位优游林下、洒脱风流、热爱人生、快活似神仙的隐者形象。

　　次四句描述了诗人与花为邻、以酒为友的生活，无论酒醒酒醉，始终没离开桃花，日复一日，年复一年，任时光流转、花开花落而初衷不改，这种对花与酒的执着正是对生命极度珍视的表现。

　　下面四句直接点出自己的生活愿望：不愿低三下四追随富贵之门，宁愿老死花间，尽管富者有车尘马足的乐趣，贫者自可与酒盏和花枝结缘。通过对比，写出了贫者与富者两种不同的人生乐趣。

　　接下去四句是议论，通过比较富贵和贫穷优缺点，深刻地

## 赏析

揭示贫与富的辩证关系：表面上看富贵和贫穷比，一个在天，一个在地，但实际上富者车马劳顿，不如贫者悠闲自得，如果以车马劳顿的富贵来换取贫者的闲适自在，作者认为是不可取的，这种蔑视功名富贵的价值观在人人追求富贵的年代无异于石破天惊，体现了作者对人生的深刻洞察和超脱豁达的人生境界，是对人生的睿智选择，与富贵相连的必然是劳顿，钱可以买来享受却买不来闲适、诗意的人生，尽管贫穷却不失人生的乐趣、精神上的富足正是古代失意文人的人生写照。

# 菩萨蛮·新寒中酒敲窗雨

### 【清】纳兰性德

新寒中酒①敲窗雨，残香细袅秋情绪。才道莫伤神，青衫②湿一痕。

无聊成独卧，弹指③韶光④过。记得别伊时，桃花柳万丝。

## 【注释】

①中酒：犹酒酣，非醉非醒之状态。
②青衫：古代学子或官位卑微者所穿的衣服。
③弹指：极短的时间。本为佛家语。
④韶（sháo）光：美好的时光，此处指春光。

## 作者名片

　　纳兰性德（1655—1685），满洲正黄旗人，字容若，号楞伽山人，清代最著名词人之一，原名纳兰成德，一度因避讳太子保成而改名纳兰性德。纳兰性德曾拜徐乾学为师。他于两年中主持编纂了一部儒学汇编——《通志堂经解》，深受康熙皇帝赏识，授一等侍卫衔，多随驾出巡。纳兰性德的词以"真"取胜，写景逼真传神，词风"清丽婉约，哀感顽艳，格高韵远，独具特色"。著有《通志堂集》《侧帽集》《饮水词》等。

## 译 文

　　乍暖还寒的天气下着小雨，酒醉后残存的余香似乎也在模仿着秋天的伤感情绪。果然是在怀念远方的人啊，连眼泪都把青衫湿润了。

　　相思之情不胜愁苦，我一个人孤枕而眠，更觉烦闷无聊。弹指间，美好的时光一去不复返，还记得当初和你分别时，桃花千树、杨柳依依的画面，这一切多么令人怀念又惆怅啊。

## 赏析

　　这首词写思念之苦。

　　词先由凄苦情绪写起。上片第一句"新寒中酒敲窗雨"，"中酒"意思是喝醉酒，新寒是指寒冷冬季来临前时期，即深秋时节。"残香细裊秋情绪"，意思是说：悲秋的情绪，像一缕残香，细裊如丝，萦绕心头，窗外的秋雨，不断地敲打着窗门，也敲打着他的心扉，这两句表达了词人当时凄苦的心境。他在周围一片静寂中，望着香炉里的残烟，裊裊升起，满腹愁思，只能以酒浇愁。秋风秋雨，肃杀凄凉，搅得人愁怀似醉。"才道莫伤神，青衫湿一痕"，道出了词人心情凄苦惆怅的缘由，正是因为思念心上人。诗人以"酒""雨""烟"几样景物，构成一幅凄惨景象，把抒情主人公愁肠百结、泪洒衣衫的思念之苦，巧妙而又充分地表现了出来。

　　下片"无聊成独卧，弹指韶光过"，指的是尽管孤枕而眠，弹指间，美好的时光一去不复返，可是思念之心却清醒，他依然还清楚地回忆着春天分手时的情景。词人在这里却将笔锋一转："记得别伊时，桃花柳万丝。"主人公眼前突然出现一派春意融融、情意缠绵的幸福画面。这桃红柳绿的妩媚景色，这如此美好的幸福回忆，与前面的"新寒""窗雨""泪痕"的惨淡孤寂的情景，形成了强烈的对比。出人意料，令人回味，层层深入地揭示人物思想感情，又以反常的出人意料的感受表现感情的起伏变化，是词人最为熟悉，并且运用最多也最为成功的艺术手法。

　　全词情思翻转跳宕，屈曲有致，相思之苦表现得哀婉曲折。非有切身的体会，不会写得如此神采飘摇，真实细腻，令人感到一丝怅然。

# 如梦令·万帐穹庐人醉

**【清】纳兰性德**

　　万帐穹庐①人醉，星影摇摇欲坠，归梦隔狼河②，又被河声搅碎。还睡、还睡，解道③醒来无味。

**【注　释】**

①穹庐：圆形的毡帐。

②狼河：白狼河，即今大凌河，在辽宁省西部。

③解道：知道。

## 译　文

　　千万顶行军毡帐之中，将士们酣歌豪饮，酩酊大醉，满天繁星摇曳，那星空仿佛摇摇欲坠。狼河阻隔，回家的梦被那河水滔滔之声搅得粉碎。闭上眼睛，让梦境延续吧，我知道，梦醒之时，更加百无聊赖。

## 〔赏析〕

　　此词以穹庐、星影两个不同的物象，于宇宙间两个不同方位为展现背景，并以睡梦和睡醒两种不同的状态通过人物的切身体验，揭示情思。布景与说情，阔大而深长。

# 浣溪沙①·庚申除夜②

**【清】纳兰性德**

　　收取闲心冷处浓③，舞裙犹忆柘枝④红。谁家刻烛⑤待春风。

　　竹叶樽空翻采燕⑥，九枝灯㷇颤金虫⑦。风流端合⑧倚天公。

## 【注　释】

①浣溪沙：词牌名，小令，又名《满院春》《小庭花》等，因西施浣纱的故事而得名。双调，四十二字，前段三句，三平韵，后三句，两平韵。

②庚申（gēng shēn）除夜：即康熙十九年（1680）除夕夜。

③"收取"句：明王次回《寒词》："个人真与梅花似，一片幽香冷处浓。"这句说收拾起一切闲心，冷静下来，而思念之情却更浓烈了。

④柘（zhè）枝：即柘枝舞。此舞唐代由西域传入内地，初为独舞，后演化为双人舞，宋时发展为多人舞。

⑤谁家：哪一家，此处指自家。刻烛：在蜡烛上刻度数，点燃时以计时间。

⑥竹叶：指竹叶酒。采燕：旧俗于立春时剪彩绸为燕子形，饰于头上。

⑦九枝灯：一干九枝的烛灯。灺（xiè）：熄灭。金虫：比喻灯花。

⑧端：真。合：应该，应当。

## 译　文

在寒冷的除夕夜里把心里浓烈的思念收起，且看眼前那柘枝舞女的红裙，还像往年一样绚烂吗？想起自家当年在除夕夜里在蜡烛上刻出痕迹来等待新春的到来。

竹叶酒已经喝尽了，大家都在头上戴着彩绸做成的燕子来欢庆新年的到来。灯烛已经熄灭了，剩下的灯花仿佛一条条金虫在微微颤抖，如此风流快乐，全仗着天公的庇护啊。

## 〔赏析〕

上片写年末岁尾，各家皆翘首以待新春第一个黎明的到来。"收取闲心冷处浓"，开篇第一句话就奠定了本词的感情基调：在寒冷的除夕夜里本应该抛开所有，放下一切，静心等待，但浓郁的闲情却是冷处偏浓。在一片本应该繁花似锦的情境中，纳兰却似有一种无言的忧伤。"舞裙犹忆柘枝红"，此情此景让纳兰回忆起了当年观看柘枝舞的情景，气氛热烈，娴娜婉转。"谁家刻烛待春风",想起自家当年在除夕夜里在蜡烛上刻出痕迹等待新春的到来,在文人墨客的眼中,这就是十分风雅的事情了。这两句看似是回忆,却也道出了纳兰在除夕夜的一种怀念往昔生活的心情。

下片写守岁时的场景。富贵人家的除夕夜别有一派富贵景象,"竹叶樽空翻采燕,九枝灯爆颤金虫",竹叶酒喝尽了,头戴采燕装饰的人们欢歌笑语,兴高采烈。九枝灯即将燃尽,余光之中贵妇们头上的金虫头饰与摇曳的烛光交相辉映,熠熠生辉。这两句用酒杯、采燕和灯几种意象来衬托除夕夜的热闹,反映出整个除夕夜的欢腾的情景。这两句还是对仗句。"竹叶樽"对"九枝灯","空"对"爆","翻彩燕"对"颤金虫",很是工整,这些丰满的意象烘托出了除夕的喜庆气氛。在这样风流快活的场景中,纳兰是沉默的,冷峻的,"风流端合倚天公",要成为与前贤比肩的"风流人物",去建功立业,却只能赖天公庇佑,非人力所能强求,这句也表明了纳兰对当年逍遥自在生活的无限回忆。

通篇来看,这首词写的是纳兰对往年除夕的回忆,词中着力描写了柘枝舞和舞女的美妙风流,也深隐地表达了自己对往昔生活的怀念之情。全词情寓于景,清空而灵动。

# 杏帘在望

【清】 曹雪芹

杏帘①招②客饮,在望有山庄。
菱荇③鹅儿水,桑榆燕子梁。
一畦④春韭绿,十里稻花香。
盛世无饥馁,何须耕织忙。

**【注　释】**

①"杏帘"：从明代唐寅《题杏林春燕》一诗中"红杏梢头挂酒旗"而来。帘：酒店作标
　志的旗帜。
②招：说帘飘如招手。
③荇：荇菜，水生，嫩叶可食。
④畦：田园中划分成块的种植地。

## 作者名片

　　曹雪芹（约1715—约1763），名霑，字梦阮，号雪芹，又号芹溪、
芹圃，中国古典名著《红楼梦》的作者，祖籍存在争议（辽宁辽阳、河
北丰润或辽宁铁岭），出生于江宁（今南京）。曹雪芹出身清代内务府
正白旗包衣世家，他是江宁织造曹寅之孙，曹颙之子（一说曹𫖯之子）。

## 译　文

　　黄色的酒旗招引着客人前来酤饮，远远望去但见隐隐约约的山庄。
　　种着菱荇的湖面是鹅儿戏水的地方，桑树榆树的枝叶正是燕子筑巢
用的屋梁。
　　一畦畦韭菜在春风中长得翠绿，一片片稻田散溢着花粉的清香。
　　开明盛世再也没有饥荒和冻馁，又何用忙忙碌碌地耕织呢？

## 〔赏析〕

　　这首诗的首联，上句以"杏帘"开头，下句用"在望"开头，
巧妙地将题目包含在内，描绘出了山庄的远景。中间两联对仗。
颔联不用动词，全用名词，将几种意象组合在一起，形成一幅生
动活泼的农家图。颈联则改用正常的语序，读来流利上口。尾联
尤其能够体现出黛玉的聪明才智。这首诗引用典故，笔法细腻，
全诗动静相间，色味协调，充满了一种怡然自得的山野气象。

# 题秋江独钓图

【清】 王士祯

一蓑一笠一扁舟①，一丈丝纶②一寸钩。
一曲高歌一樽③酒，一人独钓一江秋。

## 【注 释】

①蓑（suō）笠：蓑衣、笠帽，用草编织成的古时渔家、农民的防雨草衣。笠：用竹篾
或芦秆篾片编织的帽子，也是渔家、农民防日晒雨淋的帽子。扁舟：小船。
②丝纶（lún）：即丝织编成的钓鱼的绳子。
③樽（zūn）：酒杯。

## 作者名片

王士祯（1634—1711），原名王士
禛，字子真、贻上，号阮亭，又号渔洋
山人，人称王渔洋，谥文简。新城（今
山东桓台）人，常自称济南人，清初杰
出诗人、学者、文学家。博学好古，能
鉴别书、画、鼎彝之属，精金石篆刻，
诗为一代宗匠，与朱彝尊并称。书法
高秀似晋人。康熙时继钱谦益而主盟诗
坛。论诗创神韵说。早年诗作清丽，中
年以后转为苍劲。擅长各体，尤工七绝。但未能摆脱明七子摹古余习，
时人诮之为"清秀李于麟"，然传其衣钵者不少。好为笔记，有《池北
偶谈》《古夫于亭杂录》《香祖笔记》等。

## 译 文

戴着一顶斗笠披着一件蓑衣坐在一只小船上，一丈长的渔线一寸长
的鱼钩。

高声唱一首渔歌喝一樽酒，一个人在这秋天的江上独自垂钓。

[赏析]

全诗描写了一个渔夫打扮的人，在江上垂钓的情形：一件蓑衣、一顶斗笠、一叶轻舟、一支钓竿，垂钓者一面歌唱，一面饮酒，垂钓的潇洒被刻画得活灵活现。虽然独自钓起一江的秋意，但逍遥中不免深藏几许萧瑟和孤寂。

前两句近乎白描，后两句却有着无穷意味。图中看似不可能的"一曲高歌一樽酒"在作者的想象中展现出来。而最后一句"一人独钓一江秋"似是回归原图，但此"钓"已非彼"钓"了，赏一江秋景，感一江秋色，联想开去，那是一种感怀，或者说，最后一句已是"虚实相映"了。

再观全诗，九个"一"巧妙嵌入其中，将诗与图的意境表现得分毫不差，细细品味，这些"一"用得十分贴切又有情趣。最后一句"一人独钓一江秋"，渔人钓的是鱼？是秋？是潇洒自在的生活？抑或是无拘无束的心情？在诗人看来，这样的秋江独钓者，才是真正懂得生活乐趣的人。